KB074003

김소월과 백석 시의 민족의식 연구

김완성

지식과교양

서문

　기존의 인물이나 작품에 대한 학문의 발전은 의혹에서 출발한다. 역사나 문학사나 마찬가지로 평가는 그것이 어느 분야든 당대의 역사의식이나 가치관의 척도로 재단을 한 결과이고, 그것 또한 불완전한 인간들에 의한 그들의 판단이기에 항상 오류가 있을 수밖에 없다. 그런 연유로 인물이나 작품에 대한 품평이 평가절상 되었거나 또는 평가절하 된 경우가 많다.

　1920년대 한국을 대표하는 시인은 김소월이고 1930년대를 대표하는 시인으로 백석을 꼽는 것에 이의를 제기하는 이는 없을 것이다. 김소월과 백석의 시에 대한 기존의 연구는 유감스럽게도 소월의 경우, 개인의 한을 노래한 민요조의 서정시라는 결론에 도달하고 있다. 그리고 그 내용은 허무주의와 연결되거나, 사회성이 배제된 것으로 평가한다. 다만 오장환을 비롯한 몇몇 연구자들이 소월의 시에서 민족의식을 언급하기는 했지만 극히 단편적으로 변죽을 울리는 정도에 불과했다. 백석 시에 대한 연구도 이런 범주에서 벗어나지 못하고 있다. 백석은 모더니스트 시인으로 방언과 음식, 그리고 민속적 소재를 구사하여 향토적 세계를 다룬 시인으로 평가되어 왔다.

필자는 소월과 백석의 성장 배경과 시대상황을 고구해본 결과 두 시인에 대한 평가에 의아심을 갖게 되었다. 김소월과 백석의 가정환경과 수학한 학교, 그리고 시단활동 및 교우관계 등을 살펴보고 이러한 환경요인들이 두 시인의 시세계에 어떤 영향을 끼쳤는지를 심도 있게 고구한 결과 다음과 같은 결론을 도출할 수 있었다.

첫째, 소월과 백석은 고향이 평안북도 정주로 동향이면서 민족교육이 투철했던 오산학교 동문이다. 또한 평안도 정주 지방은 중국과 인접한 지역으로 중국을 통한 서구문물이 유입되는 통로로 일찍이 개화된 곳이다. 특히 오산학교는 남강 이승훈이 설립한 학교로 민족지도자를 양성하는 특수목적학교였다. 소월과 백석이 오산학교 출신이라는 사실은 두 시인의 시세계에 특별한 의미를 부여하는 동기로 작용한다. 백석이 오산학교 재학 시절 고당 조만식이 오산학교 교원에서 후에 교장으로 재직할 때까지 백석의 집에서 하숙을 했다고한다. 사정이 이러하니 백석의 시에 민족의식이 내재되어 있다고 유추하는 것은 무리가 아닐 것이다. 또한 두 시인 모두 일제강점기에 일본 유학을 했다. 그럼에도 불구하고 당대의 문예사조에 휩쓸리지 않고 그들의 시편에 민족의식이 내재된 독특한 시세계를 구축했다는 점이다.

둘째, 소월과 백석은 불행한 가정환경으로 정신적 외상의 컴플렉스가 그들의 생애와 시세계에 크게 영향을 미쳤다. 소월의 부친 김성도는 일본인들로부터 집단폭행을 당해 그 후유증으로 정신이상이 되어 폐인이 되었다. 소월은 부친의 이러한 병력이 트라우마로 작용하게 되었다. 백석 또한 마찬가지로 정신적 외상을 안고 불행한 생을 살게 되는 계기가 가정환경에서 비롯되었다. 백석의 모친 이봉우가 무당 아니면 기생의 딸이라는 설이 있다. 1920년대 조선의 결혼 풍습은 여성이 남성보다 나이가 연상인 것이 상례인데 백석의 모친 이봉우가 백석의 부친 백용삼 보다 무려 열세 살이나 적었다. 그리고 경성(지금의 서울)에서 궁벽한 산골인 평안도 정주로 나이 많은 신랑에게 시집을 왔다는 것은 이러한 설을 뒷받침하는 방증이라 할 수 있다. 또한 결벽증이 심한 백석이 기생들을 가족처럼 대했고, 그의 시에서 무속이 자주 등장하는 것, 그리고 백석이 몇 차례 결혼에 실패한 것도 그의 모친의 출신성분과 연관이 있다고 본다.

셋째, 소월과 백석은 당대의 문예사조에 동조하지 않고 독자적인 시세계를 추구했다는 점이다. 소월은 낭만주의가 풍미하던 시기에 평북 방언과 민족의 정서에 부합하는 민요조의 가락에 겨레의 애환을 담아내었다. 백석은 모던이즘이 대세이던 당대에 이를 외면하고 투박한 평안도 방언을 구사하여 토속 음식과 민속 등을 열거하는 독특한 백석류의 시세계를 펼쳐보였다.

소월과 백석의 시에서 민족의식을 탐구하는 작업을 하기 전에 소월과 백석의 성장 환경과 시대적 상황을 살펴보고, 두 시인의 시에서 난해한 시어의 의미규정을 한 후에 두 시인의 시편에 동원된 시의 소재들, 즉 평안북도 방언, 향토 음식, 민속적 소재 등을 비교 검토하였다. 그리고 그들의 작품에 나타난 시적화자의 목소리가 어떻게 변용되었는지 고찰하였다.

민족의식에 포커스를 맞추어 고구한 결과 두 시인의 시편들에서 직접적으로 또는 우회적으로 내재되거나 표출된 민족의식을 감지할 수 있었다. 연구의 대상으로 한 작품은 민족의식을 탐구하는 작업인 관계로 광복 이전까지의 작품을 대상으로 했다. 또한 작가의 연보도

해방 전까지로 한정했다. 끝으로 사족 같지만 소월과 백석의 시를 만지다 느낀 단상을 요약해보면 '선'으로 보면 소월의 시는 곡선이고 백석의 시는 직선이었고, '밥'으로 치면 소월의 시는 쌀밥이고 백석의 시는 잡곡밥이다. '천'으로 말하면 소월의 시는 비단이고 백석의 시는 무명이었다.

이렇게 연구 작업의 결과가 단행본으로 나오게 되기까지 도와주신 분들께 고마운 마음을 전한다. 그리고 출판사 윤석원 사장님께 진심으로 감사의 인사를 드린다. 아울러 도서출판 지식과교양의 번성을 기원한다.

2012년 9월 29일

김완성

목차

V. 역사 및 사회 현실을 소재로 한 민족의식

VI. 결론   297

서론

김소월과 백석 시의 민족의식 연구

1. 연구 목적

　김소월(1902~1934)과 백석(1912~1995?)이 시작(詩作) 활동을 했던
시기는 일제강점기로 민족의 존엄성이 추락하고 문화적으로는 나라
의 말과 글이 위기에 빠져 들던 시기이다. 그리고 사회경제적으로는
자본주의가 정착, 심화되어 가며 이에 따른 민중들의 삶이 각박해져
가던 시기이다.

　본 논문에서는 이러한 일제강점기에 등장한 김소월 시와 백석 시
에 나타난 민족의식을 비교·연구해보기로 한다. 이 시기를 살았던
지식인 또는 문인이라면 대부분 일제에 대한 저항의식과 이에 따른
민족의식을 갖지 않을 수 없었으며, 그들의 글과 문학 작품에 그것이
어떤 때는 노골적으로 어떤 경우에는 암시적으로 나타난다. 김소월
과 백석의 시도 여기서 예외일 수는 없다.

　한국현대시사에서 흔히 민족의식, 저항의식을 논의할 때 1920년
대의 이상화, 한용운, 그리고 1930년대의 이육사, 윤동주 등에 주목
한다. 이들은 모두 독립운동에 관계되어 투옥의 경험이 있고 또 어떤
경우는 옥사를 했기 때문에 이들의 시에 나타난 민족의식은 특별히

강조될 수밖에 없다. 이들과 비교해 볼 때 김소월과 백석은 투옥 경험도 없고 그의 시에서 뚜렷하게 민족의식, 저항의식의 족적을 찾아보기는 쉽지 않다. 오히려 소월과 백석은 모두 한국시문학사에서 정치적인 것과는 거리가 먼 순수 시인으로 일컬어져 왔다. 그러나 이들의 출생 및 성장 환경을 살펴보면 이 시대의 어떤 시인들 못지않게 민족의식에 노출될 수밖에 없었으며 그 결과 두 시인의 작품에서 여타의 시인들보다도 더욱 강렬한 민족의식을 엿볼 수 있다.

오세영은 소월의 시를 평하면서 '한 시인이 문학을 통해 민족의식을 고취하거나 민족애를 고백하기 위해 꼭 직설적 저항시를 쓰는 것만이 능사는 아니다.'고 했다. 오히려 김소월은 독립투사나 혁명가가 아닌 까닭에 자신의 민족적 좌절과 한을 애절하게 노래하면서 형성된 투쟁의 감정을 독자들에게 유발시킬 수도 있는 '아이러니스트'이다[1]라고 하며 소월 시에 나타난 민족의식을 언급 하였다.

이 점에서는 백석도 비슷하다. 이동순은 백석의 외세에 대한 대응 방법은 몸으로써 행동이 아니라 언어로써의 길항(拮抗)이다[2]라고 주장했다. 민족 언어의 뿌리조차 말살하고자 획책했던 일제의 간교한 광적 파쇼적 불법성 앞에서 그는 끝끝내 모국어정신— 어쩌면 방언주의라고도 할 수 있는— 으로 버티었다. 백석의 방언주의는 민족주체성의 확보와 모든 동족 사물들 사이의 관계의 합일에 목표를 두었고, 그 목표의 문학적 실현을 위하여 그는 자신의 시 정신을 불태웠다. 따라서 우리는 앞으로 백석의 이름 앞에 민족 시인이라는 칭호를 마땅히 붙여서 그를 경배해야 할 의무를 지닌다고 주장했다.[3]

---

1 오세영,『한국현대시인연구』, 월인, 2003, 27~28쪽.
2 이동순 편,『백석시전집』—부·산문, 창비, 2010, 167쪽.

본 연구에서 이 두 작가의 작품에 나타난 민족의식을 특별히 연구하고자 하는 것은 첫째, 소월과 백석의 고향이 평안북도 정주로 동향이면서 민족교육이 투철했던 오산학교 동문이라는 점에서 일단 양자의 출생 및 수학 배경은 유사하다. 평안북도 정주 지방은 중국과 인접한 지역으로 기독교와 서구의 문명과 문화가 유입되어 일찍이 개화된 곳이다. 더욱이 두 시인이 수학한 오산학교는 민족지도자인 남강 이승훈이 설립한 학교로, 이곳에는 이광수, 조만식 등이 교사로 재직 했으며, 신채호, 홍명희 등의 민족주의자들이 이 학교를 거쳐 가기도 했다.

둘째, 그들의 삶의 족적을 좇아가보면 나름대로의 투철한 민족의식을 지닌 점이 파악된다. 셋째, 둘 다 평안도 사투리 등의 토착어를 바탕으로 토속적, 민중적 세계를 그리고 있다.

두 시인의 이러한 시적 형상화의 노력 자체가 일제식민지 현실에 저항하는 또 다른 방식의 하나였다고 판단된다. 그러나 양자는 이러한 공통점이 있음에도 불구하고 그 시적 경향은 대조적이다. 흔히 소월이 1920년대의 대표적인 전통적 낭만주의 서정 시인이라면 백석은 1930년대 모더니즘의 세례를 받은 시인이다. 두 사람의 문학적 성향이 전혀 상반된 것일지라도 그것이 민족의식을 어떠한 방식으로 표출해내는가를 살펴보는 것은 우리 시문학사의 양대 산맥인 낭만주의와 모더니즘 시사의 바람직한 전개 방향을 가늠해볼 수 있는 하나의 잣대가 될 것이다.

---

3 _____, 위의 책, 167쪽.

2. 연구사 검토

1) 김소월의 경우

김소월에 관한 연구는 한국 현대시문학사 연구에서 중요한 자리를 차지하고 있고, 그에 대한 연구는 오랜 기간을 거쳐 다양한 방법으로 연구되어 왔다. 김억은 김소월 시를 다음과 같이 평했다. "우리 재래 민요조, 그것을 가지고 어떻게도 아름답게 길이로 짜고 가로 엮어 고운 조화를 보여 주었습니까. 나는 작자에게 민요시의 길잡이를 간절히 바라는 바입니다."[4] 김동인은 "조선 정조의 진실한 이해자요 조선 감정의 진실한 재현자요 조선말 구사의 귀재 그것이 우리의 시인 소월이었다"[5]고 평하였다. 박종화는 소월의 시를 율조나 기교면에서 탁월한 솜씨가 돋보이지만 한편으로는 나약한 정한의 세계를 극복하지 못한다고 아쉬움을 드러내고 있다.

4 김억, 「문단의 一年」, 『개벽』, 1923년 12월호. (김영철, 『김소월』, 건국대출판부, 1999, 45쪽에서 재 인용)

5 김동인, 「내가 본 시인 김소월 군을 논함」, 『조선일보』, 1929. 12. 12.

1920년대 초기 서구 문예사조가 우리 시단에 만연한 상황에서 우리말의 아름다움을 전통적 율조에 실어 한국인의 정한을 살려낸 소월의 시가 주목을 받는 것은 당연하다. 김억이 소월 시의 민요적 형식에 관심을 두었다면, 서정주는 소월 시의 내용적인 측면에 천착하였다. 그는 소월 시의 정한(情恨)은 우리에게 가장 친근하게 느껴지는 정서라고 본다. 그것은 한 언어 공동체에 널리 호소되는 원천적 기본정서이며, 누대에 걸쳐 일관한 민족 보편의 감수성이며, 문화적 전통에 심층적 기저를 이루는 정서적 핵심이라고 주장했다.6

김억과 서정주와 달리 오장환은 소월의 시가 고도의 상징성을 띠어 민족주의를 표방한 것으로 보고 있다. 언론통제가 혹심한 일제하에서 우리 말과 우리 가락을 통하여 우리의 민족혼을 되살려 내어 궁극적으로 일제에 저항할 수 있었다고 했다.7 오장환은 김소월 시에서 민족적 특성을 지적한 최초의 인물이다.

해방 이후 김소월에 대한 평가는 대체로 김억과 서정주의 주장을 따르고 있다. 김동리는 소월의 그리움의 구경(究竟)이 인간과 인간이 더불어 살아가는 데 있는 것이 아니라, 인간과 자연의 향수(鄉愁)의 거리에 있음을 밝혔다.8 단 송욱 같은 이는 소월의 시가 민요리듬을 떠나면 짤막한 산문에 불과하며 자기 리듬의 창조의식이 부족하다는 지적을 했다.9 정한모는 소월의 시를 소박하고 보편적인 정감을 보다 순수한 모국어와 전통적인 음율을 재생한 가락에 담아 표현함으

---

6 서정주, 「김소월 試論」, 서정주 외, 『시창작법』, 선문사, 1955, 124~125쪽.
7 오장환, 「조선 시에 있어서의 상징」, 『신천지』, 1947. 1. 김영철, 『김소월』, 건국대출판부, 1999, 47쪽에서 재인용)
8 김동리, 『문학과 인간』, 청춘사, 1952, 56쪽.
9 송욱, 『시학평전』, 일조각, 1974, 142쪽.

로써 그의 시는 폭넓은 전달성을 획득하게 된 것이라고 평가했다.10 김용직은 소월 시의 특색은 그 향토적 정조에 있으며 토속적 가락에 있고 당시로 보아서는 놀라울 정도로 세련된 우리말 사용을 통해 나타난다고 보았다.11

한편, 1980년에 오면서 김소월의 시 세계에 대한 심도 깊은 비판도 이뤄진다. 김우창은 소월 시의 슬픔의 테마와 생에 대한 수동적 허무주의를 감정주의(感情主義)라고 이름 붙여 비판하였다.12 윤영천의 경우, 소월 시의 자연이 구체적인 삶의 현장으로부터 동떨어진 곳이며, 인간적 이미지가 완전히 거세되고, 사회성을 배제하고 사상한 진공적 개념에 불과하다고 했다.13 신동욱은 소월의 시세계를 대상에 대한 탐구심이나 참여심이 비교적 적었고 그 사실의 본체나 본질에 적극적으로 들어가지 못했다고 평했다.14

이와 비교되어 최동호는 소월의 시가 드러내는 일상적인 삶의 감정을 저속한 대중성에 근거한 것으로 보아 그것이 그의 시적 가치를 격하시킨 것처럼 이해되기도 하지만, 평이하면서도 깊은 호소력을 지닌 그의 시가 차지하는 문학사적 위치는 결코 과소평가될 수 없을 것이라고 했다.15 박호영은 소월의 시를 보면 현실 일탈을 위한 유토피아 지향의식의 시가 있는가 하면, 현실인식에 바탕을 둔 민족주의

10 정한모,「근대민요시와 두 시인」,『문학사상』, 1973. 5. 276~277쪽.

11 김용직,「관습적 언어와 그 주류화」,『심상』, 1974, 10, 24쪽.

12 김우창,『궁핍한 시대의 시인』, 민음사, 1982, 42~46쪽.

13 윤영천,「소월시의 현실인식」, 임형택·최원식 공편,『한국근대문학사론』, 한길사, 1982, 357~358쪽.

14 신동욱,『김소월』, 문학과 지성사, 1980, 11쪽,

15 최동호,「金素月詩의 무덤과 부서진 魂」,『김소월연구』, 새문사, 1982, II-24쪽.

적 시가 있기도 하다. 어느 경우에도 공통적인 분모는 자연을 배경으로 하고 있다는 것이라고 평했다.[16] 이선영은 소월의 시세계를 자연과 애정은 영원의 문제를 전통적인 시의 틀에 맞추어 노래하여 작가가 현실과 역사에 참여하는 태도를 근본에서 부정하고 자연의 예찬과 시혼의 불변성을 내세웠다[17]고 평하였다.

특히 민족의식과 관련하여 김준오는 소월에 대하여 그는 한과 같은 전통적이고 부정적인 정서로써 당대의 억압된 겨레의 슬픔을 보여주고 이것을 카타르시스 하는데 기여한 것으로 본다[18]고 평하였다. 정신과 의사인 김종은은 소월 시의 정한은 소월의 부친 김성도가 정신병자가 되고 조부인 김상주의 광산업의 실패로 인해 더 이상 학업을 계속하지 못한데서 비롯된 개인적인 분노와 좌절감의 영향 때문이다.[19] 라고 평하기도 한다.

오세영은 소월을 미국의 휘트먼, 러시아의 푸시킨, 아일랜드의 예이츠 등과 비교하며 소월이 한국의 국민감정에 가장 잘 영합하는 시인이라고 극찬하였다.[20] 또한 오세영은, 1920년대의 한용운, 변영로, 이상화, 정인보, 주요한 등이 연시의 형식을 빌어서 님에 대한 사랑을 노래한 바 있는데, 이들의 연시 창작은 우연의 일치가 아니라 동시대의 정신이 시로 표현된 것으로 보았다. 이것은 국토 상실에 따른 지식인의 허무의식, 또는 존재의 상실감이 시인들로 하여금 연인

16 박호영,「김소월 시에 나타난 낭만주의의 양상」,『한국근대기 낭만주의 전개연구』, 박문사, 2010, 53쪽.
17 이선영,「시인에 있어서 현실과 자연」,『작가와 현실』, 평민사, 1979, 102쪽.
18 김준오,「'초혼'의 상징적 의미」,『김소월 연구』, 1982 , 새문사, II-37쪽.
19 김종은,「소월의 병적」,『문학사상』, 1975. 5, 200~216쪽.
20 오세영,「소월 김정식 연구」,『한국 낭만주의 시 연구』, 일지사, 1980, 329쪽.

들과의 이별이라는 사랑의 테마로 연시를 쓰게 한 것으로 지적하였다. 같은 맥락에서 소월의 연시 역시 같은 범주 안에 포함시켜 이해하는 것이 정당하다고 보았다. 즉 소월의 연시는 동시대의 시대정신-국권상실에 따른 삶의 허무감이 사랑의 이야기로 승화된 것이다[21]라고 평하였다.

권영민은 김소월의 시는 서구시의 형식을 번안하는 수준에 머물러 있던 한국 현대시의 형식에 새로운 독자적인 가능성을 부여하고 있다고 보았으며, 그의 시가 보여주고 있는 정한의 세계가 좌절과 절망에 빠진 3·1운동 이후의 식민지 현실에서 비롯된 것임을 생각한다면, 그 비극적인 상황 인식 자체가 현실에 대한 거부의 의미를 담고 있다[22]고 평하였다.

소월에 대한 기존 연구들은 소월이 개인의 한을 노래한 민요조의 서정시라는 결론에 도달하고 있다. 그리고 그 내용은 허무주의와 연결되거나, 사회성이 배제된 것으로 평가한다. 그러나 오장환과 최근의 연구들에서 소월 시에 나타난 민족의식을 지적하기는 하지만 그것을 중심적인 주제로 논의하지는 않았다. 그러나 소월의 전기나 일부의 시편에 나타나는 역사적 현실의 소재 또는 강렬한 민족의식 등을 볼 때, 그의 시 전체는 어떠한 형태로든 민족의식과 관련되어 있다고 판단된다.

---

21 오세영, 「꿈과 현실」, 『문학사상』, 1985, 7월 호, 271쪽.
22 권영민, 『평양에 핀 진달래꽃』, 통일문학, 2002, 7~8쪽.

2) 백석의 경우

백석은 1930년대 중반 시작 활동을 전개한 시인으로 그 시기 비평가들에 의해 주목의 대상이 되어 왔다. 그러나 한동안 분단의 현실 아래 문학사 연구에서 실종되어 있다가 1988년 남북 및 재북 시인에 대한 제4차 해금조치 이후 연구계의 주목을 집중적으로 받기 시작했다. 특히 백석 시의 전집이 발간되고[23] 기타의 자료들이 연이어 발굴되면서 학위 논문들을 중심으로 그의 시에 대한 연구가 활발하게 이뤄져 왔다.

백석에 관한 초기의 논의들은 시집 『사슴』에 관한 서평이나 단평으로 이루어졌다. 이런 논의들은 대부분 서평이나 몇몇 작품을 대상으로 하는 정도에 그쳤다. 그 중에서 김기림, 오장환, 박용철 등의 평문이 관심을 끈다. 김기림은 시집 『사슴』이 "외관의 철저한 향토 취미에도 불구하고 일련의 향토주의와는 명료하게 구분되는 모더니티를 지니고 있다."[24]고 평가하였다. 그의 논의는 단편적인 수준에 머물고 있지만, 백석 시 연구에 있어서 '모더니티'적인 접근의 시발점이라는 면에서 그 의의가 주목된다. 박용철은 백석 시에서 "향토의 생활이 제 스스로의 강열에 의하여 필연의 의상을 입었다."고 하였으며,

---

23 이동순 편, 『백석시전집』, 창작사, 1987.
김학동 편, 『백석시집』, 새문사, 1988.
송준 편, 『백석시전집』, 학영사, 1995.
정효구 편저, 『백석』, 문학세계사, 1996.
김재용 엮음, 『백석전집』, 실천문학사, 1997.
고형진 엮음, 『정본 백석시집』, 문학동네, 2007.
24 김기림, 「『사슴』을 안고-백석시집독후감」, 『조선일보』, 1936. 1. 19.

그는 백석의 방언을 "해득하기 어려움에도 불구하고, 그 전체를 감미
하는데 아무 지장이 없다는 모어의 위대한 힘을 깨닫게 된다."[25]고
하였다. 이에 반해 임화와 함께 오장환은 "백석은 갖은 사투리와 옛
이야기 등등 연중행사의 묵은 기억 등을 그것도 곡간에 볏섬 쌓듯이
그저 구겨 넣은 것에 지나지 않다."고 하면서 "스타일만 찾는 모던이
스트에 불과하다."[26]며 백석의 시를 혹평하였다. 심지어 오장환은
이상한 사투리에 쾌감을 느끼는 것은 '변태적인 성격' 때문이라며 백
석의 시에 악평을 했다.

해방 이후 백석 시에 대한 논의는 앞서 지적했듯이 남북 분단의 상
황 아래 연구사에서 실종되었다. 그러나 월북, 재북 작가 해금 이전에
도 몇몇 연구자들에 의해 백석은 주목을 받기는 했다. 해방 직후 백철
은 "민속적이고 향토적인 것이 평안북도 사투리 그대로의 표현과 순
박하게 조화되었다."고 하면서 백석의 시세계에서 "민속은 시학의 출
발점이자 결론으로써 그것이 시 정신으로 앙양된 것"[27]으로 보았다.

유종호는 한국전쟁 이후 백석이 전혀 언급되지 못하는 상황에서
백석에 대한 최초의 평가를 한다. 백석의 시 「남신의주 유동 박시봉
방(南新義州 柳洞 朴時逢方)」을 "낙백한 영혼이 펼쳐 보이는 비관
론의 절창으로 한국 최상의 시의 하나"라고 평가하면서 "한국인의 생
활 철학과 인생관이 집약된 대표적 사상시"[28]라고 평가하였다. 김현

---

25 박용철,「백석시집『사슴』評」,『朝光』, 1936. 4. (『박용철전집·2』, 동광당 서
   점, 1940, 121~124쪽. 재수록)
26 오장환,「白石論」,『풍림』 5, 1937, 4. 18~19쪽.
27 백철,『新文學思潮史』, 신구문화사, 1980, 540~541쪽.
28 유종호,「한국의 페시미즘-운명론의 계보」,『현대문학』, 1961, 9. 191쪽. (유종
   호,『비순수의선언』, 민음사, 1995, 114~115쪽, 재수록.)

은 「남신의주 유동 박시봉방」을 한국시가 낳은 가장 아름다운 시 중의 하나라고 평가하였다. 그러나 "백석은 그의 샤머니즘의 세계에서 인간의 자유 의지와 결단을 건져내지 못하고 체념·수락의 수동적 세계관으로 후퇴한다."[29]고 하였다. 김종철은 백석의 시세계를 "고향의 언어인 방언을 통한 자기 존재의 근원을 탐구하고자 하는 일이다."[30]라고 평하였다. 정한숙은 백석을 "정지용이 보여준 향수의 시편들을 이어받아 완성시킨 시인"[31]이라고 높게 평가하였다.

백석 시에 대한 논의는 1980년대 들어서 본격화하기 시작하여 백석 시를 체계적으로 연구한 논문들이 발표되기에 이른다. 우선 백석 시를 민족·민중적인 리얼리즘 관점에서 연구한 김명인과 최두석을 대표적으로 들 수 있다. 김명인은 백석 시의 이미지와 서사적 이야기의 결합, 반복의 효과, 연쇄와 부연, 무시간적 현재성 등을 거론함으로써 1930년대 백석 시가 차지하는 위상과 의의를 밝히고 있다.[32] 최두석은 백석을 모더니즘의 세례를 주체적으로 활용한 시인이라고 평하면서 그의 시세계를 떠받치는 축으로써 모더니즘 시의 세례, 고향의 재현, 유랑과 운명론적 세계관을 들었다.[33] 그밖에도 윤지관은 백석의 시 세계를 인간과 인간 사이의 사랑의 관계와 고통 받는 민중에 대한 순수한 연민의 정은 바로 리얼리즘 정신[34]으로 보았다. 이은

---

29 김윤식·김현, 『한국문학사』, 민음사, 2005, 355쪽.
30 김종철, 『시와 역사적 상상력』, 문학과지성사, 1978, 40~45쪽.
31 정한숙, 『현대한국문학사』, 고려대학교 출판부, 1982, 195쪽.
32 김명인, 「백석시고」, 『우보전병두박사화갑 논문집』, 우보전병두화갑기념논문집 편찬위원회, 1983.
33 최두석, 「백석의 시세계와 창작방법」, 『우리시대의 문학·6』, 문학과지성사, 1987. (최두석, 『리얼리즘의 시정신』, 실천문학사, 1992, 재수록, 96~113쪽.
34 윤지관, 『민족현실과 문학비평』, 실천문학사, 1990, 355~368쪽, 재수록.)

봉은 백석의 시 세계를 고향상실이 조국상실에서 비롯된 자아상실로 해석하면서, 백석 시의 중심 대상은 속신의 세계, 농촌공동체, 유이민적 세계로 규정하였다.[35] 이와는 대조적으로 김윤식은 백석의 시를 '민족시', '민중시'로 규정하는 견해에 대해 비판하였다. 그리고 백석의 시세계가 조선 민중의 풍물이라든가 관북 방언에 집착하고 있는 것은 다만 방법론의 특징[36]이라고 보았다.

　백석시의 언어 및 방언의 측면에서 논의하고자 한 연구도 등장한다. 김영민은 백석이 그의 시에서 모국어를 지키려는 노력의 일환으로 방언을 의도적으로 사용한 것[37]이라고 평하였다. 이동순은 백석의 시가 방언을 중심으로 한 모국어의 사용으로 민족적 자아를 자각하는 요인[38]으로 파악하였다. 윤여탁은 백석이 그의 시에서 방언을 구사하는 것은 민중적 세계관을 표현하기 위해서이고, 고향 공간을 민중 공간으로 확대하여 공동체적인 삶을 전개시켰기 때문[39]이라고 평하였다.

　한편, 백석의 시를 방언 외에도 민속과 샤머니즘과 운명, 그리고 고향 등 다양한 매개를 통해 시도한 연구들이 진개된다. 신범순은 백석의 시세계가 대가족의 안락한 고향과 해체된 고향을 작품에 투영시키고 있는 것은 당대의 현실을 반영한 것으로 평하였다. 또한 그의 시가 전통적 민속에 전도된 것도 같은 이유[40]로 보았다. 박주택은 백

---

35 이은봉, 「1930년대 후기 시의 현실인식 연구」, 숭실대 박사 학위 논문, 1992. (『한국 현대시의 현실인식』, 국학자료원, 1993, 재수록.)
36 김윤식, 「허무의 늪 건너기-백석론」, 『민족과 문학』, 1990년 봄호, 320~333쪽.
37 김영민, 「백석 시의 특질 연구」, 『현대문학』, 1989. 3, 332~345쪽.
38 이동순 편, 앞의 책, 165~178쪽.
39 윤여탁, 『시의 논리와 서정시의 역사』, 태학사, 1995, 208~227쪽.

석의 시세계를 잃어버린 낙원으로 가는 끝없는 여정을 추구하면서도 현실을 부정의 대상이 아닌 공생하는 시공간[41]으로 파악하였다. 김재홍은 백석 시에서 민족적 삶의 원형성을 발견해 내고, 그의 시를 '민족시·민중시로서의 한 전형'[42]이라고 평하였다. 고형진은 백석 시의 서사지향성이 서사적인 시적 구조를 통해서 우리 고유의 풍속을 재현해 내고 있다.[43]고 했다.

이숭원은 백석의 시세계를 '민속의 복원을 통한 민족적 일체감의 회복'으로 평하고, 백석 시의 표현방법의 특징으로 '눌변의 시학'을 거론한다. 눌변의 시학은 식민지 체제의 근대 지향성과 배치되는 것으로써 한국시사에 있어 독보적인 자리를 차지하고 있으며, 미당의 『질마재 신화』에 그 맥이 드리워져 있다[44]고 보았다. 이숭원은 또 백석 시의 모더니티 및 시적 정조의 특징을 이미지의 세례를 다분히 입은, 새롭고 특이한 시를 추구하는 방식의 것[45]이라고 하였다.

그 밖에 백석의 시의 기법 상의 여러 특징에 주목하는 연구들도 있다. 김헌선은 백석 시를 사설시조, 민요, 무가, 잡가 등에서 표출되는 엮음의 방식을 원용 발전시키고 있음[46]을 그 특질로 보았다. 정효구

---

40 신범순, 「백석의 공동체적 신화와 유랑의 의미」, 『분단시대·4』, 학민사, 1988, (『한국현대시사의 매듭과 혼』, 민지사, 1992,177~195쪽. 재수록.)
41 박주택, 『백석 시 연구』, 경희대 박사학위 논문, 1999.
42 김재홍, 「민족적 삶의 원형성과 운명에의 진실미」, 『한국문학』, 한국문학사, 1989, 10, 365~391쪽.
43 고형진, 『1920~30년대 서사지향성과 시적 구조』, 고려대 박사학위 논문, 1991.
44 이숭원, 「풍속의 시화와 눌변의 미학」, 박호영·이숭원 공저, 『한국시문학의 비평적 탐구』, 삼지원, 1985, 244~263쪽.
45 이숭원, 『20세기 한국 시인론』, 국학자료원, 1997, 169~187쪽.
46 김헌선, 『한국현대시인연구』, 신아, 1988, 225~248쪽.

는 백석의 시 창작방법상의 특질로 '열거식, 병렬법, 이미지즘, 어린
이 시점, 서사적 구도'47를 들었다. 박노균은 백석의 시는 유년시절
과 과거회상이 어린아이의 순진한 눈으로 그려져 있고, 시적 전개 역
시 열거와 반복 등의 단순한 기법이 사용되고 있다고 하면서 이런 시
적 특질은 프란시즈 잠의 시에 원천을 두고 있다고 하였다.48 서지영
은 백석의 시가 기존의 운문 서정시가 담아내지 못한 시의 영역을 산
문의 세계를 시의 영역으로 유도하여 시적 효과를 한 단계 높이고 있
다고 평하였다.49

　본 연구는 연구목적에서 밝힌 바와 같이 이들 두 시인은 고향이 평
안북도 정주로 동향이면서 민족교육이 투철했던 오산학교 동문이다.
평안도 정주 지방은 중국과 인접한 지역으로 기독교와 서구의 문명
과 문화가 유입되어 일찍이 개화된 곳이다. 더욱이 두 시인이 수학한
오산학교는 민족지도자인 남강 이승훈이 설립한 학교로, 민족지도자
를 양성하는 특수목적학교였다. 소월과 백석은 평안북도 사투리 등
의 토착어를 바탕으로 토속적, 민중적 세계를 그리고 있다. 두 작가
의 이러한 시적 형상화의 노력 자체가 식민지 현실에 저항하는 또 다
른 방식의 하나였다고 판단된다.

---

47 정효구,『광야의 시학』, 열음사, 1991, 235~261쪽.
48 박노균,『1930년대 한국시에 있어서의 서구 상징주의 수용 연구』, 서울대 박사
　　학위 논문, 1998.
49 서지영,『한국 현대시의 산문성 연구-오장환, 임화, 백석, 이용악, 이상 시를 대
　　상으로-』, 서강대박사 학위논문, 1999.

3. 연구 방법

　본 연구는 김소월 시와 백석 시에 나타난 민족의식을 비교하여 고찰하고자 한다. 기존 연구에서 검토했듯이 그 동안 김소월은 항일 민족 시인이라기보다는 민요조의 순수한 서정 시인으로 논의되어 왔다. 그의 대부분의 시편들이 면면이 이어 내려온 한국인의 한(恨)을, 또 그것을 극히 개인의 한으로 그려내고 있기 때문이다. 그러나 최근 들어 김소월 시의 상당수가 단순히 개인의 정한이 아니라 적극적인 민족의식을 드러내고 있다는 평가는 연구사 검토에서 이미 밝힌 바이다. 이는 백석 시에서도 마찬가지로 그의 시는 김소월보다도 더욱더 비민족적이거나 저항의식과는 전혀 관계가 없는 것으로 평가되어 왔다. 그러나 본 연구는 이들의 출신, 성장 배경, 삶의 족적을 살펴볼 때, 그리고 그들의 시에 나타난 방언과 음식, 역사 및 민속의 세계를 고구해 보면 분명 특정한 민족의식과 관계가 있을 것이라고 판단된다.

　개인은 언어에 의해 사회와 결합하며 궁극에 있어 개인의 삶이 자신의 삶으로 끝날 수 없다는 논리에서 접근하면 시대적 상황 또한 무시할 수 없는 것이다. 따라서 소월과 백석의 연구는 일단 그들의 개

인적 삶을 중심으로 출발해야 되며, 그런 연후에 시대적 조명을 가하
는 것이 올바른 방법이다. 소월과 백석에 관한 한 어느 한 쪽으로 치
우치는 것은 관견이 되기 쉽고 그의 시 세계를 결코 제대로 파악할
수 없기 때문이다.[50] 따라서 본 연구는 이들 시에 나타난 민족의식
의 배경을 살펴보기 위해 그들의 전기적 사실을 검토하기로 한다.

　다음으로 소월과 백석이 그들 시에 구사한 평안북도 방언과 조어,
민속과 음식 등의 소재를 비교해 보고, 그러한 소재들이 어떠한 양상
으로 작품에 형상화되어 민족의식을 고취하였는지를 비교해 본다.

　본 논문에서 연구 대상으로 하는 작품들은 다음과 같다. 김소월의
경우, 김소월 시집 『진달래꽃』(1925)에 수록된 시 126편과 『진달래
꽃』에 수록되지 않은 발표 시[51] 90편을 포함하여 총 216편 중 민족
의식과 관련된 작품을 대상으로 한다. 그리고 본격적인 내용 논의에
들어가기에 앞서 시어의 해석 등 실증적인 검토를 한다.

　백석의 경우에는 백석의 시집 『사슴』(1936)에 수록된 시 33편을
비롯하여 1935년 『조선일보』에 발표 한 시 「정주성」부터 1939년
『조선일보』에 발표한 작품 「두보(杜甫)나 이백(李白) 같이」 등 해방
전까지 총 92편[52]의 작품에서 민족의식과 관련된 작품들을 선정하
여 다루고자 한다. 김소월 시와 마찬가지로 백석 시에 나타난 시어의
해석 등 실증적 검토를 한 후에 내용 논의에 들어간다.

　연구의 편의상 두 시인의 작품을 초기와 후기로 구분해서 논의 했

50 박호영, 「素月詩의 位相」, 정한모 해설, 『金素月研究』, 새문사, 1996, I-72
　쪽의 논지에 필자가 백석을 첨가하였다.
51 김소월, 최동호 책임편집, 『진달래꽃』 외, 범우, 2005, 145~280쪽.
52 김재용, 『백석전집』, 실천문학사, 2006, 553~556쪽.

다. 연구자의 편의상 소월은 시집『진달래꽃』에 수록된 시를 초기
시로 하였고, 그 후의 작품을 후기 시로 하였다. 백석은 시집『사슴』
에 수록된 작품을 초기 시로, 그 후의 시편들을 후기 시로 하였다.

김소월 시의 연구 텍스트는 김용직 편저『김소월전집』(서울대학교
출판부, 2007)으로 했고, 백석 시에 관한 연구 텍스트는 김재용 엮음
『백석전집』(실천문학사, 2006)으로 했다.

II

김소월과 백석의
전기적 고찰

김소월과 백석 시의 민족의식 연구

1. 김소월의 경우

1) 시대적 상황

소월(1902~1934)이 출생한 시기는 일제가 을사조약으로 조선의 외교권을 박탈하고 동시에 통감부를 설치하여 한일합방의 기반을 마련하였고 마침내 1910년 8월 조선을 완전히 지배하게 되었다. 일제강점기는 무단정치기(1910~1919), 문화정치기(1919~1931), 병참기지화 및 전시동원기(1931~1945)의 3기로 구분한다.

소월이 성장하고 수학하고 또 작품 활동을 했던 시기는 대체로 일제강점기의 1기와 2기에 해당한다. 일제가 식민통치의 기틀을 다지려했던 이 시기 중, 제1기인 무단정치기는 식민통치체제를 수립하기 위한 기초단계로서, 행정·입법·사법·군사 등 일체의 권력을 가진 조선총독이 강력한 헌병·경찰력을 배경으로 무단강압정책을 편 시기이다. 정치적인 결사·집회를 금지시키고 한글신문을 폐간시켰으며 관리나 교원까지 제복을 입고 칼을 차게 하였다. 범죄즉결례·조선태형령(朝鮮笞刑令) 등을 공포, 재판을 거치지 않고 헌병·경찰이 즉

결처분을 할 수 있게 하여 많은 한국인을 탄압하고 애국지사를 체포 구금하였다. 경제적으로는 조선을 식량·원료 공급 및 상품의 독점 시장으로 개편하기 시작, 철도·항만·도로·통신 등 기초적 건설사 업에 착수하였다. 토지조사사업을 시행하여 많은 토지들이 일본인 과 동양척식회사(東洋拓殖會社)에 넘어 갔으며, 그 결과 한국농민 대 부분이 소작농으로 전락, 기존사회가 급격히 해체되는 과정을 밟았 다. 이러한 급격한 개혁과 토지 상실로 민족의 원한과 반항심은 더욱 커져, 각처에서 애국지사들이 국권회복을 부르짖었고, 해외로 망명 하여 외교적 수단과 무력항쟁으로 독립을 쟁취하려 하였다. 그리하 여 1919년 3월 1일, 3·1운동이 일어나게 된다.

제2기 문화정치기는 3·1 운동으로 위기를 느낀 일본이 이전의 무 단정치대신 문화정치를 표방, 민족분열정책을 전개하는 한편, 경제 적으로는 한국경제를 완전히 일본경제에 종속시키려 했던 시기이다. 1919년 총독으로 부임한 사이토 마코토(齋藤實)는 일선융화(日鮮融 和)·일시동인(一視同仁)이라는 구호 아래 문화정책을 내세워 정책의 변화를 선언하였다. 조선총독부 관제를 개편, 제도상으로는 문관총 독의 임명을 허용하였고 헌병경찰제도를 보통 경찰제도로 변경, 그 사무 집행권을 도지사에게 넘겨 지방분권적 자치제도를 표방하였다. 표면적으로는 조선인 관리 임용의 범위를 확대하는 동시에 관리·교 원의 착검(着劍)과 제복을 폐지하였다. 또한『조선일보』,『동아일보』 등의 간행을 허가하는 등 약간의 언론자유를 허용하였으나 검열은 더욱 강화하였다. 경제적으로는 수탈체제를 확립시켜 산미증산계획 을 수립, 일본 내의 식량문제를 한국에서의 식량착취로 해결하려 하 였다. 결과적으로 이 계획은 실패하였으나 미곡을 수탈당한 한국인은 굶주림에서 벗어나기 위하여 많은 농민들은 화전민이나 노동자가 되거나 고향을 등지고 이주의 길을 떠났다. 이러한 압제 속에서도 소작쟁의·노동쟁의·학생운동·사상운동 등 항일운동은 계속되었으며, 1927년 신간회(新幹會)가 조직됨으로써 독립운동의 단계를 더욱 높였다. 이 시기에 3·1운동 이후 최대의 만세운동인 6·10만세 운동(1926)과 광주학생운동(1929)이 일어났다. 해외에서는 상하이(上海)에 대한민국임시정부가 수립(1919. 4. 13)되어 국권회복을 위해 나섰고 만주시베리아 일대의 독립운동단체들은 본격적인 항일무장운동을 벌였다.

　김소월이 출생한 시기는 바로 1905년 을사조약으로 조선이 반식민지 상태로 전락하기 직전인 1902년이다. 그가 태어난 직후 벌어진 러일전쟁은 1905년 을사조약으로 가는 입구라 할 수 있다. 일본은 러일전쟁에 대비하여 이 땅에 서울과 의주를 잇는 경원선 철도 공사를 하는데 이 공사는 소월의 고향인 정주 땅에서도 이뤄진다. 김소월 부친의 실성은 바로 이 경의선 철도 부설 공사와 연관이 있다. 1915년 소월이 남산학교를 졸업하고 그 해 4월 오산학교로 진학하던 시절에는 조선이 일본의 강력한 무단통치로 식민지 지배가 점차로 정착되어 가던 시기이다. 그러나 이 시기는 3·1 운동으로 가는 시기로 비록 일제의 무단통치에 의해 억압되어 있었지만 그와 비례하여 조선 민중들의 일제에 대한 울분과 저항의식 역시 상당히 팽배되어 있던 때였다. 바로 이 시기에 소월은 민족교육의 요람지인 오산학교를 다니게 된 것이다. 소월이 오산학교에 재학 중인 1919년에 일어난 3·1 운동 때 소월도 만세운동에 적극 참여했고, 이때 오산학교는 일본 경찰에 의해 불태워지고 말았다.[1] 이후 오산학교를 졸업하고 배재고보에 편입한 후 1922년 3월 배재고보를 졸업하고 같은 해 4월에 일본으로 건너가 동경상대에 입학한다. 그해 9월에 일어난 관동대지진으로 인해 10월 경 귀국해서 이후로는 학업을 계속하지 못했다. 이 시기는 문화정치기로 일제의 억압은 다소 완화되었다. 그러나 결국은 관동대지진으로 인한 일본에서 벌어진 조선인 대학살 사건으로 보건대 피식민지인의 신분이란 항상 불안하고 위험한 것이었다. 소월 역시 관동대지진으로 일본에서 학업을 계속 할 수 없게 되었다.

1920년대부터 일본 동양척식주식회사의 본격적 진출은 식민지 조선의 농민들이 대량 토지로부터 이탈되는 현실을 야기한다. 땅을 빼앗긴 농민들이 중국, 러시아의 유이민으로 떠나기 시작[2]하게 되는데, 이 시기 김소월의 「나무리벌 노래」(1924년) 같은 시는 이러한 민족의 비극적 참상을 시로써 고발한 당시의 유일무이한 시이다. 그는 이 시기에 즈음하여 1926년 그의 처가가 있는 평안북도 구성군 남시로 낙향하여, 8월부터 『동아일보』 구성지국을 경영하기 시작하는데 이 역시 김소월의 민족의식을 설명하는 중요한 하나의 단서가 된다. 이후 소월은 불면과 우울증에 시달리다 자살로 생을 마감하는데 그것을 순전히 개인적인 이유로 설명하기보다는 시대적 상황을 감안해야 할 것이다.

2) 고향 및 가족 관계

소월은 1902년 음력 8월 6일 평안북도 정주군 곽산면 남단리(일명

---

1 김영철, 『김소월』, 건국대학교 출판부, 1999, 63쪽.
2 김용섭, 『한국근현대농업사연구』, 지식산업사, 2000, 314쪽.

남산동)에서 부친 김성도(金性燾)와 모친 장경숙(張景淑)의 장남으로 태어났다. 그가 태어나기 1년 전인 1901년에는 일제가 대륙으로 진출하려는 야망을 실현하기 위한 발판과, 조선으로부터 농산물을 비롯하여 각종 지하자원은 물론, 군대의 신속한 이동통로로 이용하려고 경부선철도의 부설을 위한 기공식이 있었고 소월이 태어난 1902년에는 러일전쟁을 수행하기 위한 일제의 경의선 철도 공사가 한창 진행되던 시기였다. 그의 부친인 김성도가, 소월의 고향인 정주를 통과하는 경의선 철도건설 일본인 인부들로부터 집단폭행을 당해 그 후유증으로 정신이상이 되어 폐인이 된 것[3]도 이때였다.

소월의 고향인 평북 정주(定州)는 자연이 수려하고 땅이 기름진 고장이다. 서쪽으로는 바다에 접해 있고 북쪽으로는 대륙으로 통하는 교통의 요지에 위치한 까닭에 우리나라에 최초로 예수교가 전파되고 서양의 신문명이 일찍이 수용된 진취적인 지방이다. 3·1 운동 시 33인 민족대표의 일인이며 교육자인 이승훈(李昇薰)은 정주 출신으로 민족운동의 인재양성기관으로 이름 높았던 오산학교를 서북지방에서는 처음으로 고향인 정주에 설립하였다.(1907년) 또한 이곳은 춘원(春園) 이광수(李光洙)와 안서(岸曙) 김억(金億)을 배출한 고장[4]이다. 근대화의 선각자인 도산 안창호와 고당 조만식 등이 이 지방에서 지척인 평안남도 강서 출신인 것을 보아도 정주를 위시한 서북 지방이 선각자의 요람이 된 것도 우연은 아닐 것이다.

---

3 계희영,『藥山 진달래는 우련 붉어라』, 문학세계사, 1982, 26쪽.
4 이광수: 평안북도 정주군 갈산면 익성동 940번지.
　백　석: 평안북도 정주군 갈산면 익성동 1013번지.
　김　억: 평안북도 정주군 곽산면 관삼동.
　김소월: 평안북도 정주군 곽산면 남단리(일면 남산동) 569번지.

소월이 출생하고 성장한 평북 정주군 곽산면 남산리는 명산인 능한산(凌漢山)을 진산으로 하는 남향마을이다. 소월의 스승인 안서의 말을 빌면 소월은 능한산의 정기를 받고 태어났고 춘원은 사인산(舍人山)의 정기를 받았다고 한다. 이 마을 동쪽 끝에는 옥녀봉이 우뚝 솟아 있고 서남쪽으로는 기름진 농토가 질펀하게 펼쳐져 있다. 여기서 서쪽으로 시오 리쯤 나가면 서해바다에 이르는 데, 옥녀봉에 오르면 서해바다가 바라다 보인다. 소월이 자주 오르던 능한산에는 옛 산성의 돌무더기들이 남아 있고 능한산 계곡물은 소월의 집 앞을 개울물이 되어 서해로 흘러간다.

> 우리집뒷산(山)에는 풀이푸르고
> 숲사이의시냇물, 모래바닥은
> 파알한풀그림자, 떠서흘러요.
>
> -「풀따기」1연

이렇게 소월의 고향은 산과 들과 바다가 조화롭게 어우러진 아름다운 고장이다. 남산리에는 공주 김씨 가문 120여 가구가 집성촌을 이루어 살았다. 인간은 누구나 환경의 영향을 받는다. 더구나 감수성이 예민한 사람일수록 그 영향은 지대하다. 소월처럼 상상력이 풍부하고 감수성이 예민한 사람은 환경의 영향은 절대적이라 할 수 있다. 소월이 주옥같은 시편들을 창작할 수 있었던 것은 이처럼 아름다운 자연 환경도 한몫을 했다.

소월은 김성도의 맏아들이면서 공주 김씨 가문의 종손으로 태어났다. 그는 공주 김씨 가문의 기대주라는 사실에 정신적인 부담을 갖고 성장하게 되어 그의 성격형성에도 영향을 주었으리라 짐작된다. 소월의 조부인 김상주(金相疇)는 강직한 이로 자신의 판단에 옳지 못하다고 생각되면 용서치 않았다고 한다. 그는 공주 김씨 가문의 대표자로서의 권위를 갖고 가문의 대소사를 관장하였다. 광산업을 했던 김상주는 일찍 개화하여 단발을 하였으나, 유교적 윤리관을 고수하여 가문을 지키려고 하였다. 일찍이 기독교가 전래된 평북 정주 지방인 이곳 공주 김씨 집성촌인 남산리에 예수교가 자리잡을 수 없었던 것도 그의 유교적 가치관 때문이었다. 그는 소월의 성장 과정과 성격형성에 큰 영향을 미쳤는데 소월의 부친이 정신질환으로 인해 아버지 구실을 제대로 못했기 때문에 조부인 그가 아버지 역할을 대신 하였고 또한 문중 어른으로서 권위를 갖고 종손의 언행과 생활 전반을 관여하고 독려했다. 이러한 조부의 권위는 대단해서 아무도 그에게 거역할 수가 없었다[5]고 한다.

소월은 유년기에는 종손으로서의 기대감 때문에 조부의 총애를 받는 한편 엄한 훈도아래 독선생 밑에서 한문 공부를 했다. 소월이 점차 성장하면서 조부와의 견해 차이로 차차 거리가 생기게 되고 불화가 이어져 마침내 소월은 처가가 있는 평북 구성으로 가서 말년을 보내게 된다. 소월의 부친인 김성도(金性燾)는 김상주의 3남 3녀 중 장남으로 태어났다. 공주 김씨 가문의 종손으로 문중의 기대를 받았으나 소월이 2세 때 정주와 곽산 사이의 철도를 부설 하던 일본인 인부들에게 집단폭행을 당한 후유증으로 인해 정신이상자가 되어 가문에 무거운 짐이 된다.[6] 그의 정신병은 난폭한 행동으로 남에게 해를 끼

---

5 오세영, 앞의 책, 13쪽.
6 계희영, 『藥山 진달래는 우련 붉어라』, 문학세계, 1982, 25~26쪽.

치거나 재물을 파손하는 것과 같은 외향성이 아니고 대인 기피증으로 혼자 앉아서 중얼거리는 게 전부였다고 한다. 그의 불행한 사고는 소월에게 정신적으로 커다란 충격을 주게 되어 성격형성과 아울러 결정적인 트라우마로 작용하여 그의 작품에 표출된다. 유년기의 소월은 총명하였을 뿐만 아니라 무척 명랑 쾌활했다고 한다. 그러나 나이가 들어 갈수록 말수가 적어지고 우울해 하고, 혼자서 옥녀봉에 올라 멀리 서해바다를 바라보기를 즐겨했다. 외향적이었던 소월이 성장하면서 내향적인 성격으로 변모했던 것은 부친의 정신질환에 그 원인이 있다고 추정된다.

소월에게 아버지가 없는 것과 다름없다는 사실―실제적인 아버지의 부재는 나라를 빼앗긴 식민지 시대 속에서 그 의미가 더욱 복합적으로 작용하게 된다. 전통적 상징에 의하면 조국은 아버지이기 때문이다. 우리는 흔히 이승만, 조지 워싱턴을 국부(國父)라고 비유하는데 '국부'라는 단어 속에는 조국이 곧 아버지임을 말하는 뜻이 담겨 있기 때문이다. 김소월 시에서 남성이 사라져버리고, 피해를 입고 버림받는 여성이 시적 화자로 등장하게 되는 것도 이와 관련된다고 할 수 있다. 「엄마야 누나야 강변 살자」에서는 아버지 또는 망국으로 상처받은 영혼을 위무할 모성의 세계에 대한 동경이 나타나는 것이다.

그 밖에 소월에게는 두 명의 숙부와 세 명의 고모가 있었는데 소월에게 또 다른 영향을 준 사람은 둘째 숙부인 김인도와 큰 고모부인 김시겸, 그리고 첫째 숙모 계희영이다. 둘째 숙부 김인도는 일정 말기에 중국으로 건너가 상해 임시정부에 관여하였고, 귀국 후에는 조선 민주당 당원으로 활동하였다. 그는 소월과 남산학교를 같이 다니며 한 집안에서 생활하며 성장하였기 때문에 소월에게 많은 영향을 주었다. 큰 고모부인 김시점은 개화한 기독교인으로 전도사였다. 그는 105인 사건7에 연루될 정도로 열렬한 애국지사였기에 옥살이도 자주 했으며 한 때는 만주 지방으로 망명을 하기도 했다. 또한 남산 학교에 강사로 자주 초빙되는 유명 인사였다. 숙부인 김인도와 함께 큰 고모부인 김시점은 소월의 민족의식 형성에 큰 영향을 준 인물들이다.

소월의 문학적 감수성에 영향을 준 사람은 그 누구보다도 첫째 숙모 계희영이다. 그녀는 평북 선천군 농연에서 태어난 지방 토족의 딸로서 소월의 숙부 김학도(金學燾)와 결혼을 하였다. 그녀의 남편 김학도는 배재학교를 졸업하고 일본에서 대학을 나온 후에 주로 외지를 떠돌며 생활을 하였다. 더구나 신의주에서 신여성과 동거를 하는 등 아내를 돌보지 않았다. 그런데도 계희영은 15년을 넘게 남편을 기다리며 불행한 삶을 홀로 살았다. 그 후 남편인 김학도는 끝내 요절하고 말았다. 계희영은 그러한 이유에서인지는 몰라도 소월에게 애정을 쏟게 되었다. 그녀의 친정은 부유하였고 일찍 개명한 집안이었다. 그녀가 언문을 익혀 수많은 고대소설을 접할 수 있었던 것도 그런 연유에서다. 그녀는 소월이 4살 되던 해에 김학도와 결혼을 했는데 시집 온 첫날부터 소월이 작은 엄마라고 부르며 그녀를 따라다녔다고 한다. 소월은 옛날이야기 듣기를 좋아해 그녀를 보기만 하면 이야기를 해달라고 졸라 댔는데, 그 때 들은 이야기가 『춘향전』·

---

7 105인 사건: 1911년 일제가 무단통치의 일환으로 민족운동을 탄압하기 위해 데라우치 마사다케(寺內正毅) 총독의 암살미수사건을 확대 조작하여 애국 계몽 운동 가들을 투옥한 사건으로 제1심 공판에서 유죄판결을 받은 사람이 105 명이었으므로 일반적으로 '105인 사건'이라고 한다.

『장화홍련전』·『심청전』·『삼국지』 등이었다. 그 밖에 여러 가지
전설과 설화 등도 숙모로부터 듣게 되었다. 당시에는 동화책 한 권
구해 보기가 어려운 때인지라 숙모가 들려준 여러 가지 이야기들은
소월에게 풍부한 상상력을 충족시켜 주고 문학적 감수성을 자극했을
것이다.

숙모와 소월의 관계는 소월이 오산중학교에 진학하여 집을 떠날
때까지 거의 10여 년간 계속 되었다. 이 시기가 소월의 성격 형성기
였기 때문에 계희영이 소월에게 끼친 영향은 엄청나게 클 수밖에 없
다. 소월을 유명 시인으로 키워낸 공을 그의 은사인 안서 김억을 거
론 하지만 소월의 문학적 바탕에 밑거름을 주어 소월의 시심의 땅에
힘을 북돋운 이는 숙모인 계희영을 배제할 수 없다. 소월의 대표작
중에서「접동새」,「물마름」등은 그의 유년기에 숙모로부터 전해들은
이야기[8]들이 그 모티프가 되었다. 소월 시에 나타나는 민요조의 가
락, 향토색, 전설과 역사적 사건들의 형상화는 숙모로부터 전해들은
유년기의 간접 체험에서 연유했다고 할 수 있다.[9] 특히 그가 숙모에
게 전해들은 설화, 민담 등은 그의 시에서 민족의식이 표출되는데 주
요한 밑거름으로 쓰이게 된다.

이상에서 살펴본 바와 같이 소월은 비교적 다른 지역보다 일찍 문
명개화를 받아들인 평북 정주 지방에 태어나 신학문에 신속하게 접
할 수 있었다. 특히 이러한 분위기 속에 설립된 정주의 오산학교는
소월의 민족의식 형성에 중요한 영향을 미쳤으리라 판단된다. 그리
고 일찍 개화한 지역이라 소월의 숙부 김학도는 배재고보를 졸업하

---

8 계희영, 앞의 책, 78쪽.
9 김영철, 앞의 책, 20~22쪽.

고 일본에 유학하여 대학까지 나왔고, 둘째 숙부 김인도는 일제 말기에 상해로 건너가 임시정부에 관여했으며 큰 고모부 김시점은 개화한 기독교인으로 전도사였다. 그는 105인 사건에 연루될 정도로 열렬한 애국자였으며 그로 인해 옥살이도 자주 했고, 한 때는 만주로 망명을 하기도 했다. 그러나 이러한 표면적 사실 외에 그의 아버지가 일본인 목도꾼의 폭행에 의해 실성한 사람이 되었다는 사실은 그의 내면에 심각한 정신적 상처를 남겼을 거라고 판단된다. 더욱이 그가 시대의 현실에 서서히 눈을 뜨기 시작하던 시기는 일본에게 나라를 빼앗긴 시기이고, 그리고 아버지가 없는 것과 다름없는 사실―실제적인 아버지의 부재는 소월로 하여금 일제에 대한 저항의식을 내면화하는 계기로 작용했다고 본다.

3) 출신학교 및 교우 관계

소월이 5세 때(1907) 그의 조부는 사랑에 독서당(讀書堂)을 개설하고 훈장을 초빙하여 소월에게 한문을 가르쳤다. 그의 한시 번역 작품은 이 시기부터 배운 한문 실력에서 비롯되었다고 볼 수 있다. 소월은 7세 때(1909) 평북 정주군 곽산면 남단동에 위치한 사립인 남산학교(南山學校)에 입학하였다. 이 학교는 공주 김씨 문중에서 세운 사립학교였는데 소월은 머리가 영특하여 선생님들로부터 칭찬을 받았다.[10] 남산학교는 민족지도자인 이승훈, 독립운동가인 소월의 큰 고모부 김시점 선생 등을 초빙하여 강연을 하여 학생들에게 은연중 민

---

[10] 계희영, 앞의 책, 135~136 쪽.

족의식을 심어주었다. 한 번은 일제가 그들의 천장절(天長節)을 기념
하는 행사에 남산학교 교원과 학생들을 강제로 동원하고 선물로 찹
쌀떡을 주었는데 모두들 그 떡을 먹지 않고 갖다버린 일이 있었다.
이를 계기로 소월은 처음으로 피압박 민족으로서의 막연한 자각을
하게 되었다.11 남산학교 재학 중 소월은 언제나 반에서 1등을 했으
며 기억력과 관찰력이 비상하여 신동이라는 소리를 들었다. 그는 공
부를 잘했을 뿐만 아니라 피리 부는 솜씨와 장기 두는 실력도 단연
뛰어났다. 아버지의 병환 때문에 자주 옥녀봉에 올라 그가 부는 서도
가락의 피리소리는 동네사람들의 심금을 울렸다고 한다. 또한 장기
도 잘 두어 동네 청년들이 그를 이겨낼 수 없었다고 한다.

당시에 소월에게서 문학적 재능을 발견한 이로는 국어과 담당인
서춘(徐春, 1894~1943) 이었다. 그는 평안북도 정주 출신으로 아호는
오봉(五峰)이다. 오봉 서춘은 오산학교를 졸업한 후, 일본 동경고등
사범학교(東京高等師範學校)에 재학하면서 조선유학생학우회에 가
입하여 민족의식 고취에 힘썼다. 그는 소월이 오산학교에 재학 중일
때는 오산학교에서 교편을 잡았다. 그 후 서춘이 교토제국대학 경제
학부에 재학 중이던 1919년 3·1운동의 도화선이 되었던 도쿄에서의
2·8 선언에 실행위원 11인이자, 9인 대표 중 한사람으로 참가했다.
그는 이 사건으로 금고 9개월을 복역했다. 1918년 말 오산학교 설립
자인 이승훈에게 도쿄 유학생들의 움직임을 전해 이승훈이 3·1 운
동을 기획하는 계기를 제공했다. 그러나 출옥한 후 2·8 독립선언 참
가자들 중 이광수와 함께 대표적인 변절자가 되었다. 귀국 후 오산학

11 김영철, 앞의 책, 24쪽.

교 교원을 거쳐 『동아일보』(1927), 『조선일보』(1932)에서 편집국장, 주필 등을 지냈다. 그는 경제전문가로 활동하면서 일본제국의 전시 경제정책을 찬양하는 어용평론을 썼다. 1940년 8월 동아, 조선 두 신문사가 일제에 의해 강제 폐간되자 조선총독부 기관지인 『매일신보』 주필을 맡으면서 방송선전협의회 간사, 국민총력조선연맹위원, 조선 임전보국단 평의원 등으로 강연과 기고활동을 통해 친일활동을 벌였고, 1940년 일본어로 발행되는 친일잡지 『태양』을 창간하기도 했다.

이러한 서춘이 오산학교 교원으로 재직할 때는 소월에게 시집이나 소설책을 빌려주기도 하고 직접 문학 지도를 하기도 했다. 때로는 소월이 서춘 선생의 하숙집을 드나들며 읽어낸 문학 서적이 50권을 넘었다고 하니 중학생 치고는 문학수업을 제대로 한 셈이었다. 서춘 선생은 민족시인 소월을 키워낸 공로자 중의 한 사람이라고 할 수 있다.[12]

소월은 13세인 1915년에 4년제 남산학교를 졸업하고, 그해 4월에 이승훈(李昇薰, 1864~1930)이 설립한 오산학교(五山學校)에 입학했다. 당시의 교장은 이승훈이었다. 이승훈은 유기그릇을 파는 장돌뱅이로부터 시작하여 각고 끝에 30대에 들어서서는 국내 거상으로 자수성가한 상인이다. 그러나 이후 그는 도산 안창호의 영향을 받고 오산학교를 건립하여 교육 사업에 헌신한다. 그는 도산 안창호가 조직한 신민회의 평북지방 총책으로 있으면서 105인 사건에도 연루되어 투옥되는 등 1910년대의 전형적인 애국계몽운동가로서의 모습을 보여준다.[13] 그리고 교사 중에는 독립운동가이며, 교육자이고 정치가

---

12 김영철, 앞의 책, 25쪽.
13 양문규, 『한국 근대소설과 현실인식의 역사』, 소명출판, 2002, 52쪽.

로 '조선의 간디'로 불렸던 고당(古堂) 조만식(曺晩植, 1883~1950)이 있어 학생들에게 민족의식을 고취하였다. 춘원 이광수도 한때 이 학교에서 교편을 잡은 적이 있다. 오산학교는 일종의 민족운동 인재양성기관이었다. 오산학교는 남강 이승훈이 평양 모란봉이 있는 쾌재정에서 도산 안창호의 연설을 듣고 깨우침을 얻어 민중사상, 민족정신, 기독교정신을 교육이념으로 1907년 12월 24일 평안북도 정주군 갈산면 익성동 제석산 기슭에 오산학교를 설립하였다. 1910년 일제의 박해를 피하기 위해 교육취지를 기독교정신으로 바꾸었지만, 그 성격은 사관학교, 훈련원, 정치학교, 인문중학교, 특수모범자양성소 등을 겸한 학교였다. 그리하여 오산학교는 일반 교과과정을 교수하기보다는 민족성 개조에 더욱 치중하였다. 이 학교 졸업생으로는 독립운동가인 김도태, 김지환, 서춘, 김홍일 등이 있고, 문인으로는 김억, 김소월, 백석, 화가 이중섭 등이 있다. 백병원 설립자인 백인제, 종교인으로는 신사참배에 항거하다 순교한 주기철, 영락교회 창설자 한경직, 무교회주위자인 함석헌, 그리고 언론인으로 홍종인 등이 있다. 소월이 이곳서 수학하였다는 사실 자체가 그의 민족의식 형성에 많은 영향을 미쳤고 판단된다. 오산학교 재학시절 소월의 성적은 언제나 우등이었다. 머리가 총명한데다 밤을 새워 공부하는 근면함으로 거의 모든 과목이 백 점이었다. 담임선생이 '만점'이라고 별명을 붙여 줄 정도로 그의 성적은 우수 했다. 또한 소월은 주산 실력도 뛰어났다. 한 번은 정주 읍내 금융조합에서 실시한 주산대회에 오산학교 대표로 참가하여 우승을 하였다.

소월은 오산학교에서 안서 김억과 운명적으로 만나게 된다. 안서는 소월보다 9살 연상인데 고향이 평북 정주군 곽산면 관삼동으로 소월의 동네인 남산동에서 20여 리 떨어진 곳이다. 그리고 안서의 처는 소월의 6촌 누이 되는 사람이다. 안서가 소월의 문학성을 발견하게 된 계기는 안서가 숙제검사를 하다가 소월의 시「애모」를 보게 되면서 부터라고 한다. 소월의 재능을 발견한 안서는 이후 시 창작지도에 열정을 쏟았다. 이때 소월은 한시·민요·서구 시 등을 본격적으로 접하며 시작(詩作)수업을 받았다. 안서의 서재를 드나들며 신학문이나 해외문학 작품을 탐독했다. 숙모 계희영에게 구전으로 들었던 설화, 전설, 고대소설과 그리고 남산학교 시절 서춘 선생을 통해 막연하게 접했던 문학세계를 체계적으로 이해하게 되었다. 안서는 수시로 소월의 시 작품을 학생들에게 읽어주었고 조만식 선생에게도 보여 주며 장차 한국시단의 거목이 출현할 것을 예언하기도 했다.[14]

　1919년 거족적인 3·1만세운동에 오산학교 재학 중인 소월 역시 적극적으로 참여하였다. 일제는 오산학교를 독립운동 진원지의 하나라고 하여 학교를 불태웠다. 이후 조부의 성화로 고향인 남산동으로 돌아왔다. 그 때 스승인 안서도 귀향하여 사제지간의 정을 돈독히 나누었다. 이후 소월은 1921년 20세의 나이에 오산학교 중학부를 졸업하고 21세(1922년)에 배재(培材)고등보통학교 5학년에 편입학 했다. 그가 배재로 편입한 이유는 이때까지 오산학교는 총독부에서 중등학교로 공인하지 않은 학교였기 때문에 상급학교를 진학하기 위한 자격을 취득하기 위해서다. 조부는 소월이 가문을 승계해야 한다는 이유로 외지로 나가 공부하는 것을 반대하였다. 그러나 조부가 소월의 외지 유학을 반대한 또 다른 이유는 둘째 아들인 김학도는 일본

---

14 김영철, 앞의 책, 29쪽.

유학 후 처를 버리고 신여성과 외지에서 살림을 차리고, 작은 아들 김인도와 사위인 김시점은 신학문을 접하고 독립운동이나 사상운동에 빠지는 것을 보았기 때문이다. 안서의 주선으로 소월은 배재고보에 편입할 수 있었다. 배재고보에서도 소월의 성적은 언제나 우등이었다. 그러나 늘 혼자 있기를 좋아하는 비사교적 성격은 여전했다. 고향을 떠나와 낯선 서울생활이 그를 더욱 외롭고 힘들게 했을 것이다. 소월이 1923년(22세) 3월 배재고보를 졸업할 때 학업석차는 44명 중 4등이었다.[15]

배재고보를 졸업한 그해(1923) 소월은 일본으로 건너가 동경상대 예과에 입학했다. 시를 쓰는 그가 상과대학으로 진학한 것은 어찌 보면 의외라고 할 수 있다. 그러나 그해 9월 1일에 관동지방에 대지진이 일어나고, 소월은 일본인들이 7000여 명에 이르는 조선인 대학살의 만행을 저지르는 것을 목격하고 큰 충격을 받고 서둘러 같은 해 10월에 귀국했다. 귀국 후 바로 귀향하지 않고 서울의 청진동 하숙집에 유숙하면서 취직자리를 알아보았으나 여의치 않았다. 서울생활 중에 소월은 다른 문인들과 교류는 거의 없었고 주로 스승인 안서만 만났다. 소월이 교류를 했던 문인으로는 나도향(羅稻香, 1902~1926)과 염상섭(廉想涉, 1987~1963)정도였다. 한때 소월과 나도향은 청진동 하숙에서 동거한 적도 있을 정도로 두 사람은 친분이 두터웠다. 서울 출생의 소설가 나도향(羅稻香)은 소월과 마찬가지로 불우한 문학 천재였는데, 소월에 앞서 25 세로 요절했다. 흥미로운 것은 나도향 집안도 독립운동과 관계되어 있다는 점이다. 도향의 조부인 나병규는

---

15 오세영, 앞의 책, 23쪽.

한방 명의로 장안에서 이름이 높았다. 또한 그의 부친도 양의였다고
한다. 그런데 독립운동에 자금을 대면서 빚을 지기까지 했다. 그 후
독립운동자금을 출연한 것이 발각되어 함흥 감옥소에서 감옥살이를
했다. 그 후유증으로 병석에 눕게 되어 가세가 기울었다[16]고 한다.

　이상에서 고찰해 본 바와 같이 소월이 겪은 여러 정황, 즉 부친이
일본인 인부들에게 집단폭행을 당해 정신병자가 된 것, 오산학교에
서의 수학, 일본 유학시절 관동 대지진 때 일본인들이 조선 동포들을
참혹하게 학살하는 것 목격 등을 볼 때 그의 민족의식은 내면 깊숙이
의식화 되었다고 판단된다.

4) 직업 및 사회 활동

　소월은 33년의 너무나 짧은 생애를 사는 동안 이렇다 할 직업이 없
었다. 1923년 3월에 배재고보를 졸업하고 4월에 일본 동경상과대학
에 입학했다가 그해 9월 1일에 일어난 관동 대지진으로 인해 10월에
귀국해서 서울에 머물면서 취업하려 했지만 여의치 않아 1924년 귀
향해서 보통학교 교원생활을 하기도 했고, 조부가 경영하는 광산 일
에 관여하기도 하고 농사일을 돌보기도 했다. 그러나 조부와의 사이
에 여러 가지 갈등, 즉 신구 세대 간의 가치관, 인생관, 성격 등의 차
이에서 야기되는 갈등으로 인해 불화하다가 1924년 소월은 자신의
몫으로 받은 농지를 팔고 처가가 있는 평안북도 구성군(龜城郡) 평지
동(坪地洞)으로 이주했다.

---

16 윤홍로, 『나도향』, 건국대학교출판부, 1997, 15~23쪽.

2년 후인 1926년(25세) 구성군 남시로 나와 7월부터 『동아일보』 구성 지국을 경영하기 시작했다. 당시 구성 지국은 소월이 지국장이고, 총무에 배찬경(裵燦京), 기자 겸 회계원 노봉섭(盧鳳燮)이 있었다.[17] 소월은 왜 궁벽한 시골구석에서 『동아일보』 지국이라는 사업을 경영하고자 했을까? 역시 사업도 여의치 않았다. 독자 확보는 물론이고 수금도 제대로 되지 않아 얼마를 못 견디고 총무와 회계원을 내보내고 그 자신이 배포, 수금까지 도맡아야하는 지경에 이르렀다. 신문을 구독할 절대인구가 부족하고 문맹자가 70%가 넘고 절대 다수가 빈곤층인 산골에서 소월이 신문사 지국 경영을 한 것은 이해하기가 어렵다.

그의 스승 안서의 말을 빌리면 소월은 일상사에서는 냉철한 이성의 소유자로서 계산이 밝고 허점이 없었으며 이지적이었다고 한다. 그럼에도 불구하고 그가 지국을 경영한 연유를 다음과 같이 유추해 볼 수 있겠다. 당시 신문사 지국을 운영한다는 것은 단순히 사업상의 동기도 있지만, 일종의 독립운동 또는 계몽운동의 일환이었다고 할 수 있다. 통상 신문사 지국장은 그 지역 주재 기자 역할을 하면서 지역에서 일어난 여러 소식들을 본사에 전달하는 역할도 담당했다. 가령 소월이 동아일보에 발표한 「나무리벌 노래」(1924.11.24), 「옷과 밥과 자유」(1925.1.1.)는 실제로 황해도 재령 지방의 여물평(餘勿坪), 일명 나무리벌에서 일본 동양척식주식회사에 대항하여 일어났던 소작쟁의 사건을 소재로 한 것이다. 이 작품은 쟁의에 실패하고 만주로 이산하게 된 소작인들의 비극을 그린 것이다. 이 사건은 당시 동아일

---

17 김용직, 『김소월전집』, 서울대학교출판부, 2007, 563쪽.

보 기사로 상세하게 보도되는데, 소월이 이를 작품으로 형상화 할 수 있었던 것은 이 사건을 기자와 같이 구체적으로 정확하게 알고 있었음을 말해준다. 황해도는 평안도와 같은 서도 지방으로 김소월은 이 사건을 주시하고 있었기 때문에 이 시기 어느 시인도 그려내지 못한 황해도 지역의 소작쟁의 사건을 시로 형상화할 수 있었다.

신문사 지국 사업에 실패하고, 생계에 위협을 느낀 소월은 할아버지로부터 자금을 구해 1927년 그와 어울리지 않게 고리대금업을 하기에 이른다. 그러나 이자는커녕 빌려 준 원금조차 받아내지 못하는 형편이라 그마저 실패로 끝나고 만다. 고리대금업을 시작한 후부터 소월은 술을 마시기 시작했다. 남편을 걱정하고 또 위로하기 위해 부인도 집에서 남편과 술자리를 같이했다. 설상가상으로 이 무렵 소월에 대한 일경의 감시가 심해졌다. 직접적 원인은 그의 고향 친구 배찬경의 해외 망명과 소월이 쓴 소설 「함박눈」 때문이었다. 배찬경은 소월의 오산학교 동창이었는데 일본에서 지하운동을 했다는 혐의를 받고 요시찰 인물로 지목을 받은 사람이었다. 그는 수사망을 피해 만주로 망명을 했다. 망명 시 소월이 도피 자금을 대주었는데 이를 일경이 눈치를 챈 것이다. 소월이 발표한 단편소설 「함박눈」이 독립운동을 소재로 한 것이어서 수시로 소월을 취조했던 것이다. 일본 경찰은 이따금 소월을 주재소로 소환해서 모욕을 주고, 써놓은 작품을 압수해가기도 했다.[18] 소월은 이때의 심경을 스승인 안서에게 보낸 편지에서 다음과 같이 술회했다.

---

18 김영철, 앞의 책, 41~42쪽.

제가 龜城에 와서 명년이 10년이옵니다. 10년도 이럭저럭 짧은 세월이 아닌 모양입니다. 산촌에 와서 10년 있는 동안 산천은 별로 변함이 없어 보여도 人事는 아주 글러진 듯하옵니다. 世紀는 저를 버리고 혼자서 앞서서 달아난 것 같사옵니다. 독서도 아니 하고 습작도 아니 하고 그저 다시 잡기 힘든 돈만 좀 놓아 보낸 모양이옵니다. 인제는 돈도 없으니 무엇을 하여야 좋겠느냐 하옵니다.[19]

인사는 아주 글러지고 세기는 달아나 버리고 시도 되지 않고 사업은 망하고 말아 모든 것에 실패한 열패자(劣敗者)의 참담한 심경을 스승에게 진솔하게 고백하고 있다. 10여 년을 산촌인 구성에서 생계를 영위하려고 갖은 신산을 겪어가며 나름대로 노력을 하며 버텨보았지만 남는 건 절망뿐이었다. 문학과 생에 대한 의욕을 상실한 그는 점차 술에 빠져 들어갔다. 술로 세상과 자신을 잊고자 했다. 절친한 친구인 나도향이 병사하고 1929년 9월에 시인 이장희의 자살 소식을 듣고 크게 충격을 받는다. 술로 인해 정신적으로 피폐해지고 경제적으로 몰락하여 마침내 문학마저 놓아버린 소월은 선택의 여지가 없었다. 숙모 계희영은 그의 죽음에 대하여 다음과 같이 적고 있다.

남단리 조상님들 무덤을 찾아서 일일이 돌볼 때, 누구 하나 소월의 성묘함을 보고 이상하게 느끼고 생각했던 사람이 없었던 것처럼 소월이 난데없이 장에 가서 아편을 구해 가지고 돌아온 것을 보면서도 가족들 중에 누구 하나 이상하게 본 사람이 없었다. 아마 소월이가 그 약을 먹

19 김안서, 「요절한 박행시인 김소월에 대한 추억」, 『조선 중앙일보』, 1935. 1. 23, 24.

고 세상을 하직하리라고 믿었던 사람이 없었던 까닭이다. 장에 다녀온 소월은 그날 밤도 여전히 색시와 둘이서 마주 앉아 술을 따라 마셨고 밤 늦게 잠자리에 들었다.……무슨 고통과 번민이 있었던지 사랑하는 아내에게 일절 말하지 않았으니 그의 아내도 하는 말이 "나야 무식해서 아나요, 또 이야기도 안 해주고요. 마음 상하고 아프다고 술만 마셨답니다. 술잔만 들면 울기만 해요."

소월의 죽음은 문중에서 부끄럽고 끔찍하다 하여 함구하고 말았다. 그래서 소월의 사인이나 그 후의 자세한 이야기는 세상에 나돌지 않았던 것이다.[20]

소월의 죽음에 대해서 확실하게 알려진 것은 없다. 대체로 자살설이 일반적이지만 일부에서는 그가 알코올 중독으로 인한 병사라는 설도 있다. 알콜 중독이거나 자살이거나 스스로 삶을 포기하고 자신이 선택한 죽음인 것만은 분명한 사실이다. 한국 역사상 가장 참담한 시대를 비극적으로 살아야 했던 민족시인은 1934년 12월 24일 32세의 젊은 나이에 생을 마감했다.

소월의 직업은 32년간의 짧은 생애이기도 했지만 고향 근처에서 신문사 지국을 1년도 채 못 되는 기간 동안 경영한 것이 전부다. 그러나 실제 이 지국 경영도 단순한 생계수단으로서의 직업이 아니라 일종의 사회운동, 독립운동의 일환이 아니었나 하는 짐작을 하게 된다. 즉 신문사의 지국은 당시로서는 그 지역의 문화 계몽 운동의 중심이라 할 수 있고 따라서 지국을 경영한다는 것은 단순히 돈벌이가

---

20 계희영, 앞의 책, 272~273쪽.

아니라 지역의 동정 등을 서울 중앙에 보도하는 지금으로 보면 지방 주재 특파원의 기능을 수행했던 것으로 짐작된다. 당시 황해도 지방에서 일어난 소작쟁의 사건이 동아일보에 집중 게재되었고, 소월이 이와 관련된 시를 창작했다는 것은 그가 사회문제, 나아가서 조국에 대한 역사의식 및 민족정신에 대한 강한 의지를 극명하게 보여주는 것이다.

2. 백석의 경우

1) 시대적 상황

백석은 소월보다 10년 늦게 태어났다. 그가 시작(詩作) 활동을 전
개할 때는 일제가 군국주의 현실로 치닫던 시기로, 일제강점기의 제
3기인 전시동원기에 해당하는 시기였다. 만주사변(1931) · 중일 전쟁
(1937)을 일으킨 일제가 식민지 조선을 대륙침략을 위한 병참기지로
삼았고, 이어 태평양전쟁(1941)으로 향해 가던 시기였다.

1936년 총독으로 부임한 미나미 지로(南次郎)는 중요한 산업에 통
제령을 내려 군수공업을 중심으로 하는 전시경제체제의 확립을 시도
하였다. 한국경제의 재편성을 단행, 중화학 공업을 발전시키는 한편,
군사수송을 위한 육운 · 해운 · 공수의 교통시설과 통신시설을 확충하
였다. 이 같은 전시 동원태세는 내정으로 이어져 조선사상범예비구
금령 · 조선사상범보호관찰령을 공포, 사상운동 탄압에 들어갔다.
1938년에는 교육령을 개정, 국체명징(國體明徵) · 인고단련(忍苦鍛鍊) ·
내선일체(內鮮一體)의 3대강령을 내세워 황국신민화(皇國臣民化)를

도모하였다.

조선어과목의 폐지, 조선어학회·진단학회의 해산, 한글신문의 폐간, 신사참배·창씨개명의 강요 등 민족문화 말살을 위한 강력한 정책을 수행하였다. 전시동원에 있어 일제는 정신적·사상적인 데에만 그치지 않고 인적·물적 동원에 그 방법을 가리지 않았다. 1937년 육군 지원병제로 한국청년을 침략전쟁의 총알받이로 내 보냈으며 근로보국대를 조직, 군사시설 과 중공업에 초등학교 학생까지 동원하였다. 1944년에는 여자정신대근무령(女子挺身隊勤務令)을 공포하여 12세부터 20세까지의 한국인 처녀 수십만 명을 징집, 일본과 한국 내의 군수공장을 비롯한 중국과 동남아지역의 전선에 위안부로 파견하였다. 이 시기는 식민지 지식인들에게는 출구가 보이지 않는 절망적 시기라고 볼 수 있다.

백석은 일본에서 영문학을 전공한 엘리트 지식인으로 조선일보 사장 방응모의 후원도 있었지만, 서울에서의 생활은 2년 정도로 상당히 짧았고 대부분 서울을 떠나 자기의 고향 또는 함흥 등지에서 생활을 했다.

백석의 이러한 삶의 행장은 일제 말 군국주의 현실과 깊은 관련이 있다고 판단된다. 같은 고향 사람으로 자신의 후원자이면서 그의 부친과 친구관계인 방응모가 적극적인 친일행각으로 치닫는 것에 민족주의자인 그로서는 심적 고통을 겪지 않을 수 없었다. 이 같은 연유로 백석은 신분과 장래가 보장되는 조선일보사를 사직하고 함흥으로 떠나 있다가 다시서울로 돌아와서 조선일보사에 재입사해서 겨우 8개월여 만에 또 다시 사직하고 장래가 불투명한 타국인 만주로 유랑의 길을 떠난 것은 일제 말의 엄혹한 현실과 저간의 사정이 어우러져 조국에서 더 이상 버티기가 어려웠던 한 지식인이 고뇌 끝의 결단이었다.

2) 고향 및 가족 관계

백석은 1912년 7월 1일 평안북도 정주군 갈산면 익성동에서 부친 백용삼(白龍三)과 모친 이봉우(李鳳宇)의 3남 1녀 중 장남으로 출생했다. 본명은 백기행(白夔行)이고, 백석(白石, 白奭)은 필명이다. 백석이 태어날 때 부친은 37세였고 모친은 13세나 어린 24세로 일설에 의하면 백석의 어머니는 기생 아니면 무당의 딸이라는 설이 있다.[21] 평안도 정주에서도 산골 출신이었던 백석은 어린 시절 몸이 허약하여 어머니가 그의 무병장수를 위해 무당에게 수영을 들었다고 하는데, 그러한 것들이 백석의 어머니가 무속과 관계있는 것이 아닌가 하는 짐작을 하게 한다. 어쨌든 백석은 어린 시절 온통 전통적인 무속적인 환경에 둘러싸여 성장한 것으로 보인다. 그의 시 「가즈랑집」에서 가즈랑집 할머니는 토속적 샤먼이다. 그의 시에는 전근대 민중들의 삶 속에서 전해 내려오는 갖가지 풍속이 담겨 있다. 백석이 무속적 환경에서 성장한 관계로 나름대로의 민족적 정체성을 그 자신 속에 내면화했던 것으로 판단된다.

백석의 부친 백용삼은 한국 사진계의 초기 인물로, 그의 고향 친구인 조선일보사 사장 방응모의 주선으로 『조선일보』의 사진반장을 지냈다. 퇴임 후에는 낙향하여 정주에서 하숙집을 운영하였다. 개화

---

21 이지나, 『백석시의 원전비평』, 깊은샘, 2006, 222쪽.
　　송준, 『백석시전집』, 학영사, 2005, 322쪽.

한 인물이었지만 생활능력이 없는 그는 나이 어린 아내와 오산학교 앞에서 하숙을 치며 어렵게 생활하였다.백석은 사진을 촬영하는 아버지의 영향이었는지는 몰라도 그의 시에는 영화나 사진 속의 풍경을 그려내는 듯한 묘사가 눈에 뜨인다. 백석의 아버지가 당시로서는 상당히 모던한 직업을 가지고 있었고 백석이 가지고 있는 모더니즘적 성향도 이러한 가계의 영향으로 해석된다.

3) 출신학교 및 교우 관계

백석은 1918년(7세)에 오산소학교에 입학해서 1924년(13세)에 졸업하고 오산중학교에 입학했다.(후에 오산고보로 승격) 동문들의 회고에 의하면 재학시절 백석은 선배 시인인 소월을 매우 선망했다고 하며 문학과 불교에 특별한 관심을 가졌다고 한다.[22] 백석은 소월과 마찬가지로 내성적이고 유별난 성격 때문에 학교의 친구들과 잘 어울리지 못했다. 그리고 결벽증이 아주 심해서 친구들의 손을 더럽게 여기고, 벌레를 무서워하고, 쇠붙이를 싫어했다고 한다.[23] 그의 이러한 괴팍한 성격으로 오산고보 시절에는 가까운 친구가 없었다. 반에서 나이가 제일 어린 백석은 암기과목과 영어를 뛰어나게 잘했다. 영어과목은 회화실력까지 뛰어나 유명하였으며 문학 방면에도 그 재능을 인정받았다. 백석이 나온 오산학교는 민족운동과 깊이 관련된 학교로 백석의 민족의식에 영향을 주었으리라 짐작된다. 물론 백석이 다니던 시절의 오산학교는 초기와는 달랐지만 서북지방 민족운동의 요

---

22 이지나, 앞의 책, 223쪽.
23 송준, 앞의 책, 315쪽.

람이었다. 이러한 학교의 전통이 백석에게 암암리에 영향을 미쳤다고 판단된다.

이후 백석은 자신의 고향인 평안도 정주 출신으로 조선일보사의 사장이 된 방응모의 후원으로 1930년 4월에 조선일보사 장학생으로 선발되어 일본 도쿄의 기독교 명문대학인 아오야마학원 영어사범과에 입학하게 된다. 백석은 1930년 봄부터 1934년 봄까지 만 4년을 일본의 동경에서 생활을 했다. 청산학원은 캐나다 재단에서 설립한 미션스쿨로서, 우리의 근대문학사에 그곳서 수학한 문인들로는 전영택, 김동명, 박용철, 염상섭 등이 있다. 백석의 고향인 평안북도 정주를 비롯한 서북지역은 기독교가 일찍이 유입된 곳이다. 또한 백석이 다닌 오산학교도 기독교 신자인 남강 이승훈이 설립한 학교이다. 백석은 청산학원의 기독교적인 분위기에도 잘 적응했던 것으로 판단된다. 백석은 오산학교 시절에는 불교에 대한 관심이 많았다고 하는데 청산학원 재학 중에 교내 교회에서 세례를 받았다.

더구나 그는 청산학원 시절에 전공인 영어는 말할 것도 없고 일본어, 러시아어, 독일어, 프랑스어까지 뛰어난 재능을 보였다고 한다. 이렇게 영어를 전공하고 외국어에 능통한 젊은이가 선진국인 일본에서 서구문화와 선진문물을 접하며 유학생활을 하였다면 당시에 유행하던 문예사조인 모더니즘을 추구하여 서구 지향적인 작품을 쓰는 것이 너무나 당연한 일인데도 그러한 점은 단지 시의 기법 차원에서만 나타나고 있다. 기법은 모더니즘적이지만 그의 시가 민족, 민중의 세계를 강하게 드러낸다는 점에서 오히려 남다른 그의 민족 지향적 성향을 알 수 있다.

백석은 내성적인 성격에다 결벽증이 심해서 사귀는 친구들도 별로 없었다. 그러나 조선일보사에 약 2년간 재직하면서 사귄 문인들은 안석영, 이원조, 김기림, 신석정, 허준, 홍기문 함대훈 등이다. 이와 같이 그가 교류한 문인들이 소월보다 많은 것은 그의 직업이 신문사 기자였기 때문이다. 당시에는 작품 발표를 거의 신문에 의존하는 경향이어서 그렇게 어울릴 수 있었던 것이다.

특히 허준은 백석과 가장 친한 친구 중 한명이다. 허준(許俊 1910~ ?)은 평안북도 용천(龍川)출생으로 백석보다 두 살 위다. 중앙고보를 졸업하고 일본 호세이(法政)대학을 졸업한 후에 조선일보 기자를 지냈다. 1940년 1월경 백석이 만주로 떠난 후 백석의 친한 친구인 수필가이면서 의사인 정근양과 함께 백석의 뒤를 따라 만주로 갔을 만큼 백석을 아꼈다. 허준은 1935년에 시「모체(母體)」를, 1936년에 단편 소설「탁류」를 『조광』지에 발표했다. 그 후 소설로 전향했다. 그의 소설은 심리주의 계열로 당대 지식인의 자의식 세계를 탁월하게 묘사하였다. 작품으로 『야한기(夜寒記)』(1938), 『습작실(習室)』(1941), 등의 작품에서 나타나듯, 현실세계의 압박을 운명의 큰 힘으로 환치시켜 거기에서 오는 허무감을 주인공이 내부세계를 추구하는 이유로 설명하였다. 광복 이후 조선 문학가동맹에 가담하여 활동하다가 월북하였다. 이 시기의 대표작으로 『잔등(殘燈)』이 있다. 이 작품은 당시 대부분의 작가들이 광복의 감격에 함몰하는 것과는 대조적으로, 광복이 몰고 오는 신세계에 대한 기대와, 또 한편 실망이 차분하고 담담하게 표현 되었고, 민족이 지나온 과거를 되돌아보고 앞으로 지향해야 할 길이 암시되어 있다.

백석은 민족 지도자 양성기관인 오산학교에서 12년 동안이나 수학한 후 일본의 명문인 아오야마 학원에서 영문학을 공부하여 서구

문물을 접하였음에도 그의 작품세계는 당대의 고단한 민중들의 삶을 작품에 투영시켜 민족의식을 환기시킨다. 그는 친구가 별로 없었다. 유일한 친구였던 허준은 일제강점기에는 허무주의로 해방 후에는 차분한 성찰로 현실과 대결한 자였다. 백석의 교육환경과 친우관계로 미뤄볼 때 그 역시 민족현실에 무관심할 수 없었다고 판단된다.

4) 직업 및 사회 활동

백석은 23세 되던 해인 1934년 3월 6일 일본 도쿄의 아오야마(靑山)학원을 우등으로 졸업하고 귀국하여 방응모가 경영하는 조선일보사에 입사하여 서울생활을 시작했다. 조선일보사에 입사 한 후 처음에는 교정부에서 근무하다가 1935년 11월에는 출판부로 부서를 옮겨 조선일보의 자매잡지인 『조광』의 편집자로 근무하면서[24] 시와 수필 그리고 소설 등을 발표했다. 백석은 1936년 4월 조선일보를 사직하기까지 약 2년 정도 서울 생활을 했다. 그런데 백석은 특이하게도 서울에서 문필 생활을 할 때 어떤 조직이나 유파에도 가담하지 않았다.

백석은 조선일보사 근무를 그만 두고 함흥의 영생고보에서 교편생활을 하게 된다. 백석이 새로 근무하게 된 영생고보는 캐나다 장로교회 선교사들이 세운 학교로, 이 학교는 1919년 함흥 지방의 3·1 독

---

24 정효구는 『백석』, 문학세계사, 1996, 333쪽에서 백석이 1934년에 조선일보사 출판부에 소속되어 조선일보사에서 발행하는 잡지 『조광』지의 편집을 맡았다고 하는데 친일잡지인 『조광』은 1935년에 방응모가 창간했기에 정효구의 1934년 주장은 잘못된 것임.

립운동을 주도했을 정도로 민족주의 정신이 투철한 학교였다.25 백
석이 이 학교에서 일하게 된 것도 이러한 학교의 전통과 관계가 있다
고 판단된다. 그가 함흥의 영생고보와 영생여고보에 재직한 것은
1936년 4월부터 1938년까지 약 3년 동안이다. 1938년 12월에 영생
여고보를 사직하고 서울로 돌아온 백석은 1939년 1월 26일부로 다
시 조선일보사 출판부에 재입사하여 잡지 『여성』의 편집자로 근무
하게 된다. 잡지사 업무는 그에게 아주 익숙한 일이었다. 그러나
1939년 10월 21일 조선일보사를 또 다시 사직하고 방랑의 길로 접어
든다. 그가 왜 돌연 조선일보사를 그만 두게 되었는지 그 정확한 이
유를 알 수는 없지만 이미 이 시기 조선일보와 그 사주 방응모는 친
일의 길로 적극 들어서기 시작했기 때문26으로 판단된다. 또 다른 이
유로는 그가 연모하던 박경련과 친구인 신현중의 결혼으로 배신감과
실연의 충격을 받은 것으로 해석된다.

백석은 1940년 1월에 고향인 정주를 거쳐 만주(滿洲)로 떠났다. 그

---

25 정효구, 『백석』, 문학세계사, 1996, 177쪽.
26 방응모는 1933년 『조선일보』 경영권을 인수하고 부사장에 취임(당시 사장은 고
    당 조만식)한 그 달에 고사기관총 구입비용 1600원을 일본군에 헌납했다. 1935
    년 10월 친일잡지 『조광(朝光)』을 창간했다. 이후에는 본격적인 친일 행각으로
    치닫는다. 1937년에는 경성방송국 제2방송에 출연하여 일제가 중국의 배일을
    절멸케하여 극동평화를 지키려고 한다는 강연을 하고, 1940년부터 『조광』에 집
    중적으로 친일논설을 기고하고 시국강연에 참여하여 일본의 전쟁지원을 독려했
    다. 1942년 6월에는 '징병령 실시에 일층 더 감격하지 않으면 안될 것'이라는 글
    을 『조광』에 발표하였다. 애국금차회(1937), 국민정신총동원조선연맹(1938),
    임전대책협의회(1941), 조선임전보국단(1941) 등 대표적인 친일단체의 회원에
    이름이 오르기도 했다. 그는 이런 행적으로 인해 해방정국시 김승학이 작성한
    친일파 명단에 기록되었고, 2002년 민족정기를 세우는 국회의원모임이 발표한
    친일파 708인 명단과 2008년 민족문제연구소가 선정해 발표한 『친일인명사전』
    수록예정자 명단에 포함 되었다.

가 한 곳에 정착하지 못하고 서울에서 함경남도 함흥으로 다시 서울
로 돌아왔다가 또 다시 평안도와 함경도를 여행하고 나서 이번에는
아예 고국을 버리고 만주로 떠난 것은 일제의 강제 징용을 피하려는
의도와 아울러 일제강점기치하에서 일신의 영달을 좇지 않으려는 의
지의 고육지책으로 해석된다. 일제는 1940년 2월에 창씨개명제(創氏
改名制)를 실시하고 같은 해 8월 10일에는 『조선일보』와 『동아일보』
를 동시에 강제로 폐간 시켰다. 백석은 그해 3월부터 만주국 국무원
(國務院) 경제부에 6개월가량 근무하다가 창씨개명(創氏改名)강요로
곧 사직했다. 이 역시 그의 민족의식 또는 저항의식의 일단을 알 수
있게 한다. 백석은 이곳서 퇴직한 후 무척 고생을 하였다. 그는 생계
를 위한 수단으로 측량보조원, 측량서기, 소작인 등 여러 가지 직종
을 전전하다가 안동의 세관에 근무하였다고 한다. 1941년 4월에 『조
광』에 발표한 시 「귀농(歸農)」을 보면 그가 측량보조원, 측량서기,
소작인 생활을 한 모습이 나타난다.

> 백구둔(白狗屯)의 눈 녹이는 밭가운데 땅 풀리는 밭가운데
> 촌부자 노왕(老王)하고 같이 서서
> 밭최뚝에 즘부런진 땅버들의 버들개지 피여나는 데서
> 볕은 장글장글 따사롭고 바람은 솔솔 보드라운데
> 나는 땅님자 노왕한테 석상디기 밭을 얻는다
>
> 노왕은 집에 말과 나귀며 오리에 닭도 우울거리고
> 고방엔 그득히 감자에 콩곡석도 들여 쌓이고
> 노왕은 채매도 힘이들고 하루종일 백령조(白翎鳥) 소리나 들으려고

밭을 오늘 나한테 주는 것이고
나는 이젠 귀치않은 측량(測量)도 문서(文書)도 싫증이 나고
낮에는 마음 놓고 낮잠도 한잠 자고 싶어서
아전 노릇을 그만두고 밭을 노왕한테 얻는 것이다

-「귀농(歸農)」1, 2연

이 당시 백석의 영생고보 제자로서 당시 의사였던 김희모가 스승인 백석을 찾아뵙고 그가 얼마나 초라하게 살아가고 있었는가를 증언해주고 있다.[27]

백석은 교육 목표가 애국적 지도자 양성인 오산학교에서 12년이나 되는 긴 기간 수학하는 동안, 고당 조만식이 교사시절부터 교장으로 재직할 때 백석의 집에서 하숙을 한 영향을 직간접으로 받았을 것으로 판단된다. 이러한 백석이 일본 유학을 마치고 귀국한 후 바로 조선일보사에 기자로 취업을 하게 된다. 이미 오산학교에서 민족정신에 대한 교육을 받은 백석은 일본에서 영문학을 공부하면서 더욱 민족의식을 다졌을 것이라고 판단된다. 그러한 그가 국내 문제는 물론이고 국제사회에 관한 제반 흐름을 조감할 수 있는 신문사에 근무하게 되면서 일제의 식민지 통치에 대한 반감과 조선일보 사주인 방응모의 친일행각의 하수인 노릇을 하는 것은 민족의식이 투철한 지식인으로서 더 이상 용납할 수 없다는 판단에 1936년 4월 조선일보사를 사직하고 민족정신이 강한 함흥의 영생고보로 가게 된다. 이때부터 그의 유랑생활이 시작된다.

---

27 정효구, 앞의 책, 182~183쪽.

백석은 1930년대를 유랑생활로 보낸 셈이다. 그가 태어나 12년간 오산학교에서 공부하다가 정주를 떠나 일본의 동경으로, 다시 조선의 서울로, 함경남도 함흥으로, 또 다시 서울로, 그러다가 중국의 만주 지방을 유랑하면서 보냈다. 이처럼 1930년대 식민지 조선의 처참한 현실은 백석의 민족의식 속에 각인되어 그의 문학작품 속에 투영되었다고 할 수 있다. 그도 그럴 것이 일본에 유학, 기독교 문화와 서구문학을 접한 정신적 충격, 근대문명과 봉건유습의 괴리감, 신문사 근무, 신식교육과 구교육제도의 거리감, 일본제국주의와 조국애의 갈등, 만주 지방 유랑생활 등은 그의 민족의식을 더욱 공고히 했을 것으로 판단된다.

III

김소월과 백석의
시어 및 소재에 나타난
민족의식

김소월과 백석 시의 민족의식 연구

1. 김소월 시의 경우

1) 방언 및 조어를 통한 민족의식

소월은 1934년 12월 비극적인 음독자살을 할 때까지 대부분의 생애를 고향인 평안북도 정주와 그 인근에서 거주했다. 그래서 그의 시세계도 자연스럽게 평북 방언과 그 지방의 풍속과 정서가 그려지고 있다.

언어는 그 민족의 특성과 세계관을 구현하는 정신적 소산이기에 모국어에 대한 바른 인식은 자기 자신을 자각하는 일인 동시에 민족을 인식하는 일이다. 한 민족이 사용하는 언어에는 그 민족의 정신이 함축되어 있기에 한 민족이 사용하고 있는 언어의 차이는 단순히 음성이나 기호의 차이가 아니라, 그 민족의 세계관의 차이라고 할 수 있다. 이처럼 언어가 그 민족을 결합시키는 원동력이 되기 때문에 일제는 강압적으로 우리말과 글을 말살시키려고 했던 것이다. 소월은 자신의 지역적 정체성을 보여줄 수 있는 평안도 방언에 주목하고 있다.

먼저 소월 시에 나타난 평안북도 지방의 방언을 선별하여 기존의 잘못된 해석을 수정, 보완하여 그 의미를 바르게 해석함으로써 소월의 민족의식을 좀 더 명확하게 설명할 수 있는 토대를 마련하기로 한다. 또한 이를 바탕으로 소월과 백석의 시에 나타나는 방언과 조어 등을 비교하는 자료로 삼는다.

> ㉠ 파랏케 <u>죠히</u> 물든남(藍)빗하늘에
> 　　저녁놀 스러지는바다는 어듸
> 　　　　　　　　　　　　　　　　　　　　　－「바다」3연

㉠의 '죠히'는 좋이－ 좋게, '아주 잘'이란 뜻의 평북 방언이다.

> ㉠ 고요하고 어둡은밤이오면은
> 　　<u>어스러한</u>등(燈)불에 밤이오면은
> 　　외롭음에 압픔에 다만혼자서
> 　　하염업는눈물에 저는 웁니다
> 　　　　　　　　　　　　　　　　　　　　　－「옛이야기」1연

㉠의 '어스러한'은 '밝지 못하고 조금 어둑하다'라는 뜻의 평북 방언이다.

> ㉠ 실버드나무의 <u>검으스렷한</u> 머릿결인 낡은가지에
> 　　제비의 넓은깃나래의 감색(紺色)치마에
> 　　술집의창(窓)녑페, 보아라, 봄이 안잣지안는가.
> 　　　　　　　　　　　　　　　　　　　　　－「봄밤」1연

㉠의 '검으스렷한'은 '검으스레한'의 평북 방언이다.

　㉠ 발서 해가지고 어둡는대요

　　이곳은 인천(仁川)에 제물포(濟物浦)

　　부슬부슬 오는비에 밤이더듸고

　　㉡ 바닷바람이 칩기만합니다.

　　　　　　　　　　　　　　　　　　　-「밤」2연

　㉠의 '발서'는 '벌써'의 뜻이고, '칩기만'은 '춥기만'이란 뜻의 평북 방언이다.

　㉠ 나히차라지면서 가지게되엿노라

　　숨어잇든한사람이, 언제나 나의,

　　다시깁픈 잠속의꿈속으로 와라

　　붉으렷한 얼골에 가늣한손가락의,

　　모르는듯한거동(擧動)도 전(前)날의모양대로

　　그는 야저시 나의팔우헤 누어라

　　　　　　　　　　　　　-「꿈으로오는한사람」1~6행

　㉠의 '가늣한'은 '가느다랗다'의 평북 방언이다.

　㉠ 흰눈은 한닙

　　또 한닙

　　영(嶺)기슭을 덥플때.

집신에 감발하고 길심매고
웃둑 니러나면서 도라서도……
다시금 또 보이는,
다시금 또 보이는.

-「두사람」전문

⊙의 '길심매고'는 '신들매 매고'의 뜻으로 신이 벗어지지 않게 '신을 발에다 동여매고'라는 뜻의 평북 방언이다.

⊙ 그러나 또한긋 이럿치요,
「그립어살틀히 못닛는데,
어쩨면 생각이 떠지나요?」

-「못니저」끝 연

⊙의 '어쩨면'은 '어쩌면'의 평북 방언이다.

⊙ 달아래 싀멋업시 섯든그女子,
서잇든그여자의 햇슥한그얼골,
햇슥한그얼골 적이파릇함.
다시금 실벗듯한 가지아래서
ⓛ 싀컴은ⓒ머리낄은 번쩍거리며

-「기억(記憶)」1연 1행~5행

⊙의 '싀멋업시'는 '망연히' '아무 생각없이'의 뜻의 평안도 방언이다. 「월색(月色)」에도 나온다.

ⓛ의 '식컴은'은 '시꺼멓다'의 뜻으로 평북 방언이다.

ⓒ의 '머리낄'은 '머리카락'이다. 『평북방언사전』에는 선천(宣川)·태천(泰川) 지방의 말이라고 한다. 「봄밤」에는 '머리결'로 나온다.

ㄱ 푸른구름의옷닙은 달의냄새.
　붉은구름의옷닙은 해의냄새.
　안이, 땀냄새, 때무든냄새.
　비에마자 **축업은**살과 옷냄새

ㄴ 푸른바다…… 어즈리는배……
　보드랍은그림은 엇든목숨의
　조고마한푸릇한 **그무러진영(靈)**
　어우러져빗기는 살의아우성……

ㄷ 모래두던바람은 그물안개를 불고
　먼거리의불빗츤 달저녁을 우러라.
　냄새만흔 그몸이좃습니다.
　냄새만흔 그몸이좃습니다.

-「女子의냄새」1연, 4연

ㄱ의 '축업은'은 평북 정주지방 방언인데 형용사로 '추겁다, 추거워'로 변칙활용을 하며 '축축하다'의 '축'에 파생접미사 '업'이 붙어서 된 말로 '축축하다'의 뜻으로, 여기서는 '젖어서 찬(寒) 느낌이 드는'이라는 뜻으로 해석된다.

ⓛ의 '그무러진' 그무리다. 그뭇거리다. 그물거리다. '불빛이 밝아
졌다 침침해졌다 하다.'의 뜻인 평북 방언이다.

ⓔ의 '두던'은 '언덕'의 뜻이다. 평북 용천(龍川)지방 방언이다.

> ㉠ 아아 이는 찬비온 새벽이러라.
>
> 냇물도 닙새아래 어러붓누나.
>
> 눈물에쎄여 오는모든기억(記憶)은
>
> 피흘닌 상처조차 아직새롭은
>
> <u>가주난</u> 아기갓치 울며서두는
>
> 내영(靈)을 에워싸고 속살거려라.
>
> -「가을아츰에」2연

㉠의 '가주난'의 '가주'는 '갓'의 평안도 방언이다. '가주난'은 '갓난'
의 뜻이다.

> ㉠ 도라다보이는 무쇠다리
>
> 얼결에 띄워건너서서
>
> <u>숨그르고</u> 발놋는 남의나라땅.
>
> -「남의나라땅」전문

㉠의 '숨그르고'는 원형은 '숨그르다'이다. '숨을 가누다'의 평안도
방언이다.

> ㉠ 불운(不運)에 우는 그대여, 나는 아노라

무엇이 그대의 불운(不運)을 지엇는지도,

부는바람에 날녀,

밀물에흘녀,

구더진그대의 가슴속도.

모다지나간 나의일이면.

다시금 또다시금

적황(赤黃)의포말(泡沫)은 <u>북고여라</u>, 그대의가슴속의

암청(暗靑)의이기어, 거츠른바위

치는물까의.

-「불운(不運)에우는그대여」

㉠의 '북고여라'는 원형은 '북적고이다'로 추정되는 평안도 방언이다.

오오 안해여, 나의사랑!

㉠ 하늘이 <u>무어준</u>짝이라고

믿고사름이 맛당치안이한가.

아직다시그러랴, 안그러랴?

㉡ 이상하고 <u>별납은</u>사람의맘,

저몰나라, 참인지, 거즛인지?

정분(情分)으로얼근 딴두몸이라면.

㉢ 서로 <u>어긔점</u>인들 또잇스랴

-「부부(夫婦)」1행~8행.

㉠의 '무어준'은 '맷어준'으로 '두 사람의 인연을 결합시켜준'이란

뜻이다.

ⓒ의 '별납은'은 '별스럽다' '별나다'로 '성질이나 하는 짓이 남과 다른'의 뜻이다.

『평북방언사전』에는 '벨납다' '벨렙다'를 들어 표준어의 '별스럽다'와 같은 것으로 본다.

ⓒ의 '어그점'은 '의견이 어긋남'이다. 『평북방언사전』에 '어그나다'는 '어긋나다'와 같다고 했다. 용례:"서루(서로) 길이 어그나다."

> ⓐ <u>어룰업시지는꼿츤</u> 가는봄인데
> 어룰업시 오는비에 봄은우러라.
> 서럽다, 이나의가슴속에는!
> 보라, 놉픈구름 나무의푸릇한가지.
> 그러나 해느즈니 어스름인가.
> 애달피고흔비는 그어오지만
> 내몸은꼿자리에 주저안자 우노라.
>
> 「봄비」전문

ⓐ의 '어룰업시'는 '체면없이', '모양없이'의 뜻으로 본다. 『평북방언사전』에는 '어룰' '얼굴'의 뜻으로 나와 있다. (강계지방)

> 봄철의죠흔새벽, 풀이슬 매쳣서라
> 볼지어다, 세월(歲月)은 도모자편안(便安)한데
> ⓐ <u>두새업는</u> 저가마귀, ⓒ <u>새들게</u> 울짓는 저까치야,
> 나의흉(凶)한꿈보이느냐? 「몹쓸꿈」2연

㉠의 '두세업다'는 '두서없다'이다. 언설(言說)이 조리(條理)에 맞지 않는다. 정주지방 방언으로 이치에 맞지 않는 말을 하면 두세 없는 말을 한다고 한다.

㉡의 '새들게'는 '지칠 정도로 싫증나는 일을 겪다.'란 뜻의 '새떨다'이다. 평북 정주 지방 방언이다.

> ㉠ 이윽고 <u>식새리</u>의 우는소래는
>
>   밤이 드러가면서 더욱자즐때
>
>   나락밧가운데의 움물까에는
>
>   용녀(農女)의그림자가 아직잇서라.
>
> -「녀름의 달밤」7연

㉠의 '식새리'는『평북방언사전』에 '씩쌔리'로 '쓰르라미'라 했다. 필자가 조사한 바로는 '귀뚜라미'와 '씨르래기' 두 가지로 그 뜻이 밝혀졌다. 이 시의 7연에서는 식새리의 울음소리가 밤이 되어가면서 더욱 잦다고 하고, 8연에서는 여름밤에 운다고 했다. 그런데 매미는 밤에 울지 않고 한낮에서 저녁때까지 운다. 귀뚜라미와 씨르래기는 주로 밤에 운다. 귀뚜라미는 섬돌 밑이나 마루 밑에서 울고, 씨르래기는 풀숲에서 운다. 이 시에서 '식새리'가 풀숲에서 우는 것으로 보아 '씨르래기'가 맞다. 씨르래기를 씨르륵 베짱이라고도 하며 씨르래기가 우는소리를 '씨르륵 씨르륵'이라고 한다.

> ㉠ 그곳이 어듸드냐 남이장군(南怡將軍)이
>
>   말멕여 물<u>찌엇든</u> 푸른강(江)물이

지금에 다시흘러너 뚝을넘치는

천백리(千百里) 두만강(豆滿江)이 예서 백십리(百十里)

-「물마름」3연

㉠의 '찌엇든'의 기본형은 '찌다'이다. '찌다'는 '물이 줄다'라는 뜻
의 평북 방언이다. 『평북방언사전』에 ①조수가 빠지다. ②홍수로 불
었던 물이 줄거나, 무엇에 괴었던 물이 새어서 줄다. 가 보인다. '조
수(潮水)가 빠지거나 괴었던 물이 새어서 줄다.'라는 뜻의 표준어인
'써다'와 같은 뜻의 말이다.

낫븐일까지라도 생의노력(努力),

그사람은 선사(善事)도 하엿서라

그러나 그것도 허사(虛事)라고!

나역시(亦是) 알지마는, 우리들은

꿋꿋내 고개를 넘고넘어

짐싯고 닷든말도 순막집의

㉠ 허청(虛廳)까, 석양(夕陽)손에

고요히 조으는한때는 다 잇나니,

고요히 조으는한때는 다 잇나니.

-「추회(追悔)」전문

㉠의 '석양손'의 '손'은 '소정의 때, 기다리던 시간. 석양무렵'으로
해석된다. 『평북방언사전』에는 '땟손'으로 같은 뜻이다. 주로 술꾼들
이 한 잔 생각이 나는 저녁때를 두고 하는 말로 '석양걸림손'이다. 필

자의 소견에는 '짐싯고 닷든말'은 보조관념이고, '순막집의/ 허청까, 석양손에/ 고요히 조으는'것은 원관념으로 소월 자신이다.

> ㉠ 함께하려노라 <u>비난수</u>하는나의맘,
>
>   모든 것을 한짐에묵거가지고가기까지,
>
>   아츰이면 이슬마즌 바위의붉은줄로,
>
>   긔여오르는해를 바라다보며, 입을버리고.
>
> -「비난수하는 맘」1연

㉠의 '비난수'는 '무당이 하는 말과 그 행위'를 뜻한다. 여기서는 작중화자가 간절히 바라는 것을 맘속으로 기도하는 내용이다. 그러나 「묵념」에서는 보면 '촌가(村家)의 액(厄)맥이제지나는 불빛은 새어오며 / 이윽고, 비난수도머구리소리와함께 자자저라.'처럼 촌가의 액막이굿과 관련이 있음을 분명히 알 수가 있다.

>   퍼르스럿한달은, 성황당의
>
> ㉠ 데군데군허러진 담모도리에
>
>   우둑키걸니윗고, 바위우의
>
>   가마귀한쌍, 바람에 나래를펴라.
>
>   그러나 나는, 오히려 나는
>
> ㉡ 소래를 들어라, <u>눈석이물</u>이 씩어리는
>
>   땅우헤누엇서, 밤마다 누어.
>
> ㉢ <u>담모도리</u>에 걸닌달을 내가 또봄으로.
>
> -「찬저녁」1연, 4연

㉠의 '데군데군'은 '여기저기', '군데군데'와 같은 뜻이다. 평북 정주 방언이다.

㉡의 '눈석이물'은 '눈이 속으로 녹아내리는 물'이다. 표준어 '눈석임물'과 같다. 『평북방언사전』에는 '눈세깃물'로 나온다.

㉢의 '담모도리'는 '담이 꺾여진 모퉁이'이다.

평북지방에서는 '구멍이 군데군데 뚫어졌을 때' '구멍이 데군데군 뚫었뎃다'고 한다.

몇몇 출판사의 소월시집1에서는 모두가 '군데군데'로 고쳐 놓았고 김종욱(金鍾旭)도 '군데군데'의 오식으로 보았는데2 이는 오식이 아니다.

> ㉠ 심중(心中)에남아잇는 말한마듸는
>
> 　끗끗내 마자하지 못하엿구나
>
> 　사랑하든 그사람이여!
>
> 　사랑하든 그사람이여!
>
> 　　　　　　　　　　　　　　　-「초혼(招魂)」2연

㉠의 '마자'는 '마저'의 평북 방언이다. 이것두 마자잡수시우(잡수시오), 이것 마자 개제 가가라(가져 가거라)

---

1 김억 편, 『소월시초』, 박문서관, 1939.

　『진달래꽃』, 숭문사, 1950.

　『소월시집』, 정음사, 1956.

　김안서 편, 『먼후일』, 홍자출판사, 1959.

2 김종욱, 『원본소월전집 上』, 홍성사, 1982, 455쪽.

그대가 바람으로 생겨낫스면!

달돗는개여울의 빈들속에서

내옷의압자락을 불기나하지.

우리가 굼벙이로 생겨낫스면!

㉠ 비오는저녁 캄캄한녕기슭의

미욱한꿈이나 꾸어를보지.

-「개여울의노래」 1연

㉠의 '녕기슭'의 '녕'은 '지붕'이라는 뜻의 평북 방언이다.

㉠ 나보기가 역겨워

가실때에는

말업시 <u>고히</u> 보내드리우리다.

-「진달래꽃」 1연

㉠의 '고히'는 '곱게'라는 뜻인 '고이'의 평북 방언이다.

㉠ 들꿋테 나라가는 나는구름은

밤쯤은 어듸 <u>바루</u> 가잇슬텐고

삭주구성(朔州龜城)은 산넘어

먼육천리(六千里)

-「삭주구성(朔州龜城)」 끝연

㉠의 '바루'는 '어떤 곳의 근처'라는 뜻의 평북 방언이다.

㉠ 누나라고 불너보랴

오오 불설워

싀새움에 몸이죽은 우리누나는

죽어서 접동새가 되엿습니다

-「접동새」4연

㉠의 '불설워'는 기존에는 '불쌍하고 서러워' 등으로 해석되었지만 원형이 '불섧다'로 '매우 서러워'의 뜻인 평안 방언이다.

㉠ 하로라도 멧번(番)식 내생각은

내가 무엇하랴고 살랴는지?

그러나 흐르는 저냇물이

흘너가서 바다로 든댈진댄.

일로조차 그러면, 이내몸은

애쓴다고는 말부터 니즈리라.

-「사노라면 사람은 죽는것을」1~7행

㉠의 '든댈진댄'은 '들진대'의 뜻인 평안 방언이다.

부엿한하눌, 날도 채밝지안앗는데

㉠ 흰눈이 우멍구멍쌔운새벽

저 남편(便)물까우혜

이상한구름은 층층대(層層臺)떠올나라.

-「전망(展望)」1연

㉠의 '우멍구멍째운새벽'에서 '우멍구멍'은 '울퉁불퉁'이란 뜻이다.
예)"땅이 우멍구멍하니 조심해라"
『평북방언사전』에는 '면이 우므러지기도 하고 두드러지기도 하여
평탄하지 못한 모양'이라 한다. '째운'은 '쌓인'이다.

㉠ 날저믈고 돗는달에
　　흰물은 쏼쏼……
　　금모래 반짝……
　　청(靑)노새 몰고가는 낭군(郞君)!
　　여긔는 강촌(江村)
　　강촌(江村)에 내몸은 홀로 사네
　　말하자면, 나도 나도.
　　느즌봄 오늘이 다 진(盡)토록
　　백년처권(百年妻眷)을 울고가네.
　　<u>길쎄</u> 저믄 나는 선비,
　　당신은 강촌(江村)에 홀로된몸

-「강촌(江村)」1연

㉠의 '길쎄'는 '날씨'이다.[3] '길쎄 저믄 나는 선비'는 '날이 저믄' 즉

---

3 이기문, 「소월 시의 언어에 대하여」, 『심상』, 1982년 12월호. 42쪽.

'영락한 선비'라는 뜻이다.

> 봄은 가나니 저믄날에
> 꼿츤 지나니 저믄봄에
> 속업시 우나니, 지는꼿츨,
> 꼿지고 닙진가지를 잡고
> ㉠ 밋친듯 우나니, <u>집난이</u>는
> 해다지고 저믄봄에
> 허리에도 감은첫치마를
> 눈물로 함빡히쥐여짜며
> 속업시 우노나 지는꼿츨,
> 속업시 늣기노나, 가는봄을.

-「첫치마」전문

㉠의 '집난이'는 '시집간 딸'이다.

> 우혜는 청초(靑草)언덕, 곳은 집섬.
> 엇저녁대인 남포(南浦)배깐.
> 몸을 잡고뒤재며 누엇으면
> ㉠ <u>솜솜하게도 감도록</u> 그리워오네.

-「닭은꼬꾸요」2연

㉠의 '솜솜하다'는 『평북방언사전』에서 '마맛자국이 잘고 얕게 얽은 모양'이라고 한다. 그러나 여기서는 그런 뜻이 아니라, '눈앞에 나

타나 보이는 듯하다'는 뜻인 '삼삼하다'로 쓰였다.

> ㉠ 해 넘어 가기전(前) 한참은
>
> 유난히 다정(多情)도 할세라
>
> 고요히 서서 <u>물모루 모루모루</u>
>
> 치마폭 번쩍 펼쳐들고 반겨 오는 저달을 보시오
>
> -「해 넘어 가기전(前) 한참은」끝 연

㉠ 의 '물모루 모루모루'에서 '모루'는 정주지방 방언으로 '모래'란 뜻이다. 그래서 '물 모래 모래 모래'란 뜻이다.

> 속닙푸른고흘잔듸
>
> 소래라도내려는듯
>
> 쟁쟁하신고흔햇볏
>
> ㉠ 눈뜨기에<u>바드랍네</u>
>
> -「춘강(春崗)」1연

㉠의 '바드랍네'는 '부드럽다'의 작은 말4이 아니라 '빠듯하게 위태하다', 즉 '위태롭다'는 뜻으로 평북 방언이다.

> ㉠ 물보다 <u>무흠튼</u> 몸 진흙 <u>외려</u> 탓이업다
>
> 불보다 밝든지혜 거멍만도 못하여라

---

4 김용직, 앞의 책, 288쪽.

바람같이 활발(活發)튼기개(氣槪) 망두석 부끄러합니다.

-「절제(節制)」2연

㉠의 '무흠튼'은 평북방언으로 '흠이 없던', 즉 '건강하고 명민하던'의 뜻이다. '외려'는 '다름이'란 뜻이다.

　㉠ 손의집 단간방(單間房)에밤이깁헛고
　　　젊음의불심지가마자그므는
　　　사람의잇는서름말을다하는
　　　참아할상면(相面)까지보앗더니라

-「벗마을」3연

㉠ 의 '손의집'은 나그네의 집. 곧 '여인숙'의 평북 방언이다.

　㉠ 왜 왓느냐
　　　왜 왓느냐
　　　자곡자곡이 피땀이라
　　　고향산천(故鄕山川)이 어듸메냐

-「나무리벌 노래」2연

㉠ 의 '어듸메냐'는 '어다냐'의 서북 방언이다.

〈표 1〉 소월 시에 등장하는 방언

작품명	방언 어휘	작품명	방언 어휘
바다	죠히	묵념	비난수
옛이야기	어스러한	추회	석양손
봄밤	검으스렷한	초혼	마자
밤	칩기만 발서	찬저녁	데군데군 눈석이물 모도리
못니저	어쩨면		
꿈으로오는 한사람	가늣한	개여울의 노래	녕
두사람	길심매고	진달래꽃	고히
여자의 냄새	축업은 두던 그무러진	삭주구성	바루
		접동새	불설워
가을 아츰에	가주난	사노라면 사람은 죽는것을	든댈진댄
남의 나라땅	숨그르고	전망	우멍구멍
불운에 우는 그대여	북고여라	강촌	길쎄
부부	무어준 별납은 어그점	첫치마	집난이
		닭은 꼬꾸요	솜솜하게도
마른강 두덕에서	쌔울지라도	해 넘어 가기전 한 참은	물모루 모루모루
봄비	어룰업시		
기억	싀멋업시 식컴은 머리낄	춘강	보드랍네
몹쓸꿈	두새업는 새들게	절제	무흠튼 외려
녀름의 달밤	식새리	벗마을	손의집
물마름	찌엇든	나무리벌노래	어듸메냐

*47개/216편, 21.76%

〈표 1〉에서 보는 바와 같이 소월의 시에서 방언은 216편의 작품 가운데 47개로 나타났다. 소월의 시편에서 서북방언이 비교적 많이 표출되고 있다는 사실은 그의 시가 민족적 특성을 드러내는데 중요한 역할을 한다. 1920년대 소월이 시 작품을 발표하던 당시에는 낭만시가 유행하던 시기였다. 3·1 운동 실패 이후『폐허』(1920),『장미촌』(1921),『백조』(1922) 중심의 감상적이고 퇴폐적인 경향을 보여주는 시가 주류를 이루며 그러한 경향을 주로 관념적인 한자어로 표현하는데 급급하였다. 그러나 소월은 그러한 시류에 휩쓸리지 않고 평북의 방언을 살리면서 우리의 토착어를 새롭게 만들기도 하고, 때로는 우리의 고유한 리듬에 맞게 언어를 새롭게 조직하기도 한다. 이를 통해 소월은 진정한 민족의 얼과 혼을 시편에 담아낼 수 있었다. 이밖에 소월 시에서 방언으로 구사된 부사로는 '데군데군, 우멍구멍, 죠히, 고히, 마자, 발서, 어쩌면' 등이 있다. 또 소월 시에서 용언의 활용에 나타난 방언의 특징을 살펴보겠다. 「님에게」라는 소월 시의 "당신을 생각하면 지금이라도 / 비오는 모래밧테 오는눈물의 / 축업은 벼개까의꿈은 잇지만 / 당신은 니저바린 서름이외다"에서 '축업은 벼개까의 꿈'은 밤마다 눈물로 잠이 들며 임 그리워하는 화자의 애끓는 사랑을 의미한다. 특히 4행은 언어적 아이러니로서 3행과 의미의 대조를 이룬다. 잊혀지지 않는 임이기 때문에 말로라도 잊어버리려고 하는 안타까운 심정을 반어적으로 표현하고 있는 것이다. 이밖에도 소월 시에 구사되고 있는 방언의 용언은 '무어준, 두새업는 (두서업는), 새들게, 길심매고, 쌔여, 어스러한, 검으스렷한, 가늣한, 칩기만, 식컴은, 어룰업시, 시멋업시, 그무러진, 찌엇든' 등을 들 수 있다.

소월 시에는 평북지방의 방언만이 아니라 시적 표현을 위한 다양한 조어가 나타난다. 이제부터 소월의 언어를 다루는 빼어난 숨씨로 새롭게 태어난 조어를 살펴보기로 한다.

> 먼훗날 당신이 차즈시면
> 그때에 내말이「니젓노라」
>
> ㉠ 당신이 속으로 <u>나무리면</u>
> 「못처그리다가 니젓노라」
>
> 그래도 당신이 나무리면
> 「밋기지안어서 니젓노라」
>
> 오늘도어제도 아니닛고
> 먼훗날 그때에「니젓노라」
>
> -「먼 후일(後日)」 전문

㉠의 '나무리면'은 『학생계(學生界)』 2호(1920. 7)에서는 '나물어하시면' '나물어하면'으로 표기했다가 『개벽』 26호(1922. 8)에는 '나무려하시면' '나물어하시면'으로 고쳤고, 다시 소월의 유일한 시집 『진달래꽃』(1925. 12. 26)에서는 '나무리면'으로 고친 것을 볼수 있다. 이는 소월이 율조를 무엇보다 중시했다는 것을 여실히 알수 있다.

동무들 보십시오 해가집니다

해지고 오늘날은 가노랍니다

㉠ 웃옷을 <u>잽시빨니</u> 닙으십시오

우리도 산(山)마루로 올나갑니다

-「실제(失題)」1연

㉠의 '잽시빨니'는 '잽싸다'와 '빨리'가 합성된 말로 조어이다.

㉠ <u>나이차라지면서</u> 가지게되엿노라

숨어잇든한사람이, 언제나 나의,

다시깁픈 잠속의꿈으로 와라

-「꿈으로오는한사람」1~3행

㉠의 '나이차라지면서'는 '나이가 차게 되면서'이다. 리듬감을 살리기 위해 축약된 조어이다.

낫모를 딴세상의 네길꺼리에

애달피 날져무는 갓스물이요

캄캄한 어둡은밤 들에헤매도

㉠ 당신은 니저바린 <u>서름이외다.</u>

-「님에게」끝연

㉠의 '서름이외다'의 '-외다'는 『평북방언사전』에서 '-웨다'로 나오는데 '-오이다'의 약어이다. 어감을 좋게 하기 위한 의도적인 표기

로 조어이다. 동의어로는 '-워다', '-우다'가 있다.

봄가을업시 밤마다 돗는달도
「에전엔 밋처몰낫서요.」

이럿케 사뭇차게 그려울줄도
「에전엔 미처몰나서요.」

달이 암만밝아도 쳐다볼줄을
「예전엔 밋처몰낫서요.」

㉠ 이제금 져달이 서름인줄은
「예전엔 밋처 몰낫서요.」

-「예전엔 밋처몰낫서요」 전문

㉠의 '이제금'의 '금'은 평북전역에서 쓰이는 말로 '이제 와서'라는
뜻의 명사이다. 시간이 흐르는 척도를 뜻하는 말이다. "나가(나이가)
눅십(육십)이 넘엇는데(넘었는데) 멧(몇)금 더 살갓다구(살겠다고)
모나게 구나"라는 용례가 보인다. 부사인 '다시금'의 '다시'를 강조한
말의 뜻으로 쓰인 게 아니다. 이기문과 이승훈[5]도 '이제금'의 '금'은
'다시금'의 '금'을 '이제'에 붙인 합성어라고 했다.

---

5 이승훈,「김소월의 대표시 20편은 무엇인가?」,『文學思想』, 1985. 7월호, 257쪽.

　　㉠ 저멀니, <u>하느편(便)</u>에
　　　배는 떠나나가는
　　　노래들니며

-「우리집」2연

　　㉠의 '하느'는 '하늬바람'의 축약어로 조어이다. 동풍(東風)은 동부새(明庶風), 서풍(西風)은 갈바람, 가수알바람이라고 한다. 속어(俗語)로 하늬바람이라고 한다. 남풍(南風)은 마파람, 경풍(景風), 마풍(麻風)이라 하고, 북풍(北風)은 북새, 또는 된바람이라고 한다. 또한 서남풍(西南風)을 뱃사람들은 갈마바람이라고 한다.

　　　들풀은 한 벌가득키 자라놉팟는데,
　　　뱀의헐벗은 묵은옷은
　　㉠ <u>길분전</u>의 바람에 날라도라라

-「들도리」2연

　　㉠의 '길분전'은 숭문사 판 『진달래꽃』(1950), 『소월시집』(정음사, 1956), 『못잊을 그사람』(양석각, 1996), 『완본소월시집』(정음사, 1973), 등에는 '길 분전(分傳)', '길분전'으로 고쳤다. 분전(分傳)은 '물건을 여러 곳에 나누어 전한다'는 뜻이다. 들길은 '여러 갈래로 갈린 길가에 부는 바람'이란 뜻으로 해석된다. 결국 '길'과 '분전'의 합성어로 조어이다.

　　　동(東)이랴, 남북(南北)이랴

내몸은 떠가나니, 볼지어다,

㉠ 회망(希望)의반짝임은, 별빛치아득임은.

물결뿐 떠올라라, 가슴에 팔다리에.

　　　-「바라건대는 우리에게 우리의보섭대일땅이 잇섯더면」2연

㉠의 '아득임'은 '끝없이 멀다'란 뜻의 '아득하다'와 '작은 빛이 잠간 나타났다가 사라지다'란 뜻의 '반작이다'가 합성된 조어이다.

숭문사 판 『진달래꽃』(1950)에서는 '아득함'으로 고쳤는데 이는 '아득임'의 잘못이다.

붉은해는 서산(西山)마루에 걸니웟다

㉠ 사슴이의무리도 슬퍼운다

떠러저나가안즌 산(山)우헤서

나는 그대의이름을 부르노라.

　　　-「초혼(招魂)」3연

㉠의 '사슴이'는 『평북방언사전』에는 '사슴', '사시미'로 나온다. 『진달래꽃』(숭문사), 『소월시집』(정음사), 『먼 後日』(홍자출판사), 『완본 소월시집』(정음사) 등에는 '사슴이의'가 '사슴의'로 고쳐졌는데 이는 소월이 의도한 율조를 전혀 고려치 않은 잘못이다.

압강(江)물, 뒷강(江)물

흐르는물은

어서 따라오라고 따라가쟈고

　　㉠ 흘너도 넌다라 <u>흐릅듸다려</u>

　　　　　　　　　　　　　　　　　-「가는 길」끝연

　　㉠의 '-읍듸다려'는 평북방언으로 '-레'인데 이것을 소월이 '려'로
고쳐 표기했다. 이기문은 이런 형태소의 용법은 평북 정주 방언에만
있고 서울말에는 없는 것6이라고 했다.

　　'-읍디다려'의 '려'는 어미(語尾)가 아니라 조사다. "참 똏습니다
레"(참 좋습니다그려)라는 용례가 『평북방언사전』에 나와 있고 같은
사전에서 '레'가 어미로 쓰일 때는 "공부하레 간다"는 용례도 있다.
이것을 볼 때 이기문은 '흐릅디다려'의 '-려'를 조사로 보질 않고 단순
히 어미로 생각한 것이다. '-려'의 형태소는 정주 방언에만 있는 게
아니라 표준어에도 있다.

　　못니저 생각이 나겠지요,
　㉠ 그런대로 한세상지내시<u>구려</u>
　　사노라면 니칠날잇스리다

　　　　　　　　　　　　　　　　　-「못니저」1연

　　㉠의 '-구려'는 평북방언에서 '-구레'이다. 이것도 또한 소월의 의
도적인 표기로 조어이다. '하오'할 사람에게 좋도록 시킴은 나타내는
어미이다. 『평북방언사전』에 "그렇게 하구레", "빨리 가 보구레", "어
서 들구레"등의 용례가 보인다.

---

6 이기문, 앞의 책, 43~44쪽.

㉠ 두동달이벼개는

어듸갓는고

언제는 둘이자든 변개머리에

「죽쟈 사쟈」 언약도 하여보앗지.

-「원앙침(鴛鴦枕)」3연

㉠의 '두동달이벼개'는 '두동벼개'로 평북 방언으로 시집갈 때 해갖고 가는 '두 사람이 벨 수 있는 기다란 베개'를 말한다. '두동달이벼개'는 '두동벼개'의 조어이다.

싀집와서 삼년(三年)

오는봄은

㉠ 거츤벌난벌에 왔습니다.

-「무심(無心)」1연

㉠의 '거츤벌난벌'은 김억이 엮은『소월시초』(박문서관, 1939)에는 '거츤벌 난벌'로 숭문사 판『진달래꽃』에는 '거친 벌난벌'로 표기되었다.

『평북방언사전』에 '난바다'가 있는데 육지에서 멀리 떨어진 넓은 바다(遠海)란 뜻이다. 국어사전7에도 같은 뜻으로 '난바다'가 있다. 또한 소월이『개벽』59호(1925. 5)에 발표한 시론인「시혼(詩魂)」에도 '난벌'과 같은 뜻으로 쓴 '난들'이 보인다.

---

7 이희승 편,『국어대사전』, 민중서관, 1974, 520쪽.

난들에말라벌바람에 여위는갈때하나가오히려아직도더갓갑은, 우리
사람의無常과變轉을설워하여주는살틀한 노래의동무가안이며, 저넓고
아득한난바다의뛰노는물결들이 오히려더조혼, 우리사람의自由를사랑
한다는 啓示가안입닛가.

'난바다'의 뜻을 살려 「시혼」에서 '들'에 '난'을 붙여서 '난들'이라한
것처럼 '벌'에다가도 '난'을 붙여 만든 조어이다. 그러므로 '거츤벌난
벌'은 '황량한 넓은 벌판'이란 뜻이다.

> 산(山)새도 오리나무
> 우헤서 운다
> ㉠ 산(山)새는 왜우노, 시메산(山)골
> 영(嶺)넘어 갈나고 그래서 울지.
>
> -「산(山)」1연

㉠의 '시메산골'은 두메산골과 같은 뜻의 조어이다. '시메산골'과
'두메산골'이 같은 뜻으로 쓰인다면 '두메'가 '둘'에서 'ㄹ'탈락이고
'메'는 '뫼'가 '메'로 변한 것임을 볼 때 '시메'도 '시'는 '셋'이 '시'로 변
한 것으로 볼 수 있다. '시메산골'에서 '두메'라 하지 않고 '시메'라 한
것은 앞의 '산새'의 'ㅅ'자음과 운을 맞추기 위한 의도적인 시도로 보
기도 한다.[8]

---

8 김현자, 「「강촌」의 시적순간과 「산」의 불귀의식」, 『문학사상』, 1985. 7월호, 301쪽.

영변(寧邊)에약산(藥山)

진달래꽃

㉠아름따다 가실길에 뿌리우리다.

가시는거름거름

노힌그꼿츨

㉡삽분히즈려밟고 가시옵소서

-「진달래꽃」2~3연

㉠의 '아름따다'는 '한아름'과 '따다'의 합성어이면서 축약어이다. 이승훈은 '아름'은 진달래꽃을 따는 행위를 수식하며, 두 팔을 벌려 껴안듯이 진달래꽃을 따다가의 뜻이라고 하면서 '아름'은 아름답게 라는 의미도 내포한다[9]고 했다. 그러나 '아름'은 '한아름'에서 '한'을 떼어낸 것으로 꽃을 따는 행위를 수식할 수가 없다. 또 꽃을 딸 때는 두 팔을 벌려 껴안듯이 하고서 따지는 않는다. '아름따다'는 '한아름 따다가'의 뜻으로 '많이 따다가'란 조어이다.

㉡의 '삽분히즈려밟고'의 '즈려'는 평북방언으로 '지레'와 '지리'가 있는데 '지레밟다'와 '지리밟다'로 쓰이며 '발밑에 있는 것을 힘주어 밟다.'의 뜻이다. 『평북방언사전』에 '지리디디다'가 보이는데 '발밑에 든 물건이 빠져나가지 못하도록 짓눌러디디다'라는 뜻으로 쓰인다. 결국 '사뿐히 밟고', '살짝 조금 밟고'의 뜻이다. 『소월시초』에는 '지레밟다'로 고쳐졌다.

---

9 이승훈, 앞의 글, 264쪽.

접동
접동
㉠ 아우래비접동

진두강(津頭江)가람까에 살든누나는
진두강(津頭江)압마을에
와서웁니다.

누나라고 불너보랴
㉡ 오오 불설워
싀새움에 몸이죽은 우리누나는
죽어서 접동새가 되엿습니다

-「접동새」1~2연, 4연

㉠의 '아우래비접동'은 '아홉 오라비 접동'이란 뜻이다. 김억이 엮은 『소월시초』(박문서관, 1939)에는 '아 울오라비 접동'이라 고쳤다. 조어이면서 축약어이다.

㉡의 '불설워'는 『평북방언사전』에는 '살림이 곤궁하여 신세가 매우 가엾다.'는 뜻으로 '불쌍하다'와 약간 뉘앙스가 다르다고 하였다.

산(山)에는 꼿픠네
꼿치픠네
㉠ 갈 봄 녀름업시
꼿치픠네   -「산유화(山有花)」1연

㉠의 '갈'은 '가을'의 축약어이면서 조어이다.

　　거울드러 마주온 내얼골을

　　좀더 미리부터 아랏던들,

　　늙는날 죽는날을

　　사람은 다 모르고 사는 탓에,

　　오오 오직 이것이참이라면,

　　그러나 내세상이 어듸인지?

㉠ 지금부터 <u>두여들</u> 죠흔연광(年光)

　　다시와서 내게도 잇슬말로

　　전(前)보다 좀더 전(前)보다 좀더

　　살음즉이 살녀지 모르련만,

　　거울드러 마주온 내얼골을

　　좀더 미리부터 아랏던들

　　　　　　　　　　　　-「부귀공명(富貴功名)」전문

　㉠의 '두여들'은 '둘'과 '여덟'이 합성된 조어로 16세를 뜻한다. '죠흔'은 '좋은', '연광'은 '젊은 나이'란 뜻이다.

　　낫븐일까지도 생(生)의 노력(努力),

　　그사람은 선사(善事)도 하엿서라

　　그러나 그것도 허사(虛事)라고!

　　나역시(亦是) 알지마는, 우리들은

　　꿋꿋내 고개를 넘고넘어

　　㉠ 짐싯고 <u>닷든말</u>로 순막집의

　　　　허청(虛廳)까, 석양(夕陽)손에

　　　　고요히 조으는한때는다 잇나니,

　　　　고요히 조으는한때는 다 잇나니.

　　　　　　　　　　　　　　　 -「추회(追悔)」전문

　　㉠의 '닷든말'은 '달리다'와 '말'의 합성으로 '달리던 말'의 뜻인 축약
어이다.

　　'짐싯고 닷든말로 순막집의 / 허청(虛廳)까, 석양손에 / 고요히 조
으는한때는 다 있나니' 「추회」에서 '닷든말'의 원관념은 소월 자신이
고 '닷든말'은 보조관념이다. 그러니까 석양손에 '고요히 조으는' 것
은 말이 아니라 소월 자신이다.

　　　　물구슬의봄새벽 아득한길

　　　　하늘이며 들사이에 널븐숩

　　　　저즌향기(香氣) 붉웃한님우의길

　　　　실그물의 바람비처 저즌숩

　　　　나는 거러가노라 이러한길

　　　　밤저녁의그늘진 그대의꿈

　　　　혼들니는 다리우 무지개길

　　㉠ 바람조차 가을봄 <u>거츠는꿈</u>

　　　　　　　　　　　　　　　 -「꿈길」전문

　　㉠의 '거츠는꿈'의 '거츠는'은 평북전역에서 '거츨다'로 쓰이는 방언

이다. '거칠다'란 뜻의 '거츨다'에 꿈이 결합된 합성어인 조어이다. "곱던 피부가 거츨어뎻다"(거츨어졌다), "일 이 매우 거츨다", "거츤 물결"등의 用例가 『평북방언사전』에 나온다.

　　이우러 향기깁픈 가을밤에
　㉠ <u>우무주러진</u> 나무그림자.
　　바람과비가우는 낙엽우혜.
-「희망」3연

　㉠의 '우무주러진'은 평북방언인 '우무러디다'와 표준말이면서 평북방언인 '줄다'가 합성되어 다시 줄어진 복합형 축약어이다. '우무러디다'는 표준말인 '우무러지다'인데 '가장자리의 끝이 한군데로 향하여 모이다'란 뜻으로 결국 '우무러져서 줄어진'이란 뜻이다.

　　정월(正月)대보름날 달마지
　　달바지 달마중을, 가쟈고!
　㉠ <u>새라새옷</u>은 가라닙고도
　　가슴엔 묵은설음 그대로,
　　달마지 달마중을, 가쟈고!
　　달마중가쟈고 니웃집들!
-「달마지」1~6행

　㉠의 '새라새옷'은 '새라 새롭다'와 '옷'이 결합된 조어이면서 축약어이다. '새롭고 새로운 옷'이란 뜻이다.

또한 홍경래를 추모한 작품의 시제(詩題)인 「물마름」은 '물'과 '마름'의 합성어로 조어이다.

〈표 2〉 소월 시의 조어

작품명	조어	작품명	조어
먼후일	나무리면	못니저	구려
님에게	서름이외다	원앙침	두동달이벼개
예전엔 밋처 몰낫섯요	이제금	무심	거츤벌난벌
		산	시메산골
우리집	하느	진달래꽃	아름따다 삽분히즈려밟고
실제	잽시빨니		
들도리	길분전	접동새	아우래비 불설워
바라건대는 우리에게 우리의 보섭대일 땅이 잇섯더면	아득임	산유화	갈
		부귀공명	두여들
초혼	사슴이	추회	닷든말
가는 길	흐릅디다려	꿈길	거츠는꿈
꿈으로 오는 한사람	나이차라지면서	희망	우무주러진
물마름	물마름	달마지	새라새옷

* 25개/216편, 11.11%

〈표 2〉를 보면 독특한 조어가 표출된 시는 216편 가운데 25개로 나타났다. 소월 시에는 평북지방의 방언만이 아니라 시적 표현을 위한 다양한 조어가 드러난다. 소월은 이렇게 우리말을 조탁하여 보다 아름답게 율조를 불어넣어 시어를 구사하였다. 소월의 조어는 의미

를 다치지 않게 하면서 민요조의 율조를 살려서 맛깔나게 조어를 만들어 구사했다.

소월의 개인어법 중의 하나로, 단어 혹은 형태소를 합성하여 조어하는 방법을 들 수 있다. 이러한 합성적인 조어는 시에 친근감을 느끼게 하고, 리듬감을 형성하는 데 기여한다. 예를 들면 '거츤벌난벌'은 '거츤벌'과 '난벌'이 합성 된 조어이고, '구비도라휘도라'는 '구비돌다'와 '휘돌다'가 합성된 조어로 시에 운율감을 부여하는 역할을 한다.

또 짧은 단어들끼리의 합성어도 나타나는 데 '꿈하늘, 물꽃, 소슬비, 물마을, 잔물, 물구슬, 눈들' 등이 그 예이다. 이러한 조어들은 그 의미와 소리가 절묘한 조화를 이루는 조어들이다. '눈들'(눈이 내린 들판) 같은 조어가 김억의 시에도 보이는 데 이를 소월의 영향으로 추측하고 있다.[10] 이처럼 스승에게 영향을 끼칠 정도로 소월의 언어감각은 매우 뛰어났던 것이다.

다음으로 축약을 통한 개인 방언의 양상을 보면 시 「먼 후일」의 "당신이 속으로 나무리면"에서 '나무리면'은 이 시가 처음 발표 된 『학생계』 2호(1920.7)에는 '나물어하시면'으로, 『개벽』 26호(1922.8)에는 '나무려하시면'으로 되어 있다. 그러나 시집 『진달래꽃』(1925)에는 '나무리면'으로 고쳐졌다. 이처럼 6음절이었던 시어가 '나무리면'의 4음절로 고친 것은 각 연의 끝에 쓰여진 4음절의 시어 '니젓노라'와 앞의 6음절의 산문성을 탈피하기 위해서이고 아울러 '니젓노라'의 4음절 시어와 음수율을 맞추기 위한 의도였을 것이다.

---

10 오하근, 「김소월이 김억 시에 끼친 영향 연구」, 『원광대 논문집』, 1995, 11, 130쪽.

어미의 변형을 통한 조어를 살펴보면 소월은 방언형 어미를 표준어투로 고쳐서 활용했다. 이러한 방언이 표준어투로 윤색된 시어들은 어미에서 두드러지게 나타난다. '-외다'는 정주 방언 '웨다'를, '-합듸까'는 '합데까'를, '-구려'는 '구레'를, '-읍듸다'는 '읍데다'를, '-듸다려'는 '데다레'를 각각 서울말로 변형시켜 구사한 것을 알 수 있다. 이러한 현상은 서울의 문학어로 시를 쓰려했던 그의 스승 김억의 영향이 작용한 것이다.

방언은 일반 방언과 개인 방언으로 구분 된다. 일반 방언은 일반 언중들이 사용하는 것이지만, 개인 방언은 시적 효과를 극대화하고자 의도적으로 만들어진 개인적 조어를 의미한다. 일상어에 담겨 있는 고정관념의 상투성과 관습성의 제약으로 시적 상상력이 제한을 받을 때, 시인은 참신한 시어들을 창조하게 된다. 따라서 개인적 조어인 개인 방언에는 시인의 뛰어난 언어 감각과 시의식이 요구된다. 방언은 그 지방 사람들의 삶과 더불어 형성되어 그 고장 사람들의 사상과 정서를 엮어낸다. 그래서 방언 속에는 그 고장 사람들의 전통과 문화가 스며 있다고 한다. 이러한 방언은 또 후손들에게도 계승되어 그들로 하여금 새로운 전통과 문화를 창조하게 하는 힘을 가지고 있다. 그래서 방언은 그 지방 사람들의 전통이나 문화를 대변하는 도구이다.

소월 시가 소월 시다운 것은 그의 빼어난 시어 구사력에서 비롯된 것이다. 어감과 율조를 꾸민 것 같지 않게 아주 자연스럽게 구사한 그의 창의성에 기인한 것이다. 소월이 율조를 살려 조어하는 탁월한 솜씨를 가지고 있다. 우리말을 이렇게 창조적으로 구사하는 점에서 볼 때 그의 민족의식은 생래적인 것이었다고 말할 수 있다.

한 민족이 사용하는 언어에는 그 민족의 정신이 담겨 있다. 알퐁스 도데의 「마지막 수업」에서 아멜 선생은 프랑스어에 대하여 "이 세상에서 가장 아름다운 말이며 가장 분명하고 가장 실팍진 말"이라고 하면서, 이어서 "한 민족이 노예가 되더라도 제 나라 말을 잘 간직하고만 있다면 감옥의 열쇠를 쥐고 있는 거나 다름없다."고 했다. 이처럼 우리 민족이 비록 일제의 식민지가 되어 우리말과 글을 우리 맘대로 사용하지 못할지라도 아멜 선생 말처럼 우리 민족이 우리말을 잘 간직한다면 언젠가는 조국 광복을 맞이하게 될 것을 굳게 믿은 소월은 위에서 살펴본 바와 같이 우리말과 평북방언을 자유자재로 구사하여 우리 민족의 정감에 알맞게 새롭게 만들기도 하고 또는 줄이고 또는 늘이어 아름답게 빚어내었다.

2) 민속적 소재를 통한 민족의식

민속적 소재를 통한 민족의식이 표현된 소월의 작품을 살펴보기로 한다.

산산히 부서진이름이여!
허공중(虛空中)에 헤여진이름이여!
불러도 주인업는이름이여!
부르다가 내가 죽을 이름이여!

심중(心中)에남아있는 말한마듸는
끗끗내 마자하지 못하였구나.

사랑하든 그사람이어!

사랑하든 그사람이어!

붉은해는 서산(西山)마루에 걸니웟다

사슴의무리도 슬피운다.

떠러저나가안즌 산(山)우헤서

나는 그대의이름을 부르노라.

서름에겹도록 부르노라.

서름에겹도록 부르노라.

부르는소리는 빗겨가지만

하눌과땅사이가 넘우넓구나.

선채로 이 자리에 돌이되어도

부르다가 내가 죽을이름이어!

사랑하든 그사람이어!

사랑하든 그사람이어!

-「초혼(招魂)」전문

 '초혼(招魂)'은 사망이 완전히 확인되면 영혼을 부르는 고복(皐復)을 하는 행위를 말한다. 망인의 웃옷을 가지고 지붕에 올라 왼손으로 옷깃을, 오른손으로 허리를 잡고 북쪽을 향해 흔들면서 남자는 관직명이나 자(字)를, 여자는 이름을 부른다. 고복이 끝나면 지붕에서 내려와 고복한 옷을 시신의 가슴 위에 얹는다. 고복하는 옷은 벼슬을 지낸 사람이었으면 공복(公服) 또는 심의(深衣)를, 그렇지 못한 사람이면 심의나 도포를, 여자이면 저고리를 사용한다. 근래 행해지는 고복은 마당에 서서 지붕을 보고 오른손으로 망인의 속적삼을 잡고 왼편으로 흔들면서 망인의 주소, 성명을 말한 뒤 "복, 복, 복"하거나 그냥 '복'만 세 번 부르거나 또는 "돌아다보고 옷이나 가져가시오"하고 외치기도 한다. 그리고 속적삼은 지붕 위에 던져두었다가 후에 내려서 시신 가슴 위에 얹는다. 이 또한 지방마다 조금씩 차이가 있다. 고복은 떠나가는 영혼을 다시 불러 재생시키는 일종의 초혼의례이며, 흰 적삼을 지붕 위에 얹는 것은 타인에게 상가임을 알리고자 함이다.11

이 시의 1연에서 '산산이 부서진 이름'과 '허공중에 헤어진 이름'과 그리고 '불러도 주인 없는 이름'에 이어 또다시 '부르다가 내가 죽을 이름'은 작중 화자가 애도하는 대상이고 이 초혼의식을 수행하는 당사자라는 것을 알 수 있다. 지극히 사랑하는 사람의 죽음을 애통해하는 화자의 절대적 슬픔이 눈에 밟힌다. 2연의 '心中에 남아있는 말 한마디' '끝끝내 마자하지 못한' 것이 한으로 남아 더욱 더 슬프다는 화자의 애끓는 마음이다.

그가 그토록 하고 싶었던 그러나 끝끝내 말하지 못한 그 말은 무엇이었을까? 너를 사랑한다는 말. 아니면 조국광복을 염원하는 우리 민족의 외침? 3연은 서산에 붉은 해가 지는 때 슬피 우는 사슴의 무리. 약한 짐승들의 슬픈 운명은 과연 무엇을 의미하는 것인가? 조국을 빼앗긴 우리 민족을 말하는 것은 아닐까?

4연은 사랑하는 이의 죽음을 설움에 겨워 가신임을 부르고 또 부

11 이두현 외, 『한국 민속학 개설』, 일조각, 2009, 103~104쪽.

르지만 그 부르는 소리는 허공에 흩어지고 아무런 대답이 없는데 그
대와 내가 있는 저승과 이승의 사이가 너무나 멀게만 느껴지는 현실
을 화자는 절실하게 인식한다. 여기서 하늘과 땅 사이의 그 공간이
저승과 이승만큼이나 멀게 느껴지는 거리로 식민치하의 숨 막히는
현실에서 소망하는 조국광복과의 거리로 느끼는 거리감을 말하는 것
이라는 추론도 가능하다.

　5연은 오지 않는 임을 기다리다 지쳐 돌이 되었다는 망부석(望夫
石) 설화를 원용한 것으로 기다리다 돌이 될지라도 나는 그대가 환생
해서 다시 내게로 돌아올 때까지 기다리겠다는 옹골찬 결의를 내보
이는 연이다. 이러한 '초혼'은 한국인의 정서적 원형일 수도 있고 피
압박 민족의 비극적인 울림일 수도 있다.[12]

　이 시는 소월의 시 가운데 호흡이 매우 고조되어 있는 작품이다.
여기서 부름의 대상이 되어 있는 것은 '그대'다. 그런데 '그'는 사적인
차원을 넘어 '나라', 또는 '겨레'의 그림자를 느끼게 한다. 그리하여
이 작품은 주권 상실의 한을 높은 목소리로 읊조린 것이라는 해석을
가능[13]하게 한다. 이와 같은 소견을 피력한 논자들로는 김용직 외에
도 오세영, 최동호, 김영철 등이 있다. 소월은 '초혼'이라는 민속을 통
해 개인적인 정한(情恨)을 민족적인 정한으로 확대[14]시킬 수 있었다.
이와 같이 그는 우리 민족의 전통적인 민속소재를 의식적으로 자신
의 시에 형상화해서 민족의식을 고취했다.

---

12 최정숙,『한국현대시와 민속』, 한국학술정보, 2007, 69쪽.
13 김용직,『김소월전집』, 서울대학교출판부, 2007, 146쪽.
14 조병훈,『한국현대시사』, 집문당. 1981, 110쪽.

접동

접동

<u>아우래비</u>접동

진두강(津頭江)가람까에 살든누나는

진두강(津頭江)압마을에

와서웁니다

옛날, 우리나라

먼뒤쪽의

진두강(津頭江)가람까에 살든누나는

이붓어미싀샘에 죽엇습니다

누나라고 불너보랴

<u>오오 불설워</u>

싀새움에 몸이죽은 우리누나는

죽어서 접동새가 되엿습니다

아웁이나 남아되든 <u>오랩동생</u>을

죽어서도 못니저 참아못니저

야삼경(夜三更) 남다자는 밤이깁프면

이산(山) 저산(山) 올마가며 슬피웁니다.

- 「접동새」 전문

고대인들은 사람이 죽으면 육체를 이탈한 영혼이 새를 타고 하늘

을 날아다닌다고 믿었다. 『위지』의 「동이전」에 이대조우송사(以大
鳥羽送死)라고 하여 커다란 새의 날개로 하여금 영혼을 실어 보낸다
는 기록이 보인다. 진한의 장의풍속에는 커다란 새의 날개를 함께 부
장하는 관습이 있었다. 관직에 새의 형상이 나타나는 것은 이러한 고
대 신앙의 반영이라고 할 수 있다. 또한 새를 인간과 신을 중개하는
영물로 인식한 예증으로는 솟대가 있다. 솟대는 마을의 평안과 아울
러 풍년과 풍어를 기원하는 마음을 모아 나무를 깎아 만든 새 세 마
리를 높은 장대에 올려 북쪽을 향해서 마을 밖에 세워 놓은 것이다.
무격들이 굿을 할 때 모자에 새의 깃을 꽂는데 이것은 무당의 영혼이
새의 깃을 타고 다른 저승세계의 영혼과 접신하는 것을 상징하기 위
한 신탁(神託)의 징표이다.[15]

「접동새」는 소월의 시를 대표하는 작품 중 하나다. 특히 '접동 /
접동'으로 시작하는 울림과 3연부터 등장하는 우리 민족의 민간 전
승되는 설화의 분위기가 조화를 이루어 민요조 서정시의 압권이 되
는 시이다. 흔히 민담 가운데 소쩍새(접동, 두견, 귀촉도, 자규 등)에 관
한 것은 주로 울음소리에 연유하며, 그 내용은 대개 한(恨)과 관련된
이야기이다. 진달래꽃은 두견화라고도 하는데, 두견새의 한 맺힌 절
규가 붉은 진달래꽃으로 변했다고도 한다. 일반적으로 자규, 또는 두
견이라고 하는 두견새와 소쩍새는 전혀 다른 종의 새이다. 두견새는
두견화 즉 진달래꽃이 필 때 나타나는 철새이다. 그리고 낮에 날아다
니며 우는 데, 두견새가 울 때 커다란 입을 벌리면 시뻘건 두견새의
입이 마치 피를 토하는 것 같다. 낮에 우는 두견새와는 달리 소쩍새

15 구미래, 『한국인의 상징세계』, 교보문고, 1996, 166쪽.

는 밤에만 우는 부엉이과다.

소월 시의 밑바닥에는 대체로 당대 민중들의 생활정서와 감수성이 도도하게 흐르고 있다. 이는 앞서 언급한 것처럼 방언을 포함한 쉬운 생활언어, 민담, 설화적 소재 및 민중적 표현수법의 선택에서 잘 나타난다. 이는 일제에 의해 삶의 토대를 박탈당한 당대 민중들의 삶과 관련되어 있기도 한 것이다. 이러한 다양한 민담, 설화, 민요 등은 어린 시절 숙모 계희영의 영향이라 할 수 있다.

향토적 언어인 '아우래비'와 '불설워' 그리고 '오랩동생' 등 평북방언을 맛깔나게 구사하여 지역의 공간적 배경을 솜씨 있게 환기시키고 있다. 그리하여 향토적인 정서를 확실하게 보여주고 있다.

의붓어미 시샘에 죽어간 누이가 접동새가 되었다는 전래설화는 민중적 세계관을 보여준다. 이는 방언과 민담 등의 소재는 어린 시절 그의 숙모 계희영의 영향이라 할 수 있다.

정월(正月)대보름날 달마지,
달마지 달마중을, 가쟈고!
새라새옷은 가라닙고도
가슴엔 묵은설음 그대로,
달마지 달마중을, 가쟈고!
달마중가쟈고 니웃집들!
산(山)우혜수면(水面)에 달소슬때,
도라들가쟈고, 니웃집들!
모작별삼성이 떠러질때.
달마지 달마중을 가쟈고!

다니든옛동무 무덤까에

정월(正月)대보름날 달마지!

-「달마지」전문

이 시의 시적 화자는 정월 대보름날 새 옷을 갈아입고 달마중을 가자고 권유하고 있다. 시어의 어감과 어조가 민요적 율격으로 되었다. 정월 대보름날 달맞이는 사기(邪氣)를 물리치고 풍년과 무병장수와 집안의 안녕을 기원하는 전승민속이다. '가슴엔 묵은 설음 그대로'에서 알 수 있듯이 달맞이는 이 설움을 잊기 위해서 새 옷을 입는 것이며 '가슴엔 묵은 설음 그대로' 지니고 옛 동무의 무덤가를 찾는 행위와 대비되고 있다. 사람들은 정월 대보름날 새롭게 솟는 보름달을 남보다 먼저 보기 위해 다투어 뒷동산에 오른다. 이는 남보다 먼저 대보름달을 본 사람이 길한 운명을 갖는다.[16]는 인식 때문이다.

정월 대보름날에는 마을 사람들이 저마다 뒷동산에 올라 달이 솟아오르기를 기다리다가 보름달이 얼굴을 내밀 무렵이 되면 짚단으로 묶어 만든 횃불을 휘두르며 '망월이야!'를 외치며 남보다 먼저 달맞이를 하려고 경쟁을 한다. 또한 달맞이 때 달의 빛을 보고 그해의 농사를 점치기도 했다. 달이 붉은 색이면 가뭄의 징조이고, 흰 색이면 장마가 크게 진다고 했다. 만월(滿月)은 풍요(豊饒)를 상징한다. 보름을 중심으로 해서 풍년을 기원하는 것은 보름이면 달이 만월이 되어 완전히 하나의 결실이 되는 신비로운 점에서 비롯된 믿음이다. 특히 보름달에 풍년과 무병(無病)과 태평(太平)을 기원하는 것은 보름달이

---

16 홍석모 지음, 최대림 역,『동국세시기』, 홍신문화사, 1993, 51쪽.

생명과 생식(生殖)에 밀접하게 관련이 있음[17]을 보여주고 있다.

　이처럼 소월은 전승민속 놀이인 정월 대보름 달맞이를 하면서 몸에는 새 옷을 입었어도 가슴 속엔 묵은 설움이 그대로 쌓여 있다는 것은 일제 식민치하에서 어쩔 수 없이 느껴야하는 민족의 설움이라는 것을 말하고 있다. 이렇게 새해가 되고 그리고 대보름이 되어도 가슴 속에 쌓인 묵은 설움을 어찌할 수가 없어서 죽은 동무의 무덤에 가서 그 동무에게 하소연 해 보겠다는 시대의 답답한 심정을 토로하고 있다. 비록 가슴 속에는 묵은 설움으로 가득 차 있지만 민속 명절인 정월 대보름날 새 옷을 차려 입고 달맞이를 하면서 달님에게 조국의 광복을 빌어 보겠노라는 화자의 의지를 엿볼 수 있고, 또한 달님에게 간구한 것을 죽은 동무의 무덤을 찾아가서 그 동무에게 말을 하고 싶다는 답답한 마음의 시적 자아가 소통이 부재한 식민지 사회 현실을 여실하게 드러내고 있다.

　소월은 일제 강점기 당대의 출구 없는 사회현실을 일제 당국에 의해 탄압을 받은 전통 민속명절인 정월 대보름날 달맞이를 작품으로 형상화해서 붕괴되어가는 민족 공동체에 대한 의식을 환기시키려 했다.

　　가는봄삼월(三月), 삼월(三月)은 삼질

　　강남(江南)제비도 안닛고왓는데.

　　아무렴은요

　　설게 이때는 못닛게, 그립어.

---

17 김명자, 「한국세시풍속」, 경희대 박사 학위논문, 1989, 48쪽.

니즈시기야, 햇스랴, 하마어느새,

님부르는 꾀꼬리소리.

울고십흔바람은 점도록 부는데

설리도 이때는

가는봄삼월(三月), 삼월은삼질.

-「가는봄삼월(三月)」전문

음력으로 3월 3일은 삼짇날 또는 상사일(上巳日)이라 하고 또는 3 자(字)가 겹친다고 해서 중삼(重三)이라고도 한다. 그리고 이날은 강남 갔던 제비가 돌아오는 날이기도 하다. 비록 흥부네 집처럼 박씨를 물고 오지는 않아도 반가운 제비가 오는 날이다. 동산과 마을 가까운 들에 나가 꽃놀이도 하고 새로 돋아난 풀을 밟으며 춥고 긴 겨울을 무사히 견뎌내고 새봄을 맞이한 기쁨을 맘껏 즐겼기에 답청절(踏靑節) 이라고도 한다. 남정네들은 활쏘기와 닭싸움 놀이를 했다. 또, 가정에서는 찹쌀가루에 참꽃(진달래꽃)을 얹어 화전(花煎)을 부쳐 먹기도 했다. 그리고 새봄에 나비를 보고 점을 치기도 했는데, 첫 번째 보는 나비가 노랑나비나 호랑나비 같은 채색이 있는 나비를 보게 되면 길조이고, 흰나비를 보면 부모의 상(喪)을 당한다는 흉조로 믿었다.

새봄이 되어 강남 갔던 제비도 잊지 않고 다시 돌아왔는데 한 번 떠나간 임은 돌아올 줄 모른다는 한탄을 노래했다. 여기서 소월이 기다린 임은 조국의 광복이 아니었을까하는 추론도 가능하다 하겠다. '아무렴 그렇고말고' 삼월 삼짇날 잊지 않고 다시 찾아온 제비처럼 그렇게 조국광복은 반드시 온다고 은근히 암시하고 있다. 이처럼 소월은 세시(歲時)의 하나인 삼짇날을 시편에 담아 민족의 전통적 의식을 수용하고 있다.

　　성촌(城村)의 아가씨들
　　널뛰노나
　　초파일 날이라고
　　널을뛰지요

　　바람부러요
　　바람이 분다고!
　　담안에는 수양(垂楊)버드나무
　　채색(彩色)줄 층층(層層)그네 매지를마라요

　　담밧게는수양(垂楊)의느러진가지
　　느러진가지는
　　오오 누나!
　　휘젓이 느러져서 그늘이깁소.

　　죠타 봄날은
　　몸에겹지
　　널뛰는 성촌(城村)의아가씨네들
　　널은 사랑의 버릇이라오

　　　　　　　　　　　　　　　　-「널」전문

이 시에 등장하는 전승민속놀이로 '널'과 '그네'가 나온다. 이 시는

4연으로 구성되어 있는데 1연과 4연은 널뛰기놀이를 형상화 했지만, 2연과 3연은 구체적인 언급은 없어도 널뛰기놀이가 아닌 그네타기 놀이를 표현한 내용이다. 널뛰기는 음력 설날부터 대보름까지의 정초에, 사월 초파일, 오월 단오, 팔월 한가위 등 큰 명절에 주로 부녀자들이 즐기던 민속놀이다. 지금은 볼 수 없는 정경이지만 소월이 이 작품을 쓸 때만해도 초파일에 널뛰기와 그네타기 등의 민속놀이가 행해졌음을 알 수 있다.

> 까막까치 깃 다듬어
> 바람이 좋으니 솔솔이요,
> 구름물 속에는 달 떨어져서
> 그 달이 복판 깨여지니 칠월 <u>칠석날</u>에도 저녁은 반달이라.
>
> 하늘에는 별이 총총, 하늘에는 별이 총총.
> 강변에서도 물이 흘러 소리조차 돌돌이라.
> 은하가 년년 잔별밭에
> 밟고가는 자곡자곡 밟히는 별에 꽃이 피니
> 오늘이 사랑의 칠석이라.
>
> -「칠석(七夕)」2연, 6연

예시한 시 「칠석」은 까마귀와 까치가 은하수에 오작교를 놓아 견우와 직녀가 해마다 칠월 칠석에만 상봉하는 것을 도와주는 칠석날을 형상화한 작품이다. 이 시는 총 8연으로 되어 있다. 2연은 까막까치가 깃을 다듬고 은하수에 오작교를 놓으러 가는 데 바람이 솔솔 불어 하늘로 날아올라 다리 놓기가 좋은 날씨라는 것과 칠석날은 달이 반쪽인 반달이라는 시간의 흐름과 시각적인 표현을 했고, 6연에서는 해마다 하늘의 무수한 잔별 밭에 은하가 그 별들을 자곡자곡 밟고 갈 때마다 꽃이 피니 칠석날은 사랑의 날이라고 했다. 일제는 세시풍속을 비합리성과 비문명성의 이유로 취소 금지하였으며 절기가 새로운 양력에 의해서 바뀌어졌다. 동제와 집단적 의례와 축제가 비생산적이며 미신이라는 이유로, 그리고 석전(石戰)과 같은 활력에 넘치는 놀이가 폭력적이라는 이유로 금지되었다. 이는 그것들이 각각 민족 정체성을 고양시키고 활력적인 생활의 바탕이 되기 때문이다.[18]

> 가지가지엇득한높흔나무에
> 가마귀와 까치는울고 지즐때
> 이월(二月)에도청명(淸明)에 한식(寒食)날이라
> 들려 오는곡(哭)소리오 오곡(哭)소리
>
> 거츤벌에는 벌에부는 바람에
> 조희돈은 흐터져 떠다니는곳
> 무덕이무덕이널닌무덤에
> 푸릇푸릇봄풀만도다나누나
>
> 드믄드믄둘너선백양(白楊)나무에
> 청가식의흰꼿치줄로달닌곳

18 김광억, 「일제시기 토착지식인의 민족문화 인식의 틀」, 『비교문화연구』 4호, 서울대비교문화연구소, 1988, 86쪽.

아아모두아주간깁흔서름의
참아말로다못할자리일너라

가도 가도 또가도사라못가는
황천(黃泉)에서 곡(哭)소리어이드르랴
서럽어라 저문날 뿌리는비에
길손들은 제각금 도라갈네라

- 「한식(寒食)」 전문

　이 시는 중국의 당(唐)나라 시대 이백(李白)·두보(杜甫)와 함께 삼
대(三大) 시인인 백거이(白居易)의 「한식야망음(寒食野望吟)」을 소월
이 번역한 것이다.

　'한식'은 동지로부터 105일 째 되는 날이고, 약력으로 4월 5~6일
쯤이다. 이 날 나라에서는 종묘(宗廟)와 능원(陵園)에 제향을 지내고,
민간에서도 성묘를 한다. 한식의 유래에는 중국 고속(古俗)에 이 날
은 풍우(風雨)가 심하여 불을 금하고 찬밥을 먹은 습관에서 왔다는
설과, 진(晉)나라의 현인(賢人) 개자추(介子推)가 이 날 산에서 불에
타 죽었으므로, 그를 애도(哀悼)하는 뜻에서 이 날은 불을 금하고 찬
음식을 먹는다는 설 등이 있다.[19] '한식에 죽으나 청명에 죽으나'라는
말도 있다. 이는 한식과 청명은 하루 사이니, 하루 먼저 죽으나 뒤에
죽으나 같다는 말이다. 24절기의 하나인 청명 다음 날이 한식이다.
한식은 24절후가 아니다. 청명에 대궐에서는 버드나무와 느릅나무

---

19 이희승 편, 『국어대사전』, 민중서관, 1974, 3128쪽.

에 불을 붙여 각 관청에 나누어 주던 풍속이 있었다. 당나라와 송나라에서 불을 나누어 주던 제도가 전해진 풍속이라고 하지만 이것은 고대의 종교적 의미로 매년 봄에 신화(新火)를 만들어 쓸 때에 구화(舊火)를 일체 금지하던 예속(禮俗)에서 나온 것[20]으로 인식된다.

이와 같은 소월의 시적 특징은 전통적인 풍속과 관습의 체험이 세시풍속을 통해 표출되는 것이다. 전통적이고 자연 친화적인 시·공간의 의식과 농촌의 풍속에 대한 긍정적인 인식 등은 바로 민족의식과 그 맥이 닿아 있다.

지금부터는 민속에 속하는 무속이 소월 시에서 어떻게 소재로 쓰였는지 살펴보기로 한다.

> (가) 내몸은 생각에잠잠할 때. 희미한수풀로서
>
> 촌가(村家)의 액(厄)맥이제(祭) 지나는 불빗츤 새여오며,
>
> 이윽고, 비난수도머구리소리와함께 자자저라.
>
> 가득키차오는 내심령(心靈)은…… 하늘과땅사이에.
>
> -「묵념(黙念)」2연

> (나) 함께하려하노라, 오오 비난수하는나의맘이여,
>
> 잇다가업서지는세상에는
>
> 오직 날과날이 닭소래와함께 다라나바리며,
>
> 갓가읍는, 오오 갓가읍는 그대뿐이 내게잇거라!
>
> -「비난수하는 맘」끝 연

---

20 최남선, 『조선상식문답』, 동명사, 1946, 25쪽.

(다) 가도 가도 또가도사라못가는

　　황천(黃泉)에서 곡(哭)소리 어이드르랴

　　서럽어라 저문날 뿌리는비에

　　길손들은 제각금 도라갈네라

-「한식(寒食)」1연

　한국 무속은 샤머니즘(shamanism) 분포권에 속한다. 'shaman'이라는 말은 퉁구스어의 '신령을 조종하고 지배하는 자'라는 말에서 온 것이다. 샤머니즘은 거의 전 세계적으로 분포하는 종교현상이며, 역사적으로도 선사시대부터 수렵, 목축, 농경 등 각 문화층을 기능해온 방대한 문화 복합체이다. 따라서 지역이나 시대마다 그 국가나 사회의 문화들과 결부되어서 순기능도 하고 역기능도 한다. 샤먼은 두 가지 유형이 있는데 하나는 샤먼의 혼이 천상과 지하로 왕래하는 북아시아적인 비상형(飛翔型)이고, 다른 하나는 신령이 샤먼에게 강림하는 동아시아적인 빙의형(憑依型)이다. 한국 무속의 유형은 빙의형에 속한다. 한국에서는 빙의, 즉 신내림을 통해 무당이 굿에서 내린 신의 뜻을 대신하여 말하는 것을 공수(신탁·信託)라 한다.[21] '굿'은 무속에서 가장 성스런 의례이다. 무당과 신령과 인간이 함께 만나서 인간의 문제를 푸는 것으로 무당이 인간에게 문제를 제공한 신령에게 제물을 바치고 가무와 의식절차를 통해서 인간의 문제를 해결해주는 모든 행위가 굿이다.

　(가)의 '액(厄)맥이제(祭)'는 앞으로 닥아 올 액을 미리 막기 위해

---

21 이두현 외, 앞의 책, 176~177쪽.

올리는 제를 말한다. 그리고 (나)의 '비난수'는 정주지방 방언으로 무당이나 소경이 귀신에게 비는 행위를 말한다. 굿은 가정과 개인을 위한 일반적인 굿과 마을의 생활 공동체를 단위로 하는 당굿이 있다. 그리고 일반 굿은 산 자를 위한 굿과 죽은 자의 영혼을 달래어 저승 천도를 위한 굿으로 구분된다. 이 시에서 소월이 닥쳐 올 액운을 예방하기 위해 지내는 굿인 액막이 제(祭)는 식민지 당대에 억압 받고 가난하게 살아가는 민족에게 더 이상의 나쁜 액운은 오지 말라고 비난수하는 마음을 내 보이고 있다.

(나)에서는 조국의 광복을 함께하고 싶다는 비난수하는 화자의 간절함이 돋보이는 작품이다. 이러한 민족의 염원을 전통적인 민속의 행위에 가탁하여 작품으로 빚어낸 것이다.

(다)의 '황천'은 '저승'으로 사람이 죽은 뒤 그 혼령이 가서 산다는 세상이다. 내세(來世) 또는 사후 세계(死後世界·afterlife), 후세(後世·life after death), 다음 세상(Next World), 저 세상 또는 저승(Other Side) 등은, 각 개인에게 개체성을 부여하는 그 자신의 일부 또는 영혼이 이 세상에서의 육체의 죽음 이후에도, 초자연적인 존재에 의해서건 혹은 자연적인 법칙에 의해서건, 계속하여 살아남는다는 믿음 또는 견해에서, 그 영혼이 가게 되는 세상 또는 존재 상태를 가리키는 말이다.

널리 알려진 대중적인 내세관으로는 크게 세 가지가 있다. 첫 번째는 이 세상에서 육체가 죽은 후에는 그 개인의 영혼이 '어떤' 영적인 세상 또는 영역, 즉 영계에서 계속하여 삶을 이어간다는 내세관으로, 기독교·유대교·이슬람교 등의 내세관이다. 두 번째는 육체가 죽은 후에는 그 개인의 영혼은 보통 일정 시간이 지난 후에, 다시 이 세상으로 태어나는데 이러한 재탄생은 그 개인이 영계에 들어갈 수 있는 자격을 얻을 때까지 또는 이 세상을 벗어날 수 있는 자격을 얻을 때까지 계속된다는 내세관으로, 불교·힌두교·고대 이집트 종교 등의 내세관이다. 마지막 세 번째는 이 세상에서의 육체의 죽음과 동시에 그 개인은 영원한 소멸에 이르게 된다는 유물론의 세계관이다. 육체가 죽은 후 그 개인의 영혼이 이 세상으로 다시 태어나기까지의 기간 동안에 그 영혼이 머무르는 특정한 장소를 사후세계 또는 저승이라고 한다.

이처럼 소월의 시에서는 3편의 작품에서 무속적 소재가 4개의 시어로 구사되었다. 이 3편의 작품에서 공통적으로 표출되는 것은 전통적인 우리 민족의 민속이 작품으로 형상화 되어 나타났다는 것이다. 이처럼 소월은 우리 민족의 전통적인 고유한 민속을 통하여 민족의식을 인식시키고자 한 것으로 해석된다.

이제부터 소월 시에 표출된 민요적 리듬을 통한 민족의식을 고찰해 보도록 한다. 애초에 시는 노래였고 노래는 시였다. 서사시에서 서정시까지 모두가 노래였다고 해도 과언은 아니다. 우리나라에서는 남사당패의 놀이마당에서 질펀하게 벌어지는 해학적인 사설이 그렇고, 시조창과 판소리의 사설이 또한 그러하다. 한국인에게 노래는 인생과 자연과 나누는 교집합이다. 소월처럼 시에 노래의 날개가 달려 한국인의 마음을 여울지게 한 시인은 한국시문학사에 드물다.

'낙엽이 우수수 떨어질 때'라고시작 되는 「부모」가 있고, '눈들이 비단안개에 둘리울 때 그때는 참아 잊지 못할 때러라'라고 시작하는 소월의 시 「비단안개」에 곡을 붙인 노래가 있다. 「진달래꽃」, 「개여울」, 「못잊어」, 「초혼」, 「옛이야기」, 「나는 세상모르고 살았노라」

등 수없이 많다. 소월은 어린 시절부터 서도민요에 젖어서 그것이 체화된 관계로 그의 시에서는 자연스럽게 민요의 가락이 묻어나는 것이다.

> (가) 세월을 잊자고 산곡(山谷)에 갔더니
> 역세(曆歲)나 대신에 단풍잎 지누나
>
> -「긴아리」5.[22]

> (나) 너의 집 담밖에 집짓구 살아두
> 그리워 살기는 매일반이로다
>
> -「긴아리」20

예시한 평안북도 아리랑인 「긴아리」는 소월 시와 아주 근사(近似)한 노래이다. (가)는 세월의 무상함을 잊고 싶다는 인간의 원초적 욕망을 표현한 노래이고 (나)는 인간의 애정문제는 언제 어디서나 뜻대로 되지 않고 애태우기는 마찬가지라는 노래이다. 소월의 시 가운데 "산새도 오리나무 / 우헤서 운다 / 산새는 왜 우노 시메산골 /영넘어 갈나고 그래서 울지"라는 「산(山)」의 1연도 서도민요와 마찬가지이다. 가사도 그렇고 율조와 이미지도 매우 유사한 것을 알 수 있다. 이처럼 소월은 어릴 적부터 듣고 자란 서도민요 가락이 마음 속 깊이 배어서 그것이 후에 그의 시작에 자연스럽게 접목되어 나타나게 되었다고 판단된다.

---

22 하웅백 편저, 『창악집성』, 휴먼 앤 북스, 2011, 250~252쪽.

서도민요는 평안도와 황해도 지방에서 불리는 민요이다. 서도민요
의 대표적인 것이 「수심가」와 「난봉가」인데 「수심가」는 '레·미·솔·
라·도'로, 「난봉가」는 '라·도·레·미·솔'로 이루어진 음계이다. 서
도 민요는 끝 부분을 길게 콧소리를 섞어가며 탈탈 떨어주는 것이 특
징이며, 그 떨어주는 음은 대부분 음계의 네 번째 음(「수심가」의 '라'
음과 「난봉가」의 '레' 음)이다. 서도 민요의 가락에서는 떠는 음 '라'에
서 '레'로 떨어지거나 올라가는 음들이 자주 등장하여 재미있는 소리
를 만들어 내고, 큰 소리로 길게 뻗다가 갑자기 속 소리로 가만히 떠
는 방법 등으로 애절한 느낌을 준다. 사설도 인생의 한(恨)을 노래한
것이 많아서 다른 지방의 노래보다 비애감에 젖게 한다.[23]

여기서 소월 시에 민요의 가락이 어떻게 접목되어 나타나고 있는
지 살펴보기로 한다.

　㉠ 물고흔 / 자주구름
　　하눌은 / 개어오네
　　밤중에 / 몰내 온눈
　　솔숲페 / 꼿피엇네.

-「자주구름」1연
(* '/'는 마디를 구별하기 위한 표지임. 이하 같음.)

　㉡ 내고향(故鄕)을 / 가고지고
　　삼수갑산(三水甲山) / 날가둡네

---

23 교육인적자원부 편, 『초등학교 교사용지도서, 음악 6』, 대한교과서주식회사, 2007,
147쪽.

불귀(不歸)로다 / 내몸이야

아하 삼수갑산(三水甲山) / 못벗어난다.

-「삼수갑산」끝연

-차안서삼수갑산운(次岸曙三水甲山韻)-

㉠은 2마디이면서 3・4조이고, ㉡은 2마디인데 4・4조 이다.

㉢ 한때는 / 만흔날을 / 당신생각에

밤까지 / 새운일도 / 업지안치만

아직도 / 때마다는 / 당신생각에

축업슨 /배개까의 / 꿈은잇지만

-「님에게」1연

㉢은 3마디이고 3・4・5조이다. 이처럼 3・4조(「자주구름」)와 4・4
조(「삼수갑산」) 그리고 3・4・5조(「님에게」)와 같은 음수율은 우리나
라 전승 민요나 고전시가의 음률의 특징이다. 또한 이들은 한 행에서
2마디 또는 3마디로 구성되는 것이 보통이다.

소월 시의 율조를 7・5조로 분석하여 왜색이라고 주장하는데 이는
잘못된 주장이다. "흔히 7・5조는 일본의 전통 시가, 특히 하이꾸(排
句)의 운율이 5・7・5로서 7・5가 주가 된 것은 사실이나 이를 음송할
때 우리 시가처럼 3마디로 나누어 율독할 수 없고, 또 일본의 7・5조
는 그 이하의 단위로 분석될 수 없다는 점에서 우리의 3・4・5조와
다른 것이다."24

㉠ 달아 달아 / 밝은 달아

이태백이 / 놀던 달아

저기 저기 / 저 달 속에

계수나무 / 박혔으니

-「달아 달아」

㉡ 아우라지 / 뱃사공아 / 배좀건너 주게

싸릿골 / 올동박이 / 다떨어진다

떨어진 / 동박은 / 낙엽에나 싸이지

사시장철 / 임그리워 / 나는 못살겠네

-「아라리」

㉠과 ㉡은 우리나라의 대표적인 전래 민요들이다. 둘 다 2마디(4·4조, 3·4조)와 3마디(3·4·4, 3·4·5)의 시행으로 나타나고 있는데 앞에서 살펴본 소월의 시와 거의 일치한다. 그리고 소월의 3·4·5조의 음수율도 전래 민요의 변형으로 보아도 무방하다.

소월의 시는 서도민요를 바탕으로 해서 전래 민요의 율조에 근본을 두면서도 그것에 구애받지 않고 작품으로 형상화하는데 성공한다. 그의 시에서 민요적인 리듬은 3·4조와 4·4조 그리고 3·4·5조와 같은 음수율은 우리나라 전래 민요, 특히 서도 민요나 고전 시가의 음률의 특징과 거의 흡사하다. 이처럼 소월은 우리 민족의 전래

---

24 오세영, 앞의 책, 95쪽.

민요인 서도민요의 리듬을 자신의 작품에 살려내어 아름다운 민요시를 창작하였다.

〈표 3〉 소월 시의 민속적 소재

작품명	소재명	작품명	소재명
초혼	초혼	칠석	칠석날
접동새	접동새	한식	청명 한식
달마지	달마지	묵념	액맥이제 비난수
가는봄 삼월	삼월삼질		
널	초파일 널	비난수하는맘	비난수
		한식	황천

* 13편/216편, 6.02%

〈표 3〉는 소월의 시에서 민속적 소재는 216편의 작품 중 13개로 6.02%에 불과했다. 이처럼 그의 시에서 민속 소재가 적은 것은 소월이 민속보다는 인간의 희로애락에 보다 천착했음을 보여주는 반증이다.

일제의 강압적인 조선의 식민지 정책은 우리민족의 민족성과 나아가서는 문학의 성격까지 변질 내지는 변용시키는 결과를 초래했다. 그들은 우리의 역사교육과 언어 사용을 금지시켰고, 급기야 창씨개명으로 조선인의 정신적 뿌리를 근본부터 박탈해 버리려고 시도했다. 또한 전승되어 오던 우리의 민속놀이와 미신이라는 미명아래 우리민족의 전통적인 무속신앙 등을 금지시켰다. 이는 민족의 얼과 혼이 잠재해 있는 것들이 민족성의 고취는 물론 저항정신을 야기시키는 결과를 초래할 거라는 일제의 우려 때문이었다.

한국 민속의 특성은 상고시대 이래의 농경문화와 그에 따른 토속 신앙 위에 불교의 전래 및 유교의 영향이 컸다고 본다. 그런 관계로 낙천성 내지는 자연과의 조화 및 친화성을 지녔다고 할 수 있다. 민속은 오랜 역사적인 문화의 변화·발전을 거치며 그 민중의 생활감정을 소화시켜 가면서 형성된다. 그렇기 때문에 우리의 전승 민속은 우리 민족의 얼과 혼이 내재되어 있는 우리 민족의 고유한 풍속이고 놀이이다. 이러한 민속적 소재를 작품으로 형상화하여 민족의식을 고취하였다고 볼 수 있다

소월은 외래 사조의 유입에도 동요하지 않고 민족의 정한을 전통적 정서로 표현했다. 전통적인 시작법을 활용한 그의 시는 독자에게 안정감을 가져다준다. 그리고 원형적인 사랑의 정감과 전원 심상, 민중적인 정감의 가락 등은 향토적인 소재나 민담적인 배경 등과 어울림으로써 더욱 민족적·민중적인 호소력을 유발한다.

2. 백석의 경우

1) 방언 및 조어를 통한 민족의식

백석도 소월과 마찬가지로 평안북도 정주가 고향이기 때문에 그의 시에서도 평북방언이 많이 구사되었다. 그리고 백석은 소월과 한가지로 의식적으로 평북방언을 그의 작품에 오롯이 담아내어 민족의식을 우회적으로 표현하였다.

백석 시가 현대시사에서 가장 기본적인 성취는 모국어의 확장이다. 소월이 평북 방언을 서울말로 윤색해서 구사한 것과는 달리 백석은 무수한 평안 방언들을 시어로 끌어들였는데, 그 낱말들은 대부분 사물이나 인물들을 지칭하는 체언에 집중되어 있다. 말투는 거의 정확히 표준어에 의존하면서도 사물명이나 인명에서 평안방언을 사용하는 것은, 그의 시어 구사가 우리말의 확장에 놓여 있음을 단적으로 보여주는 것이다.[25]

---

25 고형진, 앞의 책, 292쪽.

소설에서의 방언이 리얼리즘의 획득을 목표로 구사되는 것이 일반적인 데 비하여 시에서의 방언은 주로 향토적 서정성의 표출이나 낯설게하기라는 미학적 장치로서 기능을 한다. 백석의 시에서 구사된 평북 방언에는 평북지방 사람들의 사상과 정서가 고스란히 담겨 있고, 평북지방의 전통과 문화가 그대로 살아 있게 마련이다. 백석은 당시에 유행하는 문예의 흐름에 추종하지 않고 평북 방언을 사용하여 백석만의 독특한 작품으로 민족의 고유한 전통과 문화, 그리고 사상과 정서를 살려 내어 민족의식을 고취하려고 했다.

그러면 백석 시 가운데 평북 방언을 선별해서 그 의미를 규정하고 백석이 그의 작품에 방언, 음식,민속 등의 소재를 구사한 것을 소월과 비교 분석해 본다.

㉠ 산(山)턱 원두막은 뷔였나 불빛이 외롭다
　헝겊심지에 <u>아즈까리</u> 기름의 쪼는 소리가 들리는 듯하다
　　　　　　　　　　　　　　　　　-「정주성(定州城)」1연

㉠의 '아즈까리'는 '아주까리'의 평북 방언이다.

㉠ 山너머 십오리(十五里)서 <u>나무뒝치</u> 차고 싸리신 신고 山비에 촉촉이 젖어서 약(藥)물을 받으러 오는 山아이도 있다.
　　　　　　　　　　　　　　　　　-「산지(山地)」5연

㉠의 '나무뒝치'는 나무로 만든 뒤웅박이다. '뒝치'는 뒤웅박의 평북 방언이다.

㉠ 부엌에는 빨갛게 질들은 팔(八)모알상이 그 상 우엔 새파란 싸리
를 그린 눈알만 한 잔(盞)이 뵈었다.

-「주막(酒幕)」2연

㉡ 울파주 밖에는 장꾼들이 따러와서 엄지의 젖을 빠는 망아지도 있
었다.

-「주막(酒幕)」4연

㉠의 '질들은'은 '길든'의 평북 방언이고, '우엔'은 '위에는'의 고어이
면서 평북 방언이다.

㉡의 '울파주'는 '울바자'의 평북 방언으로 갈대나 싸리 등으로 엮
어서 만든 울타리의 뜻이다.

㉠ 아까시아들이 언제 흰 두레방석을 깔았나
　　어데서 물쿤 개비린내가 온다.

-「비」전문

㉠의 '물쿤'은 '물큰'의 평북방언이다.

㉠ 미역오리같이말라서 굴껍지처럼 말없이 사랑하다 죽는다는
　　이 천희(千姬)의 하나를 나는 어늬 오랜 객주(客主)집의 생선 가시가
　　있는 마루방에서 만났다
　　저문 유월의 바닷가에선 조개도 울 저녁 소라방등이 불그레한 마
　　당에 김냄새 나는 비가 나렸다　　　　　-「통영(統營)」2~끝행

㉠의 '소라방등'은 소라껍질로 만든 등잔이다. '방등'은 등잔의 평안 방언이다.

㉠ 날기멍석을 져간다는 닭보는 할미를 차 굴린다는 땅아래 고래 같은 기와집에는 언제나 니차떡에 청밀에 은금보화가 그득하다는 외발 가진 조마구 뒷山 어늬메도 조마구네 나라가 있어서 오줌 누러 깨는 재밤 머리맡의 문살에 대인 유리창으로 조마구 군병의 새까만 대가리 새까만 눈알이 들여다보는 때 나는 이불 속에 자즈러붙어 숨도 쉬지 못한다

-「고야(古夜)」 2연

㉡ ……소기름에 쌍심지의 불을 밝히고 밤이 들도록 바느질을 하는 밤 같은때 나는 아룻목의 삿귀를 들고 쇠든밤을 내여 다람쥐처럼 <u>밝어 먹고</u> <u>은행여름</u>을 인두 불에 구워도 먹고 그러다는 이불 우에서 광대넘이를 뒤이고 또 누워 굴면서 엄매에 게 윗목에 두른 <u>평풍</u>의 새빨간 천두의 이야기를 듣기도 하고……

-「고야(古夜)」 3연 부분

㉢ ……엄매와 나는 앙궁 우에 <u>곱새담</u> 우에 함지에 버치며 대냥푼을 놓고 치성 이나 드리듯이 정한 마음으로 냅일눈 약눈을 받는다

이 <u>눈세기물</u>을 냅일물이라고 제주병에 진상항아리에 채워두고는 해를 묵여가며 고뿔 이 와도 배앓이를 해도 갑피기를 앓아도 먹을 물이다

-「고야(古夜)」 끝연

㉠의 '날기멍석'의 '날기'는 '낟알'의 평남 방언이고, 날기멍석은 곡

식을 널어 말리는 멍석이다. '니차떡'은 '인절미'의 평북 방언이다. '재밤'은 '재밤중'의 준말로 '한밤중'의 평안 방언이다.

ⓒ의 '밝어먹고'는 '발라먹고'의 뜻이다. '밝다'는 '바르다'의 평안도 방언이다. '은행여름'은 은행나무의 열매이다. '여름'은 열매의 고어로 평안도 방언이다. 용례로는 『용비어천가』 제 2장의 '불휘기픈 남간 바라매 아니뮐새 곳됴코 <u>여름</u>하나니'에 보인다. '평풍'은 병풍의 평안 방언이다.

ⓒ의 '곱새담'은 짚으로 엮은 이엉을 얹은 담이란 뜻이고, '곱새'는 '용마름'의 평북 방언이다. '눈세기물'은 눈이 녹은 물이고 평안도 방언이다. '갑피기'는 '이질'의 평북 방언이다.

ⓐ 무명필에 이름을 써서 백지 달어서 구신간시렁의 당즈께에 넣어
대감님께 수영을 들였다는 가즈랑집 할머니
　언제나 병을 앓을 때면
　신장님 달련이라고 하는 가즈랑집 할머니
　구신의 딸이라고 생각하면 슬퍼졌다
　　　　　　　　　　　　　　　　-「가즈랑집」5연의 5~8행

ⓑ 토끼도 살이 오른다는 때 <u>아르대</u> 즘퍼리에서 제비꼬리 마타리 쇠
조지 가지취 고비 고사리 두릅순 회순 산(山)나물을 하는 가즈랑집 할
머니를 따르며
　나는 벌써 달디단 물구지우림 둥굴네우림을 생각하고
　아직 멀은 도토리묵 도토리범벅까지도 그리워한다
　　　　　　　　　　　　　　　　-「가즈랑집」6연

㉠의 '당즈께'는 '도시락'의 평북 방언이고. '달련'은 '시달림'의 평북 방언이다.

㉡의 '아르대'는 '아래쪽'이란 뜻의 평북 방언이다.

> ㉠ 낡은 질동이에는 갈 줄 모르는 늙은 <u>집난이</u>같이 송구떡이 오래도록 남어 있었다
> ㉡ 오지항아리에는 삼촌이 밥보다 좋아하는 찹쌀탁주가 있어서
> 삼촌의 <u>임내</u>를 내어가며 나와 사춘은 시금털털한 술을 잘도 채어 먹었다
>
> ㉢ 제삿날이면 귀머거리 할아버지 가에서 왕밤을 밝고 싸리꼬치에 두부산적을 <u>께었다</u>
>
> 손자아이들이 파리떼같이 모이면 곰의 발 같은 손을 언제나 내어둘렀다
>
> 구석의 나무말쿠지에 할아버지가 삼는 소신 같은 짚신이 둑둑이 걸리어도 있었다
> ㉣ 넷말이 사는 컴컴한 고방의 쌀독 뒤에서 나는 저녁 끼때에 부르는 소리를 듣고도 못 들은 척 하였다
>
> -「고방」전문

㉠의 '집난이'는 '시집간 딸'을 뜻하는 평안 방언이다.

㉡의 '임내'는 '흉내'의 고어로 평안 방언이다.

ⓒ의 '께었다'는 '꿰었다'의 평북 방언이다.
ⓔ의 '넷말'은 '옛말', '옛이야기'의 평북 방언이다.

   ㉠ 새끼오리도 헌신짝도 소똥도 갓신창도 <u>개니빠디</u>도 너울쪽도 짚검
불도 가락닢도 머리카락도 헝겊조각도 막대꼬치도 기왓장도 <u>닭의 짗</u>도
개터럭도 타는 모닥불

-「모닥불」1연

   ㉠의 '개니빠디'는 개의 이빨. '니빠디'는 평안 방언이고, '닭의 짗'은
'닭의 깃 털'이고, '짗'은 '깃'의 고어이며 평안, 강원, 함경도 방언이다.

   ㉠ 오리치를 놓으려 아배는 논으로 나려간 지 오래다
   오리는 동비탈에 그림자를 떨어트리며 날아가고 나는 <u>동말랭이</u>에서
강아지처럼 아배를 부르며 울다가
   시악이 나서는 등 뒤 개울물에 아배의 신짝과 버선목과 대님오리를
모다 던져버린다

   ㉡ 장날 아츰에 앞 행길로 엄지 따러 지나가는 망아지를 내라고 나는
조르면
   아배는 행길을 향해서 크다란 소리로
   — 매지야 오나라
   — 매지야 오나라

   ⓒ <u>새하려</u> 가는 아배의 지게에 치워 나는 산(山)으로 가며 토끼를 잡

으리라고 생각한다

-「오리 망아지 토끼」1~2연, 3연 1행

㉠의 '동말랭이'는 동쪽의 등성이란 뜻이다. '말랭이'는 '마루'(산이나 지붕의 꼭대기)의 평안, 강원도의 방언이다.

㉡의 '매지'는 '망아지'의 평안, 함경도의 방언이다.

㉢ 의 '새하려'는 기본형이 '새하다'로 '나무하러'의 평안 방언이다.

㉠ 게구멍을 쑤시다 물쿤하고 배암을 잡은 늪의 피 같은 물이끼에 햇볕이 따그웠다

-「하답(夏畓)」2연

㉠의 '늪'은 '늪'의 평안도 방언이다.

㉠ 술집 문창에 <u>그느슥한</u> 그림자는 머리를 얹었다.

-「성외(城外)」끝연

㉠의 '그느슥한'의 '그늑하다'는 희미하고 어두침침하다라는 뜻의 '끄느름하다'의 평북 방언이다.

㉠ 산(山)마루를 탄 사람들은 <u>새꾼</u>들인가
  파란 한울에 떨어질 것같이
  웃음소리가 더러 산(山) 밑가지 들린다.

-「추일산조(秋日山朝)」2연

　　ⓛ <u>무릿돌</u>이 굴러나리는 건 중의 발꿈치에선가

　　　　　　　　　　　　　　　　-「추일산조(秋日山朝)」끝연

ⓞ의 '새꾼'은 '나무꾼'의 평안 방언이다.

ⓛ의 '무릿돌'은 자잘한 돌의 무더기로 평안, 황해도의 방언이다.

　　ⓞ <u>이스라치전</u>이 드나 머루전이 드나

　　　수리취 땅버들의 하이얀 복이 서러웁다

　　　뚜물같이 흐린 날 동풍(東風)이 설렌다

　　　　　　　　　　　　　　　　　　-「쓸쓸한 길」5~7행

　ⓞ의 '이스라치전'의 '이스라치'는 '산앵두'의 평북, 함경도 방언이
고, 전(奠)은 장례 전에 영좌 앞에 간단히 주과(酒果)를 차려 놓는 예
식이다.

　　ⓞ 문(門)을 연다 머루빛 밤한울에

　　　송이버슷의 내음새가 났다

　　　　　　　　　　　　　　　　　　　-「머루밤」끝연

ⓞ의 '버슷'은 '버섯'의 고어이면서 평안, 함경도 방언이다.

　　ⓞ 산(山)꿩도 <u>설게</u> 울은 슬픈 날이 있었다

　　　산(山)절의 마당귀에 女人의 머리오리가 눈물방울과 같이 떨어진
　날이 있었다　　　　　　　　　　　　　-「여승(女僧)」끝연

㉠의 '설게'는 '서럽게'의 평북 방언이다.

> ㉠ <u>어니젠가</u> 새끼거미 쓸려나간 곳에 큰거미가왔다
>
>   나는 가슴이 짜릿한다
>
>   나는 또 큰거미를 쓸어 문밖으로 버리며
>
>   찬 밖이라도 새끼 있는 데로 가라고 하며 서러워 한다
>
> -「수라(修羅)」2연

> ㉡ 이렇게 해서 아린 가슴이 싹기도 전이다
>
>   어데서 좁쌀알만한 알에서 <u>가제</u> 깨인 듯한 발이 채 서지도 못한 무척
>
> 적은 새끼거 미가 이번엔 큰거미 없어진 곳으로 와서 아물거린다
>
>   나는 가슴이 메이는 듯하다
>
> -「수라(修羅)」3연

㉠의 '어니젠가'는 '언젠가'의 평안 방언이다.
㉡의 '가제'는 '갓', '방금'의 평안 방언이다.

> ㉠ 산(山)골에서는 집터를 <u>츠고</u> <u>달궤</u>를 닦고
>
>   보름달 아래서 노루고기를 먹었다
>
> -「노루」전문

㉠의 '츠고'는 '치고'의 뜻으로 평북 방언이고, '달궤'는 '달구'의 평
북 방언이다. 달구는 땅을 단단히 다지는 데 쓰이는 기구이다.

㉠ 벌개눞역에서 바리깨를 뚜드리는 쇳소리가 나면

　누가 눈을 앓아서 부증이 나서 찰거머리를 부르는 것이다

　마을에서는 피성한 눈슭에 저린 팔다리에 거마리를 붙인다

-「오금덩이라는 곳」2연

　㉠의 '벌개눞역'은 벌개눞의 옆이란 뜻이다. '눞'은 '늪'의 평북 방언
이고, '역'은 언저리란 뜻의 평안도 방언이다. '찰거마리'는 '찰거머리'
의 평안 방언이다. '눈슭'은 눈시울이란 뜻이다. '슭'은 피륙이나 헝겊
의 가장자리라는 평북 방언이다. '벌개눞역'을 이숭원은 '들판의 늪
가'26, 송준은 '들판에 있는', '벌레가 많은 늪지의 근처'27, 고형진은
'벌건 빛깔의 늪가'28라고 했다. 필자의 소견으로는 '벌판 끝에 있는
물가'라는 뜻으로 본다. '개(渚. 저)'는 '강이나 내에 조수(潮水)가 드나
드는 곳'이라는 뜻이다.29

　㉠ 어득한 기슭의 행길에 얼굴이 해쓱한 처녀가 새벽달같이

　아 아즈내인데 病人은 미역 냄새 나는 덧문을 닫고 버러지같이 누웠다

-「시기(柿崎)의 바다」끝연

　㉠의 '아즈내'는 '초저녁'이란 뜻의 '아지내'로 평북 방언이다.

---

26 이숭원, 앞의 책, 171쪽.

27 송준, 앞의 책, 265쪽.

28 고형진, 앞의 책, 59쪽.

29 소월의 시 「개여울」은 『개벽』 25호(1922.7)에는 「개(渚)여울」로 수록.

㉠ 우물가에서 까치가 자꼬 즞거니 하면
    붉은 수탉이 높이 <u>샛더미</u> 우로 올랐다

-「창의문외(彰義門外)」2~3행

㉠의 '샛더미'는 '땔나무 더미' '새'는 땔나무의 평북 방언이다.

  ㉠ 기왓골에 배암이 푸르스름히 빛난 달밤이 있었다
    아이들은 <u>쪽재피</u>같이 먼 길을 돌았다

-「정문촌(旌門村)」4연

㉠의 '쪽재피'는 '족제비'의 평안, 함경, 강원도의 방언이다.

   ㉠ 녕낮은집 담 낮은 집 마당만 높은 집에서 열나흘 달을 업고 <u>손방</u>
<u>아</u>만 찧는 내사람을 생각한다

-「통영(統營)」끝 연 2행

㉠의 '녕'은 '지붕'의 평북 방언이고, '손방아'는 '디딜방아'의 방언이다.

  ㉠ 오리야 나는 네가 좋구나 네가 좋아서
    벌논의 늪 옆에서 쭈구렁벼알 달린 짚검불을 널어놓고
    닭이짗 <u>올코</u>에 새끼달은치를 묻어놓고
    동둑 넘어 숨어서
    하로진일 너를 기다린다

-「오리」4연

㉠의 '올코'는 '올가미'의 평북 방언이다.

㉠ 달빛도 거지도 도적개도 모다 즐겁다
　풍구재도 얼럭소도 쇠드랑볕도 모다 즐겁다

-「연자간」1연

㉡ 개들은 게모이고 쌈지거리하고
　놓여난 도야지 둥구재벼오고

-「연자간」4연

㉢ 송아지 잘도 놀고
　까치 보해 짖고

-「연자간」5연

㉣ 대들보 우에 베틀도 채일도 토리개도 모도들 편안하니
　구석구석 후치도 보섭도 소시랑도 모도들 편안하니

-「연자간」끝 연

　㉠의 '풍구재'는 풍구의 평북 방언이다. 풍구: 곡물에 섞인 쭉정이, 겨, 먼지 따위를 바람으로 제거하는 기구로 평북 방언이다.
　㉡의 '둥구재벼'는 '두멍 잡혀'의 뜻으로 '둥구'는 '두멍'의 평북 방언이다. 두멍: 물을 담아 두는 큰 가마나 독.
　㉢의 '보해'는 '뻔질나게'의 평북 방언이다.
　㉣의 '토리개'는 '씨아'의 평북 방언이다. 씨아: 목화의 씨를 빼는

기구.

　　㉠ 솔포기에 숨었다
　　　　토끼나 꿩을 놀래주고 싶은 산(山)허리의 길은

　　　　엎데서 따스하니 손 녹히고 싶은 길이다
　　　　　　　　　　　　　　　　　　　-「창원도(昌原道)」1~2연

　㉠의 '엎데서'는 '엎드려서'의 고어이면서 평안 방언이다.

　　㉠ 농마루며 바람벽은 모두들 그느슥히
　　　　흰밥과 두부와 튀각과 자반을 생각나 하고

　　㉡ 하펌도 남즉하니 불기와 유종들이
　　　　묵묵히 팔장 끼고 쭈구리고 앉었다
　　　　　　　　　　　　　　　　　　　-「고사(古寺)」4~5연

　㉠의 '농마루'는 '천장'의 평안도 방언이다.
　㉡의 '하펌'은 '하품'의 평안, 함남의 방언이다.

　　㉠ 우리들은 모두 욕심이 없어 회여졌다
　　　　착하디착해서 세관은 가시 하나 손아귀 하나없다
　　　　너무나 정갈해서 이렇게 파리했다
　　　　　　　　　　　　　　　　　　　-「선우사(膳友辭)」4연

㉠의 '세관'은 '성질이나 기세가 억센'이란 뜻의 평북 방언이다.

㉠ 집이 몇 집 되지 않는 골안은
　　모두 터앞에 김장감이 퍼지고
　　뜨락에 잡곡낟가리가 쌓여서
　　어니 세월에 뷔일 듯한 집은 뵈이지 않았다
　　나는 자꼬 골안으로 깊이 들어갔다

㉡ 골이 다한 산대 밑에 자그마한 돌능와집이 한 채 있어서
　　이집 남길동 단 안주인은 겨울이면 집을 내고
　　산을 돌아 거리로 나려간다는 말을 하는데
　　해바른 마당에는 꿀벌이 스무나문 통 있었다
　　　　　　　　　　　　　　　　　－「산곡(山谷)」2~3연

㉠의 '어니'는 '어느'의 평안 방언이다.
㉡의 '돌능와집'는 '돌능에집'. '돌로 지붕을 한 너와집'의 평북 방언
이고 '남길동'은 저고리의 끝동을 남색 천으로 단 것. '길동'은 끝동의
평북 방언이다.

㉠ 바닷가는
　　개지꽃에 개지 아니 나오고
　　고기비눌에 하이얀 got볕만 쇠리쇠리하야
　　어쩐지 쓸쓸만 하구려 섧기만 하구려
　　　　　　　　　　　　　　　　　－「바다」끝연

㉠의 '개지꽃'은 '강아지풀꽃'의 평북 방언이다. 이숭원,[30] 고형진,[31] 송준,[32] 등이 '메꽃'의 평북 방언이라고 했는데 이는 오류다.

김이협[33]의 『평북방언사전』20쪽에 '개지'는 평북 자성(慈城)지역의 방언으로 '나팔꽃', '메꽃'이라고 했고, 같은 책 19쪽에서는 평북 전역의 방언으로 '강아지', '개의 새끼'라고 했다. 이희승[34]이 감수한 『국어사전』을 보면 '개지'는 '강아지풀'이라고 나와 있다.

필자의 소견으로는 '버들개지'등의 유사한 단어의 뜻을 보아 '개지꽃'은 '메꽃'이나 나팔꽃이 아닌 '강아지풀꽃'으로 해석하는 게 타당하다. '개지꽃에 개지 아니 나오고'는 백석이 재미있게 유머를 보인 구절이다.

'쇠리쇠리하다'는 '눈부시다'의 평북 방언이다.

㉠ 나타샤와 나는

　　눈이 푹푹 쌓이는 밤 흰 당나귀 타고

　　산골로 가자 출출이 우는 깊은 산골로 가 마가리에 살자

　　　　　　　　　　　　　　-「나와 나타샤와 흰 당나귀」2연, 5~7행

㉡ 눈은 푹푹 나리고

　　나는 나타샤를 생각하고

　　나타샤가 아니 올 리 없다

　　언제 벌써 내 속에 고조곤히 와 이야기한다

---

30 이숭원,『백석을 만나다』, 태학사, 2008, 288쪽.
31 고형진,『정본백석시집』, 문학동네, 2007, 59쪽.
32 송　준,『백석시전집』, 학영사, 2005, 239쪽.
33 김이협, 앞의 책, 19~20쪽.
34 이희승, 앞의 책, 89쪽.

산골로 가는 것은 세상한테 지는 것이 아니다

세상 같은 건 더러워 버리는 것이다

-「나와 나타샤와 흰 당나귀」3연

㉠의 '마가리'는 '오막살이'의 평안 방언이다.

㉡의 '고조곤히'는 '고요히'의 평북 방언이다.

㉠ 거리는 장날이다

장날 거리에 녕감들이 지나간다

녕감들은

말상을 하였다 범상을 하였다 쪽재피상을 하였다

개발코를 하였다 안장코를 하였다 질병코를 하였다

그 코에 모두 <u>학실</u>은 썼다

-「석양(夕陽)」1~6행

㉠의 '학실'은 '돋보기'의 평안 방언이다.

㉠ 북관(北關)에 계집은 튼튼하다

북관(北關)에 계집은 아름답다

아름답고 튼튼한계집은 있어서

흰 저고리에 붉은 <u>길동</u>을 달어

검정치마에 받쳐입은 것은

나의 꼭 하나 즐거운 꿈이였드니

-「절망(絶望)」1~6행

㉠의 '길동'은 저고리 소매의 끝에 대는 천으로 '끝동'의 평북 방언
이다.

> ㉠ 이 무서운 밤을 <u>아래 웃방성</u> 마을 돌아다니는 사람은 있어 개는
> 짖는다
>
> -「개」2연

> ㉡ <u>김치가재미</u>선 동치미가 유별히 맛나게 익는 밤
>
> -「개」4연

> ㉢ 아배가 밤참 국수를 받으려 가면 나는 <u>큰마니</u>의 돋보기를 쓰고 앉
> 어 개 짖는 소리를 들은 것이다
>
> -「개」끝연

㉠의 '아래 웃방성'은 '아랫방 윗방을 왔다 갔다 한다'는 것으로 '여
기저기서'의 뜻으로 쓰였다. 평안 방언이다.

㉡의 '김치가재미'는 겨울에 먹을 김치를 독에 넣어 땅에 묻은 다
음 그 위에 짚 같은 것으로 덮어 놓은 것으로 김치 광을 말한다. 평북
방언이다.

㉢의 '큰마니'는 '할머니'의 평북 방언이다.

> ㉠ 내가 언제나 무서운 외갓집은
> 초저녁이면 안팎마당이 그득하니 하이얀 나비수염을 물은 <u>보득지근</u>
> <u>한</u> 복쪽재비들이 씨굴씨굴 모여서는 쨩쨩 쨩쨩 쇳스럽게 울어대고

　밤이면 무엇이 기왓골에 무릿돌을 던지고 뒤울안 배나무에 쨰듯하니
줄등을 혜여달고 부뚜막의큰솥 적은솥을 모주리 뽑아놓고 재통에 간 사
람의 목덜미를 그냥그냥 나려눌러선 쟂다리 아래로처박고
　그리고 새벽녘이면 고방시렁에 채국채국 얹어둔 모랭이 목판 시루며
함지가 땅바닥에 넘너른히 널리는 집이다

-「외갓집」전문.

　㉠의 '보득지근한'은 '보드랍고 매끄러운'이란 뜻의 평안도 방언이
다. '혜여달고'는 '혜다'는 '켜다'의 고어이면서 평안, 함북, 황해, 강원
의 방언이다. '재통'은 '변소'의 평안 방언이다.

　　㉠ 내가 이렇게 외면하고 거리를 걸어가는 것은 또 내 많지 못한 월
급이 얼마나 고 마운 탓이고
　이렇게 젊은 나이로 코밑수염도 길러보는 탓이고 그리고 어늬 가난
한 집 부엌으 로 달재 생선을진장에 꼿꼿이 지진 것은 맛도 있다는 말이
자꼬 들려오는 탓이다.

-「내가 이렇게 외면하고」끝연

　㉠의 '달재'는 '달강어(達江魚)'의 평안북도, 함경남도의 방언이다.
달강어는 양성댓과의 바닷물고기로 길이가 30㎝로 가늘고 길다. 머
리가 모나고 가시가 많다. 빗비늘로 덮였으며 등은 고운 주홍색이고,
배는 희다. 일명 '달궁이'.[35]

---

35 이희승 감수, 앞의 책, 531쪽.

㉠ 그러나 시방 꼴두기는 배창에 너부러져 새새끼 같은 울음을 우는 곁에서 뱃사람들의 언젠가 <u>아홉</u>이서 회를 쳐먹고도 남어 한 깃씩 노나 가지고갔다는 크디큰 꼴두기의 이야기를 들으며 나는슬프다

-「꼴두기」3연

㉠의 '아홉'은 '아홉'의 평안 방언이다.

㉠ 인간들은 모두 뒷등성으로 올라 멍석자리를 하고 바람을 쐬이는데
　풀밭에는 어느새 하이얀 대림질감들이 한불 널리고
　<u>돌우래</u>며 팟중이 산 옆이 들썩하니 울어댄다
　이리하여 한울에 별이 잔콩 마당 같고
　<u>강낭밭</u>에 이슬이 비 오듯 하는 밤이 된다

-「박각시 오는 저녁」4~끝행

㉠의 '돌우래'는 '도루래'로 '땅강아지'의 평북 방언이다. '강낭밭'은 '옥수수밭' '강낭'은 '강냉이' 즉, '옥수수'의 평안, 경상 방언이다.

㉠ 황토 마루 수무나무에 얼럭궁덜럭궁 색동헝겊 <u>뜯개조박</u> <u>뵈짜배기</u> 걸리고 오쟁이<u>끼애리</u> 달리고 소 삼은 엄신 같은 딥세기도 열린 국수당 고개를 몇 번이고 튀튀 춤을 뱉고 넘어가면 골안에 아늑히 묵은 넝동이 무겁기도 할 집이 한 채 안기었는데

-「넘언집 범 같은 노큰마니」1연

㉡ 집에는 언제나 센개 같은 <u>게사니</u>가 벅작궁 고아내고 말 같은 개들

이 떠들썩 짖어대고 그리고 소거름 내음새 구수한 엇송아지 <u>히물쩍</u> 너
들씨는데

　　　　　　　　　　　　　　　- 「넘언집 범 같은 노큰마니」2연

　ⓒ……아이들이 <u>큰마누래</u>에 <u>작은마누래</u>에 제구실을 할 때면 종아지
물본도 모르고 행길에 아이 송장이 거적뙈기에 말려나가면 속으로 얼마
나 부러워하였고 그리고 끼때에는 부뚜막에 바가지를 아이딜 수대로 주
룬히 늘어놓고 밥 한 덩이 질게 한 술 들여트러서는 먹였다는 소리를 언
제나 두고두고 하는데

　　　　　　　　　　　　　　　- 「넘언집 범 같은 노큰마니」3연

　㉠의 '뜯개조박'은 뜯어진 헝겊조각. '조박'은 '조각'이란 뜻의 평안
남도 방언이고, '뵈짜배기'는 '베조각'이다. '짜배기'는 '조각'의 평안북
도 방언이다. '끼애리'는 '꾸러미'의 평북 방언이다.
　ⓒ의 '게사니'는 '거위'의 평안, 황해, 경기, 강원 방언이고, '히물쩍'
은 '씰룩거리다'의 평북 방언이다.
　ⓒ의 '작은마누래'는 '작은 마마(수두)'의 평북 방언이고, '질게'는
'반찬'의 함경 방언이다.

　　고원선(高原線)종점(終點)인 이 적은 정차장(停車場)엔
　　그렇게도 우쭐대며 달가불시며 뛰어오던 뽕뽕차(車)가
　　<u>가이없이</u> 쓸쓸하니도 우두머니 서 있다

　　　　　　　　　　　　　　　- 「함남도안(咸南道安)」1연

㉠의 '가이없이'는 '가엾이', '불쌍하게'의 평북 방언이다.

㉠ 삼리(三里)밖 강(江)쟁변엔 자갯돌에서
　비멀이한 옷을 부승부승 말려 입고 오는 길인데
　산(山)모롱고지 하나 도는 동안에 옷은 또 함북 젖었다
-「구장로(球場路)」1연
-서행시초(西行詩抄) 1

㉡ 그 뜨수한 구들에서
　따끈한 삼십오도(三十五度) 소주(燒酒)나 한잔 마시고
　그리고 그 시래깃국에 소피를 넣고 두부를 두고 끓인 구수한 술국을
　트근히 몇사발이고 왕사발로 몇 사발이고 먹자
-「구장로(球場路)」끝연

㉠의 '강쟁변'은 '강변'의 평안 방언이고, '자갯돌'은 '자갈'의 평북
방언이고, '산모롱고지'는 '산모롱이'의 평북 방언이다.
㉡의 '트근히'는 '많다', '수두룩하다'라는 뜻의 평북 방언이다.

㉠ 쌔하얗게 얼은 자동차(自動車) 유리창 밖에
　내지인(內地人) 주재소장(駐在所長) 같은 어른과 어린아이 둘이 내
임을 낸다
　계집아이는 운다 느끼며 운다
　텅 비인 차(車) 안 한구석에서 어느 한사람도 눈을 씻는다
　계집아이는 몇해고 내지인(內地人) 주재소장(駐在所長) 집에서

밥을 짓고 걸레를 치고 아이보개를 하면서

이렇게 추운 아침에도 손이 꽁꽁 얼어서

찬물에 걸레를 쳤을 것이다

-「팔원(八院)」9~ 끝행

㉠ 돌능와집에 소달구지에 싸리신에 옛날이 사는 장거리에

어니 근방 산천(山川)에서 <u>덜거기</u> 껙꼭 <u>검방지게</u> 운다

-「월림장(月林場)」1연, 2~3행.

-서행시초(西行詩抄) 4

㉡ 나는 주먹다시 가튼 떡당이에 꿀보다도 달다는 강낭엿을 산다

그리고 물이라도 들듯이 샛노라티 샛노란 산(山)골 <u>마가을</u> 벼테 눈

이 시울도록 샛노라티샛노란 햇기장쌀을 주무르며

기장쌀은 기장차떡이 좋고 기장감주가 좋고 그리고 기장쌀로 쑨 호

박죽은 맛도 있는것을 생각하며 나는 기뿌다

-「월림장(月林場)」3연

-서행시초(西行詩抄) 4

㉠의 '덜거기'는 '수꿩'의 평안북도 방언이고, '검방지게'는 '건방지

게'란 뜻의 평북 방언이다.

㉡의 '마가을'은 '늦가을'의 평안북도 방언이고, '차랍'은 '찰밥'이란

뜻의 평북 방언이다.

㉠ 구신과 사람과 넋고 목숨과 있는 것과 없는 것과 한 줌 흙과 한 점

살과 먼 넷조 상과 먼 훗자손의 <u>거륵한</u> 아득한 슬픔을 담는 것

-「목구(木具)」3연

㉠의 '거륵한'은 '거룩한'이란 뜻의 평안 방언이다.

㉠이미 해는 늙고 달은 파리하고 바람은 미치고 <u>보래구름</u>만 혼자 넋 없이 떠도는데

-「북방(北方)에서」5연

- 정현웅(鄭玄雄)에게

㉠의 '보래구름'은 '보랏빛 구름'이라는 뜻의 평북 방언이다.

이숭원[36]과 송준[37]은 '작게 흩어져 떠도는 구름'이라 했고, 고형진[38]은 '보랏빛 구름'이라고 했다. 김이협의 『평북방언사전』285쪽에 '보래'는 '보랏빛'이라고 나와 있다.

필자의 견해는, 시의 어사를 볼 때 '작게 흩어져 떠도는 구름'이라고 할 때 하나가 아닌 즉, '혼자가 아닌 여러 개의 구름'을 지칭하는 것이다. 그러니까 '이미 해는 늙고 달은 파리하고 바람은 미치고 보래구름만 혼자 넋 없이 떠도는데'라는 어사에서 '혼자 넋 없이 떠도는 구름'에 유의해서 해석한다면 '보래구름'은 '작게 흩어져 떠도는 구름'이라고 해석하는 것보다는 '보랏빛 구름'으로 해석하는 게 타당하다.

---

36 이숭언, 앞의 책, 447쪽.
37 송준, 앞의 책, 266쪽.
38 고형진, 앞의 책, 139쪽.

㉠ 눈물의 또 볕살의 나라에서 당신은

　이 세상에 나들이를 온 것이다

　쓸쓸한 나들이를 <u>단기려</u> 온 것이다

-「허준(許俊)에게」2연

㉡ 눈물의 또 볕살의 나라 사람이여

　당신이 그 긴 허리를 굽히고 <u>뒤짐</u>을 지고 지치운 다리로

　싸움과 흥정으로 와자지껄하는 거리를 지날 때든가

-「허준(許俊)에게」3연, 1~3행

㉢ 그 멀은 눈물의 또 볕살의 나라에서

　이 세상에 나들이를 온 사람이여

　이 목이 긴 시인(詩人)이 또 게사니처럼 <u>떠곤다고</u>

　당신은 쓸쓸히 웃으며 바독판을 당기는구려

-「허준(許俊)에게」끝연

㉠의 '단기려'는 '다니려'의 뜻인 평북 방언이다.

㉡의 '뒤짐'은 '뒷짐'의 평안 방언이다.

㉢의 '떠곤다고'는 '떠든다고'의 뜻인 평북 방언이다.

㉠ 한울은

　<u>울파주</u>가에 우는 병아리를 사랑한다

　우물돌 아래 <u>돌우래</u>를 사랑한다

　그리고 또

버드나무 밑 당나귀 소리를 임내내는 시인(詩人)을 사랑한다

　　　　　　　　　　　　　　-『호박꽃 초롱』 서시(序詩) 1연

　㉠의 '울파주'는 '울바자'의 평안북도 방언이고, 갈대나 싸리 등으로 엮어 만든 '울타리'이다. '돌우래'는 '땅강아지'의 뜻인 평안북도 방언이다. '임내'는 '흉내'의 고어이면서 평북 방언이다.

　㉠ 하로밤 뽀오한 흰 김 속에 접시귀 소기름불이 뿌우현 부엌에

　　산멍에 같은 분틀을 타고 오는 것이다

　　　　　　　　　　　　　　　　　-「국수」10~11행

　㉡ 지붕에 마당에 우물든덩에 함박눈이 푹푹 쌓이는 여늬 하로밤

　　아배 앞에 그 어린 아들 앞에 아배 앞에는 왕사발에 아들 앞에는 새끼사발에 그득히 사리워 오는 것이다

　　이것은 그 곰의 잔등에 업혀서 길여났다는 먼 녯적 큰마니가

　　또 그 짚등색이에 서서 자채기를 하면 산 넘엣 마을까지 들렸다는

　　먼 녯적 큰아바지가 오는 것같이 오는 것이다

　　　　　　　　　　　　　　　　　-「국수」16~20행

　㉢ 겨울밤 쩡하니 닉은 동티미국을 좋아하고 얼얼한댕추가루를 좋아하고 싱싱한 산꿩의 고기를 좋아하고

　　그리고 담배 내음새 탄수 내음새 또 수육을 삶는 육수국 내음새 자욱한 더북한 삿방 쩔쩔 끓는 아르굴을 좋아하는 이것은 무엇인가

　　　　　　　　　　　　　　　　　-「국수」23~24행

⊙의 '분틀'은 '국수틀'의 평안 방언이다.

ⓛ의 '우물든덩'은 우물 둘레의 작은 둑 모양의 둔덕으로 '우물둔덕'이란 뜻의 평안북도 방언이고, '큰아바지'는 '할아버지'의 평북 방언이다.

ⓒ의 '아르굴'은 '아랫목'이란 뜻의 평안 방언이다.

　⊙ 촌에서 온 아이

　　촌에서 어젯밤에 승합자동차(乘合自動車)를 타고 온 아이여

　　이렇게 추운데 웃동에 무슨 <u>두룽이</u> 같은 것을 하나 걸치고 아랫두리는 쪽 발가벗은 아이여

　　　　　　　　　　　　　　　　　-「촌(村)에서 온 아이」 1~3행

　ⓛ 네 소리에 나는 촌 농삿집의 저녁을 짓는 때

　　<u>나주볕</u>이 가득 드리운 밝은 방안에 혼자 앉어서

　　실감기며 버선짝을 가지고 쓰렁쓰렁 노는 아이를 생각한다

　　　　　　　　　　　　　　　　　-「촌(村)에서 온 아이」 16~18행.

⊙의 '웃동'은 '윗도리'의 뜻인 평북 방언이고, '두룽이'는 추위를 막기 위해 어깨 위에 둘러쓴 옷가지를 뜻하는 평안 방언이다.

ⓛ의 '나주볕'의 '나주'는 저녁이라는 뜻의 평안 방언이다. '저녁 때 볕'을 말한다.

　　⊙ 우리네 조상들이 먼먼 넷날부터 대대로 이날엔 으레히 그러하며 오듯이

먼 타관에 난 그 두보(杜甫)나 이백(李白) 같은 이 나라의 시인(詩人)도

이날은 그 어늬 한고향 사람의 주막이나 반관(飯館)을 찾어가서

그 조상들이 대대로 하든 본대로 원소(元宵)라는 떡을 입에 대며

스스로 마음을 느꾸어 위안하지 않었을 것인가

-「두보(杜甫)나 이백(李白) 같이」15~19행

ㄱ의 '느꾸어'는 기본형이 '느꾸다'로 '긴장이나 흥분을 풀다'란 뜻의 평북 방언이다.

〈표 4〉 백석 시의 방언

작품명	소재명	작품명	소재명
정주성	아즈까리	오리	올코
샨지	나무뒝치	연자간	풍구재 둥구재벼 보해 토리개
주막	질들은 울파주		
비	물쿤		
여우난골족	아베 고무 설게 반디젓 차떡 섶 바리깨	창원도	옆데서
		고사	농마루 하펌
		선우사	세
		산곡	어니 돌능와집
통영	방등	바다	개지꽃 쇠리쇠리
고야	날기 밝어 먹고 여름 평풍 곱새 눈세기물 갑피기	나와 나타샤와 흰 당나귀	마가리 고조곤히
		석양	학실
		절망	길동
		개	아래웃방성 김치가재미 큰마니

가즈랑집	당즈께 달련 아르대 집난이 입내 께었다 빗말 니빠디 즞	외갓집	보득지근한 헤여달고
		내가 이렇게 외면 하고	달재
		꼴두기	아홉
		박각시 오는 저녁	돌우래 강낭밭
		넘언집 범같은 노 큰마니	뜯개조박 게사니 작은마누래
		함안도안	가이없이
오리 망아지 토끼	동말랭이 매지 새하려	구장로	강쟁변 트근히
		팔원	내임
하답	높	월림장	덜거기 검방지게 마가을
성외	그느슥한		
추일산조	새꾼 무릿돌	북방에서	보래구름
쓸쓸한 길	아스라치	허준에게	단기려 뒤짐 떠곤다고
머루 밤	버슷		
여승	설게		
수라	어느젠가 가제	《호박꽃 초롱》 서시	울파주 돌우래 임내
노루	츠고		
오금덩이라는곳	벌개늪역 찰거머리 눈숡	국수	분틀 우물든덩 큰아바지 아르굴
시기의 바다	아즈내		
창의문외	샛더미		
정문촌	쪽재피	촌에서 온 아이	웃동 나주볕
통영	녕	두보나 이백같이	느꾸어

* 99개/92편, 107.61%

〈표 4〉에서와 같이 백석의 시에서 방언은 92편 중 99개로 로 나타 났다. 이처럼 그의 시에서 방언이 상상외로 소월보다 월등하게 많이 구사된 것을 알 수 있다. 소월 시에서 추출된 방언은 47개였다.

백석은 자신의 고향 언어인 평안 방언을 유별나게 많이 구사하였다. 특히 그의 방언 구사는 사람과 사물을 표현하는데 집중되어 나타나는데 이러한 이해하기 힘든 방언 구사는 독자들을 더욱 당혹스럽게 한다. 백석 시의 표기법은 현재 우리가 접하는 한글맞춤법과는 많은 차이가 있다. 〈한글맞춤법 통일안〉은 1933년 10월에 처음 제정되어 1936년 10월에 표준어 사정안이 만들어졌고, 1937년 3월 사정안에 맞춰 개정된 〈한글맞춤법 통일안〉이 발표되었다. 한편 백석은 1935년에 시단에 데뷔하였고, 1936년 1월에 시집 『사슴』을 출간하면서 작품 활동을 본격적으로 시작하였다. 상황이 이런 관계로 백석은 〈한글맞춤법 통일안〉이 제정되고 일반화되어가는 과도기에 작품을 쓴 셈이다. 그래서 그는 표기법에서 혼란을 초래할 수밖에 없었다. 이러한 사정은 동시대에 활동한 문인들에게서 공통으로 나타나는 현상이었다.

백석은 정주를 중심으로 한 평북 방언과 평안남도 일대를 아우르는 평안 방언을 주로 구사했다. 그리고 함경도, 경상도와 중부지역의 방언까지도 일부 포함되었다. 한편 백석시의 방언은 평안 방언 외에 타 지역의 방언들도 나타나고 있는데 그는 자신이 한 때 살았거나 여행했던 지역의 언어들도 자신의 시어로 활용했다. 예를 들면, '질게', '아배' 등은 함경 방언이고, '껍지', '산대', '내음새' 등은 경상 방언이다.

백석은 가장 전통적 토착어인 평북 방언의 구사로 생동감 넘치는 시적 효과를 거두고 있다. 백석은 방언을 사용하여 자신만의 독특한 작품으로 민족의 고유한 전통과 문화 그리고 사상과 정서를 살려내어 작품을 형상화했다.

다음으로 백석 시에서 조어가 구사된 시편들을 살펴보기로 한다.

> ㉠ 새끼오리도 헌신짝도 소똥도 갓신창도 개니빠디도 너울쪽도 짚검불도 가락닢도 머리카락도 헝겊조각도 막대꼬치도 기왓장도 닭의 짖도 개터럭도 타는 모닥불

> -「모닥불」1연

㉠의 '새끼오리'는 '새끼줄'과 '오래기'의 합성어이다. '오래기'는 종이·헝겊·실 따위가 좁고 긴 조각이란 뜻의 평북 방언이다.

> ㉠ 흙꽃니는 이른 봄의 무연한 벌을
> 경편철도(輕便鐵道)가 노새의 맘을 먹고 지나간다

> 멀리 바다가 보이는
> 가정거장(假停車場)도 없는 벌판에서
> 차(車)는 머물고 새악시 둘이 나린다

> -「광원(曠原)」전문

㉠의 '흙꽃'은 '흙'과 '꽃'이 결합된 조어이다. 이숭원은 '아지랭이'[39],

---

39 이숭원, 앞의 책, 115쪽.

송준과 고형진은 '흙먼지'40라고 했다. 필자의 소견은 봄이 되어 날씨가 풀리면 얼었던 흙이 해토가 되어서 꽃봉오리가 터지 듯 흙이 솟아올라 마치 꽃잎이 터지는 것 같은 모양이다.

> ㉠ 거적장사 하나 산(山) 뒷녑 비탈을 오른다
> 아 ― 따르는 사람도 없이 쓸쓸한 쓸쓸한 길이다
> 산(山)가마귀만 울며 날고
> 도적갠가 개 하나 어정어정 따러간다
> 이스라치전이 드나 머루전이 드나
> 수리취 땅버들의 하이얀 복이 서러웁다
> 뚜물같이 흐린날 동풍(東風)이 설렌다
>
> ―「쓸쓸한 길」 전문

㉠의 '이스라치전'은 '이스라치'와 '전(奠)'의 합성어이다. '전(奠)'은 장사 치루기 전에 간단하게 주과(酒果)를 차려 놓고 지내는 의식이라는 뜻이고 '이스라치'는 산앵두의 뜻인 '산이스랏'으로 평북, 함경 방언이다.

> ㉠ 통영(統營)장 낫대들었다
>
> 갓 한 닢 쓰고 건시 한접 사고 홍공단 단기 한 감 끊고 술 한 병 받어 들고

---

40 송준, 앞의 책, 298쪽.
  고형진, 앞의 책, 46쪽.

화륜선 만져보려 선창 갔다

-「통영(統營)」1~3연

㉠의 '낫대들었다'는 '나아가다'라는 뜻의 고어 '낫'과 '대들다'가 결합하여 '바로 들어갔다'는 뜻을 만든 조어이다. 이런 어사를 구사할 당시 백석의 젊은 패기가 엿보이는 시어이다.

㉠ 명태(明太) 창난젓에 고추무거리에 막칼질한 무이를 뷔벼 익힌 것을
   이 투박한 북관(北關)을 한없이 끼밀고 있노라면
   쓸쓸하니 무릎은 꿇어진다

   시큼한 배척한 쿼퀴한 이 내음새 속에
   나는 가느슥히 여진(女眞)의 살내음새를 맡는다

-「북관(北關)」1~2연 / -함주시초(咸州詩抄) 1

㉠의 '끼밀고'는 '깨물다'의 뜻인 평북 방언인 '끼밀다'를 변형시킨 조어이다. 즉 '씹고'의 뜻이다.

㉠ 차디찬 아침인데
   묘향산행(妙香山行) 승합자동차(乘合自動車)는 텅하니 비어서
   나이 어린 계집아이 하나가 오른다
   옛말속같이 진진초록 새 저고리를 입고
   손잔등이 밭고랑처럼 몹시도 터졌다

-「팔원(八院)」1~5행

㉠의 '진진초록'은 진을 두 번 반복하여 만든 매우 진한 색깔의 초
록이라는 뜻의 조어이다.

㉠ 오늘 저녁 이 좁다란 방의 흰 바람벽에

　어쩐지 쓸쓸한 것만이 오고 간다

　이 흰 바람벽에

　희미한 십오촉(十五燭) 전등이 지치운 불빛을 내어던지고

　<u>때글은</u> 다 낡은 무명샤쯔가 어두운 그림자를 쉬이고

　그리고 또 달디단 따끈한 감주나 한잔 먹고 싶다고 생각하는 내 가지

　가지 외로운 생각이 헤매인다

-「흰 바람벽이 있어」1~6행

㉠의 '때글은'은 '때'와 '그을다'가 결합된 조어로 '때가 묻어서 검게
된'이란 뜻이다.

이상에서 살펴 본 조어(造語)들 이외에 시의 제목이 조어로 된 것
으로는 다음과 같은 것들이 있다. '적막한 곳'이란 의미의 「적경(寂
境)」과 '잔치의 노래'란 뜻의 「향악(饗樂)」과 그리고 '반찬 친구'라는
「선우사(膳友辭)」로 모두 한자(漢字) 조어(造語)를 통해 작품의 의미
를 상징적으로 나타내고 있다.

〈표 5〉 백석시의 조어

작품명	소재명	작품명	소재명
모닥불	새끼오리	팔원	진진초록
광원	흙꽃	흰바람벽이있어	때글은
쓸쓸한 길	이스라치전	적경	적경

통영	낫대들었다	선우사	선우
북관	끼밀고 배척한	향악	향악

*11/92, 11.96%

〈표 5〉에서 백석의 시에 나타난 조어는 11개가 표출되었다.

소월과 마찬가지로 백석도 시적 표현을 위한 다양한 조어와 축약어의 양상이 드러나고 있다. 백석은 독특한 조어를 많이 구사하지 않았지만 구사한 조어도 소월과는 달리 단순하게 의미를 부여해서 만들었다. 소월의 시에서 22개의 조어가 구사된 반면 백석 시에서는 11개의 조어가 추출되었다는 것은 시의 형식면에서 오는 결과라고 볼 수 있다. 소월의 시는 상징주의나 퇴폐적 낭만주의인 서구사조를 지양하고 우리의 정서를 우리 가락에 실어 향토색 짙게 노래한 3 · 4 · 5조의 민요시였다. 그러니 자연히 음수율에 맞추느라 조어를 비교적 많이 구사할 수밖에 없었다. 그러나 백석의 시는 정제된 운율로 가지런하게 시어를 구사했던 기존의 시의 형식을 과감하게 탈피하여 어사들을 장황하게 늘어놓는 사설체의 형식을 시도했다. 나열과 반복과 부연의 긴 사설체로 삶의 행위들을 낱낱이 서술하는 서사지향적인 새로운 시의 형식을 구사 했다. 물론 그의 시의 형식이 전부가 그런 것은 아니다. 그의 시에서도 아주 짧은 길이의 시도 발견 되지만 사설체의 시가 대부분을 차지한다.

그의 시에는 각각의 장면들이 각 장면들 마다 상황과 정서를 드러내면서, 동시에 그 장면이 전체의 이야기 구조와 연결되어 있는 시의 형식은 나열과 반복으로 전개되는 운문체로, 또는 운율을 느낄 수 없는 산문체가 작품에 공존하는 형식도 운문과 산문이 서로서로 엮어지는 판소리의 구조와 유사하다. 백석은 서사지향적인 독특하고 새로운 형식의 시를 들고 나와 당대에 주목을 받았을 뿐만 아니라 한국 시의 시형식의 폭을 크게 확장시켰다.

백석은 자신의 시가 대부분 이러한 사설체 형식이었기 때문에 굳이 음수율을 맞출 필요가 없었다. 그는 투박하면서도 정감어린 토속어들을 작품에 구사하여 우리말의 아름다움을 살려냈다. 그리고 한편으로는 창의력을 발휘하여 새로운 시어를 만들어 구사하는 솜씨를 보였다. 이처럼 백석은 투박한 방언과 맛깔 나는 시어를 열거와 반복으로 사실이나 상황 등을 엮어서 작품을 빚어냈다. 마치 도공이 흙으로 옹기나 도자기를 구워내 듯이 우리말에 생명력을 불어넣어 작품을 솜씨 있게 빚어냈다. 백석의 이러한 작업은 민족애로 투영되어 작품에서 민족의식이 배어나오게 하였다.

2) 음식 및 민속적 소재를 통한 민족의식

㉠ 호박닢에 싸오는 붕어곰은 언제나 맛있었다

부엌에는 빨갛게 질들은 팔(八)모알상이 그 상 위엔 새파란 싸리를 그린 눈알만 한 잔(盞)이 뵈였다

아들아이는 범이라고 장고기를 잘 잡는 앞니가 뻐드러진 나와 동갑이었다

울파주 밖에는 장군들을 따러와서 엄지의 젖을 빠는 망아지도 있

었다

-「주막(酒幕)」전문

㉠의 '붕어곰'은 오랫동안 곤 붕어이다.

시적 화자와 동갑내기 범이는 늘 물고기를 잘 잡는 친구이다. 그 친구가 자신이 잡은 붕어를 호박잎에 싸가지고 와서 뒷동산 나무그 늘 밑이나 물소리 시원한 강가 같은 데서 뼈드렁이가 난 친구와 함께 맛있게 먹던 붕어의 맛과 고향의 옛 친구를 회상하면서 아름다웠던 어린 시절을 그리워하는 동화 같은 작품이다.

㉠ 배나무접을 잘하는 주정을 하면 토방돌을 뽑는 오리치를 잘 놓는 먼 섬에 반디젓 담그려 가기를 좋아하는 삼춘 삼춘엄매 사춘누이 사춘 동생들

-「여우난골족(族)」2연, 2행

㉡ 이 그득히들 할머니 할아버지가 있는 안간에들 모여서 방안에서 는 새옷의 내음새 가 나고

또 인절미 송구떡 콩가루차떡의 내음새도 나고 끼때의 두부와 콩나 물과 뽂은 잔디와 고사리와 도야지비계는 모두 선득선득하니 찬 것들이 었다.

-「여우난골족(族)」3연

㉢ ……문창에 텅납새의 그림자가 치는 아츰 시누이 동세들이 욱적 하니 흥성거리는 부엌으론 샛문틈으로 장지문틈으로 무이징게국을 끓

이는 맛있는 내음새가 올라오도록 잔다

-「여우난골족(族)」4연, 2행 끝 부분

㉠의 '반디젓'은 '밴댕이젓'의 평북 방언이다.

㉡의 '콩가루차떡'은 '콩가루를 묻힌 찰떡'이고, '차떡'은 '찰떡'이라는 뜻의 평북 방언이다.

㉢의 '무이징게국'은 새우에 무를 썰어넣어 끓인 국이다. '무이'는 '무'의 평남, 황해, 강원 방언이다.

미각이나 후각에 의한 기억은 그것을 느꼈을 때의 상황과 관련된 모든 것을 떠오르게 한다. 맛이나 냄새는 감정과 밀접하게 연계된다. 예를 들어 구수한 숭늉을 마시게 되면 어릴 적 고향에서 어머니가 해주시던 숭늉을 떠올리게 되고 이어서 고향집과 어머니 그리고 집안 식구들까지 연상하게 된다. 이런 이유로 백석은 일제 강점기하의 우리 민족에게 음식을 통하여 민족의식을 불러일으키려고 그의 작품에 의도적으로 음식 소재를 구사했다고 판단된다.

㉠ 날기멍석을 져간다는 닭보는 할미를 차 굴린다는 땅아래 고래 같은기와집에는 언제나 니차떡에 청밀에 은금보화가 그득하다는 외발 가진 조마구

-「고야(古夜)」2연, 1, 2행

㉡ 내일같이 명절날인 밤은 부엌에 쩨듯하니 불이 밝고 솥뚜껑이 놀으며 구수한 내음 새 곰국이 무르끓고 방안에서는 일가집 할머니가 와서 마을의 소문을 펴며 조개송편에 달송편에 죈두기송편에 떡을 빚는

곁에서 나는 밤소 팥소 설탕 든 콩가루소를 먹으며 설 탕 든 콩가루소가
가장 맛있다고 생각한다.

-「고야(古夜)」4연 1행

㉠의 '니차떡'은 '찰떡", '인절미'의 평북 방언이다.
㉡의 '쥔두기송편'은 '두 손의 여덟 손가락으로 꼭 눌러 빚은 송편'
이다.
「고야(古夜)」라는 시제(詩題)에서 보듯이 아주 오래 전 어릴 적 고
향에서 명절 전 날 밤 음식을 준비하면서 단란하고 풍요로운 정경들
을 보여주는 작품이다. 여기에 곰국을 비롯하여 니차떡, 달송편, 쥔
두기송편, 그리고 떡이 나온다. 떡은 쌀과 같은 곡식이 주식인 우리
민족에게는 신성하고 귀한 음식 중의 하나다. 명절 때, 안택이나 고
사 지낼 때, 결혼이나 회갑연 때, 아기 돌 때, 제사 때, 그리고 장례의
식 같은 길·흉사에 떡은 빠지지 않고 꼭 챙긴다. 이처럼 떡은 우리 민
족의 대표 음식이다. 이와 같이 백석은 소중한 우리의 전통 음식인
떡을 시의 소재로 하여 민족의 고유성을 강조함으로써 민족의식을
은연중에 발현하고 있다.

㉠ 나는 돌나물김치에 백설기를 먹으며
   넷말의 구신집에 있는 듯이
   가즈랑집 할머니

-「가즈랑집」5연, 1행~3행

㉡ 나는 벌써 달디단 물구지우림 둥굴네우림을 생각하고

아직 멀은 <u>도토리묵 도토리범벅</u>까지도 그리워한다

-「가즈랑집」6연 , 2~3행

ⓒ 가즈랑집에 마을을 가서

당세 먹은 강아지같이 좋아라고 집오래를 설레다가였다

-「가즈랑집」끝연, 5~6행

ⓙ의 '백설기'는 애기 돌 상차림 때 올리는 떡이다. 백색은 정(淨)한 것을 상징하기 때문에 상서로운 떡이다. 애기가 무탈하게 잘 자라라고 상에 올리는 귀하고 성스런 음식이다.

ⓛ의 '물구지우림'은 '무릇'의 뿌리를 물에 우려내서 엿처럼 고아낸 음식이고, '둥굴네우림'은 둥굴레 뿌리를 물에 우려낸 것으로, 이것을 찌거나 삶으면 단맛이 난다. ⓒ의 '당세'는 곡식을 물에 불리어 가루로 낸 거나, 메밀가루에 술을 약간 넣고 물을 부어서 미음처럼 쑨 음식이다. '당수'라고 한다.

'물구지우림', '둥굴레우림', '당세' 등은 보릿고개 시절 가난한 식민지 조선 민족이 배고픔을 면하려고 어쩔 수 없이 끼니로 해 먹던 구황 음식이었다. 이와 같은 음식을 통하여 일제의 강압에 신음하는 민족의 고난을 표출시키고 있다.

ⓙ 오지항아리에는 삼춘이 밥보다 좋아하는 <u>찹쌀탁주</u>가 있어서

삼춘의 임내를 내어가며 나와 사춘은 시큼털털한 술을 잘도 채어 먹었다

ⓛ 제삿날이면 귀머거리 할아버지 가에서 왕밤을 밝고 싸리꼬치에 <u>두부
산적</u>을 께었다

-「고방」2~3연

이 시는 유년시절의 추억이 쌓여 있는 '고방'을 다루고 있다. 유년
시절 고향집 고방에서 보았던 여러 가지 물건들과 이런저런 음식들,
그리고 그 속에서 놀았던 동심의 경험들을 생동감 있게 재현하였다.

ⓞ의 '밥'과 '찹쌀탁주' '술' 등이 나오는데 밥과 술은 예로부터 전승
되어 오는 우리 민족의 대표적인 음식이다. 그 외의 여러 가지 반찬,
즉 김치 같은 것들도 싱거운 밥을 먹기 위한 보조 음식에 지나지 않
는다. 즉 밥은 고래로 우리 민족의 주식인 것이다. 서양에서 빵이 곧
생명인 것처럼, 밥은 예로부터 우리 민족의 목숨과도 같은 것이었다.
현대에도 그렇고 미래에도 또한 그럴 것이다. 술 또한 마찬가지다.
부족국가시대부터 삼국시대를 거쳐 고려, 조선을 거쳐 현대에 이르
기까지 각종 제천의식과 길·흉사에 빠지지 않는 것이 바로 술이다.

ⓛ의 '두부산적'의 '산적(散炙)'은 쇠고기 따위를 길쭉길쭉하게 썰어
양념을 하여 꼬챙이에 꿰어서 구운 적을 가리킨다. 여기서는 '두부산
적'이라고 했으니 쇠고기 대신 두부를 가지고 만든 산적을 말한다.

총 6연으로 구성되어 있는 이 작품은 매 연마다 각각의 이야기들
로 열거되어 있다. 그리고 매 장면마다 비유적인 표현으로 간명하게
서술하고 있어서 마치 성인이 된 유년의 화자가 흑백으로 회상하는
영상의 장면처럼 펼쳐지고 있다. 2연에서는 '찹쌀탁주'에 대한 이야
기다. 찹쌀로 빚은 막걸리다. 화자의 삼촌은 밥보다 찹쌀탁주를 더
좋아한다고 한다. 배가 출출하거나 심심할 때 아이들은 찹쌀탁주를

어른 몰래 먹어보기도 한다. 그런 찹쌀탁주를 사촌형제들과 같이 '삼촌의 임내'를 내어가며 마셔보던 유년시절 고향에서의 아련한 추억들이 아름다운 그림으로 전개되고 있다 그리고 끝 연의 '넷말이 사는 컴컴한 고방의 쌀독 뒤에서 나는 저녁 끼 때에 부르는 소리를 듣고도 못 들은 척하였다'에서 저녁 밥 때에 밥 먹으라고 부르는 소리를 듣고도 못 들은 척하는 유년 화자의 행동은 숨기 좋은 장소로 활용되는 고방의 이미지와 유년의 심리가 적절하게 합쳐지고 있다. 이렇게 백석은 '고방'을 무대로 펼쳐지는 회상 장면을 동원해서 고향에서 경험한 유년시절의 제사의식 등 추억의 장면들을 통해 민족의 자긍심을 내보이고 있다.

> ㉠ 컴컴한 부엌에서는 늙은 홀아비의 시아부지가 <u>미역국</u>을 끓인다
> 　그 마을의 외따른 집에서도 <u>산국</u>을 끓인다
>
> 　　　　　　　　　　　　　　　　　-「적경(寂境)」끝연

　㉠ 의 '미역국'과 '산국'은 산모가 해산을 한 후 주로 먹는 국이다. 일설에 의하면 새끼를 낳은 고래가 미역을 먹는 걸 보고 그 후로 사람들도 산후에 미역을 먹게 되었다고 한다. 요오드가 풍부한 미역을 산모에게 먹이는 것은 과학적인 음식 처방인 셈이다. 여기에는 조상들의 지혜와 전통이 녹아 있다고 하겠다. 이처럼 백석은 전통음식인 미역국을 작품으로 형상화하여 민족의 동일성을 감지하게 했다.

> 　㉠ 자즌닭이 울어서 술국을 끓이는 듯한 <u>추탕(鰍湯)</u>집의 부엌은 뜨수할 것같이 불이 뿌연히 밝다

초롱이 히근하니 물지게꾼이 우물로 가며
별 사이에 바라보는 그믐달은 눈물이 어리었다

행길에는 선장 대여가는 장꾼들의 종이등(燈)에 나귀눈이 빛났다.
어데서 서러웁게 목탁(木鐸)을 뚜드리는 집이 있다

-「미명계(未明界)」전문

  ㉠의 '추탕'은 미꾸라지를 넣고 끓인 국이다. 즉 추어탕을 말한다.
'미명(未明)'은 날이 밝기 전의 경계로 밤과 동이 트기 직전의 새벽 사
이를 말한다. 새벽에 일어나 어둠을 깨우며 다른 사람들이 잠자리에
서 일어나기 전에 노동을 시작하는 고단한 삶을 이어가는 사람들의
고단한 일상으로 여타의 많은 사람들이 반대급부로 혜택을 받는다.
그렇게 새벽 같이 일어나 생활전선에 뛰어드는 사람들의 일상은 고
달프다. 고달픈 그 모습이 아리게 보이기도 하지만 한 편으로는 열심
히 살아가는 정경이 아름답게 보이기도 한다. 1연에서는 추탕집의
부엌의 정경이다. 새벽을 재촉하는 닭울음소리가 여러 차례 들리고
나서 술국을 끓이는 추탕집의 부엌은 뿌옇게 보이는 불빛이 뜨듯할
것 같다. '탕'을 끓이는 부엌은 언제나 김이 서려 있고 따뜻한 불기운
이 감돈다. 미명에 부엌에서 탕을 끓이는 당사자는 고단하겠지만 일
상 하는 일이라 그냥 그러려니 하고 넘어가는 우리 어머니들의 전형
적인 생활 모습이다. 결국 우리들은 어머니들의 고단함 속에서 성장
하였다.

  ㉠ 평안도(平安道)의 어늬 산(山) 깊은 금덤판

나는 파리한 여인(女人)에게서 <u>옥수수</u>를 샀다
여인(女人)은 나어린 딸아이를 따리며 가을밤같이 차게 울었다

-「여승(女僧)」2연

이 시는 1930년대 한반도에 금광(金鑛)의 광풍(狂風)이 미친바람처럼 몰아쳤을 때 금점판으로 '섶벌같이 나아간 지아비'를 십 년 동안 기다리다 못해 어린 딸을 데리고 광산촌으로 남편을 찾아 왔다가 남편은 만나지 못하고 옥수수 노점상으로 연명을 하다가 어린 딸은 도라지꽃이 좋아서 돌무덤으로 갔고 삶의 끈을 놓쳐버린 기구한 운명의 여인은 '산꿩도 설게 울은 슬픈 날' 머리를 깎고 중이 되었다는 아린 사연이 소설 같은 플롯으로 짜여진 작품이다. 여기서 '옥수수'는 당대 산촌의 주식이면서 간식으로 고구마와 함께 요긴한 구황작물이었다. 옥수수는 해방 후 70년대까지 우리나라 산촌의 주식이었다. 이러한 옥수수를 슬픈 사연으로 점철된 가련한 모녀의 비극적 삶과 일제강점기 우리민족이 처한 엄혹한 현실을 소설 같은 플롯으로 엮어서 생동감 있게 표현한 작품이다.

산(山)골에서는 집터를 츠고 달궤를 닦고
보름달 아래서 <u>노루고기</u>를 먹었다.

-「노루」전문

이 시에서 산골, 집터, 달궤, 보름달, 노루고기 등은 모두 우리들 고향을 연상 시키는 어휘들이다. 특히 '노루'는 고향에서 흔히 보는 귀엽고 예쁜 동물이다. 또한 노루는 당시엔 개체 수가 많아서 산촌이

나 농촌에서 함정이나 올무, 또는 차구라는 것을 이용해서 자주 잡아 당시에 절대적으로 부족한 단백질 공급원인 식용으로 이용했던 동물이다. 달밤에 집터를 다지는 달구질을 하면서 이웃 간에 노루고기를 나누어 먹는 정겨운 모습은 진한 향수를 느끼게 한다. 또한 이웃을 돕는 상부상조의 끈끈한 정을 떠올리게 한다. 우리민족의 동일성을 환기시키는 작품이다.

> ㉠ 노란 싸릿닢이 한불 깔린 토방에 햇츩방석을 깔고
>   나는 호박떡을 맛있게도 먹었다
>
> -「여우난골」3연

㉠의 '호박떡'은 우리 민족이 흔히 먹는 음식 중 하나이다. 그리고 당시에는 우리 민족 거의가 농민이었다. 또한 '호박'이라는 단어는 우리 민족과 아주 친근한 이름이다. 그리고 이름도 이름이지만 '호박'은 애호박의 초록빛도 그렇고 늙은 호박의 그 넉넉한 품과 밉지 않은 빛깔 또한 우리 민족의 심성과 너무나도 쏙 빼닮았다. 그래서 그런지 '호박'은 우리에게 너무나 친근한 이름이다.

백석의 함흥 영생고보 제자인 강소천(姜小泉)이 그의 동시집(童詩集)『호박꽃 초롱』을 출간할 때 백석이 서시를 써서 축하해 준 일도 있다. 호박꽃이랑 호박은 우리 민족과 아주 정감이 깊은 채소이고, 호박떡은 더욱 더 우리 민족과 친근감이 있는 음식 가운데 하나이다.

강소천은 함남 고원 출신으로 본명은 용률(龍律)이다. 대표작으로는『꿈을 찍는 사진관』,『호박꽃 초롱』,『꽃신』등이 있다. 호박은 우리 민족에게는 정감이 가는 채소이다. 호박떡은 더욱 더 우리 민족

과 친근감이 있는 음식 가운데 하나이다. 이렇게 백석은 '호박'이란
소재를 작품에 구사하여 민족 정서를 환기시켰다.

> ㉠ 전북에 해삼에 도미 가재미의 생선이 좋고
> 파래에 아개미에 호루기의 젓갈이 좋고
>
> -「통영(統營)」3연

> ㉡ 집집이 아이만한 피도 안 간 대구를 말리는 곳
> 황화장사 령감이 일본말을 잘도 하는곳
> 처녀들은 모두 어장주(漁場主)한테 시집을 가고 싶어한다는곳
>
> -「통영(統營)」6연, 1~3행

㉠의 전북, 해삼, 도미, 가재미, 파래, 호루기(쭈꾸미와 비슷하게 생
긴 생선), 등과 ㉡의 대구는 해초인 파래를 제외하고 모두가 생선이
다. 백석이 그의 시 선우사(膳友辭)에서 '흰밥과 가재미와 나는 / 우
리들은 그 무슨 이야기라도 다 할 것 같다 / 우리들은 서로 미덥고 정
답고 그리고 서로 좋구나'와 같이 가재미라는 생선을 친구라고 한 것
처럼 그는 생선을 무척 좋아했는가 보다.

음식물이 되는 생선 등을 친구나 친척처럼 여기는 것은, 토테미즘
과 샤머니즘의 속성 중 하나이다. 샤머니즘에서 동물과 인간은 공동
조상의 직계자손이고 이원적 전체를 반씩 구성하고 있다. 이 세상의
주인은 인간만이 아니며, 인간과 동물은 가족처럼 함께 살아가야 한
다. 그러므로 동물을 먹는 것은 잠재적인 생명력, 즉 동물의 영혼을
인간의 몸 안으로 옮겨옴으로써 친척 관계인 두 육체들의 신비적 합

일을 매번 새로 입증하고 강화하는 행위였다.[41] 여기서 '우리'는 동일
화된 단일성을 의미하지는 않는다. 다만 '서로 미덥고 정답고 그리고
서로 좋은' 그러면서도 서로 독립적인 존재들의 관계를 지칭한다.[42]

휜밥과 생선 즉 객체인 음식을 백석은 주체인 자신과 동일시하면
서도 또 따로 하나의 존재로 인정하고 있다. 백석이 음식을 친구라고
불러주었을 때 그들이 백석의 친구가 되어 줄 수 있기 때문이다. 그
는 지식인이었기에 민족의 고통을 아파하면서 고민을 했던 시인이었
다. 그래서 힘없는 생선 같은 것들에 대하여 의식적으로 포커스를 맞
추어서 작품으로 형상화했다.

> ㉠ 명태(明太)창난젓에 고추무거리에 막칼질한 무이를 뷔벼 익힌 것을
> 이투박한 북관(北關)을 한없이 끼밀고 있노라면
> 쓸쓸하니 무릎은 꿇어진다
>
> -「북관(北關)」 1연.
> -함주시초(咸州詩抄) 1.

㉠의 '명태창난젓'의 '창난'은 '명태의 창자'이다. 그러니까 '명태창
난젓'은 '동해바다'와 같이 관용어구로 보아야 할 것 같다. 함주시초
5편은 백석이 1936년 4월에 함흥의 영생고보에 영어 교사로 부임하
여 근무한 지 약 1년 6개월 후에 발표한 작품들이다. 그러니까 영생

---

41 클라우스 E. 뮐러(Klaus E. Muller), 조경수 옮김, 『넥타르와 암브로시아』, 안티
쿠스, 2007, 78~98쪽.
42 최학출, 「1930년대 한국 모더니즘 시의 근대성과 주체의 욕망체계에 대한 연구-
김기림, 이상, 백석의 시를 중심으로」, 서강대학교 박사학위 논문, 1994, 179쪽.

고보에서 1년 정도 근무하고 있을 때였다. 그는 현대적인 감각이 뛰어난 인물이었음에도 불구하고 '시큼한 배척한 퀴퀴한' 냄새와 '얼근한 비릿한 구릿한' 맛에 젖어드는 장면들은 신기할 정도로 놀라운 일이다. 그는 이렇게 미각과 후각으로 표현되는 북관의 생활에 함몰되는 자신을 '끼밀고 있다'라고 한다. 직관으로도 복합적인 의미가 포함된 말로 인식된다. 그는 북방의 토속 음식인 창난젓의 맛과 냄새에서 '투박한 북관'의 정취를 감지하며 퀴퀴하고 비릿한 향토의 세계에 젖어든다.

특히 그가 토속 음식의 맛과 냄새에만 관심을 갖는 것이 아니라 북관의 역사에도 관심을 갖는다. 백석은 북관의 음식의 "시큼한 배척한 퀴퀴한 이 내음새 속에 / 나는 가느슥히 여진(女眞)의 살내음새를 맡는다 // 얼근한 비릿한 구릿한 이 맛 속에선 / 까마득히 신라(新羅) 백성의 향수도 맛본다"처럼, 『사슴』에서 소년화자의 시각으로 바라본 풍속과 인정이 버무려진 토속적 세계의 회상과는 다르게 성인의 감각으로 그려낸 북관의 풍속들을 소재로 한 〈함주시초(咸州詩抄)〉의 작품들은 역사의식을 내포하고 있는 것이 특징이다.

> ㉠ 장진(長津)땅이 지붕 넘에 넘석하는 거리다
> 자구나무 같은 것도 있다
> 기장감주에 기장차떡이 흔한데다
> 이 거리에 산골사람이 노루새끼를 다리고 왔다
>
> -「노루」1연
>
> -함주시초 2

㉠ 의 '기장감주'는 기장쌀로 담근 감주이다. '기장차떡'은 기장쌀
로 빚은 찰떡이다.

> ㉠ 농마루며 바람벽은 모두들 그느슥히
> 흰밥과 두부와 튀각과 자반을 생각나 하고
>
> 하폄도 남즉하니 불기와 유종들이
> 묵묵히 팔장 끼고 쭈구리고 앉었다
>
> -「고사(古寺)」4연
> -함주시초(咸州詩抄) 3

㉠의 흰밥, 두부, 튀각, 자반은 일반적인 가정식 백반 상차림 같지
만 실제로 1930년대 중반의 식민지인 한반도의 보통사람들의 밥상
과는 거리가 있다. 흰밥과 두부와 튀각이 그렇고 그리고 자반이 또한
그렇다. 더군다나 쌀 생산량이 많지 않은 북관이고 고사(歸州寺-咸鏡
道咸州郡)라는 시제(詩題)에서 알 수 있듯이 공간적 배경은 절간이
다. 자반이라면 소금에 절인 생선이다. 절간에서 생선을 먹고 싶다
고 하니 백석은 식탐이 많은가 보다.

> ㉠ 흰밥과 가재미와 나는
> 우리들은 그 무슨 이야기라도 다 할 것 같다
> 우리들은 서로 미덥고 정답고 그리고 서로 좋구나
>
> ㉡ 흰밥과 가재미와 나는

우리들이 같이 있으면

세상 같은 건 밖에 나도 좋을 것 같다

-「선우사(膳友辭)」2연, 끝연

- 함주시초 4

㉠의 '가재미'는 '가자미'의 함경도, 경상도 방언이다. 가자미는 가자미과에 속하는 물고기 가운데 목탁가자미·동백가자미·별목탁가자미 등의 총칭이다. 대개 몸이 위 아래로 납작하여 타원형에 가깝고 두 눈이 다 오른 편에 몰리어 붙었으며 몸이 넙치보다 작다. 가어(加魚), 접어(鰈魚)라고도 한다.

「선우사(膳友辭)」에서 '膳友'는 '반찬 친구'라는 뜻으로 쓰였다. 화자는 흰밥에 반찬이라고는 가재미만 놓인 밥상을 보고 '우리들은'이라는 말로 '흰밥'과 '가재미'와 '나'는 친구라고 한다. 그 까닭은 우리들은 모두 자연 속에서 자연을 벗하며 맑고 깨끗하게 살아왔다. 그리고 모두가 착해서 억센 가시나 손에 잡지 않고, 또한 정갈하게 살아와서 파리할 정도로 야위었다. 우리들은 가난해도 서럽지 않고 외롭지 않고 누구도 부럽지 않다고 하면서, 백석은 가자미 반찬 하나만 가지고 흰밥을 먹어도 맛있는 식사라고 한다. 그리고 흰밥과 가자미와 나는 같이 있으면 세상 같은 건 밖에 나도 좋다고 말하는 것은, 흰밥에 가자미 반찬 하나로 식사를 하는 것만으로도 이 세상 그 어떤 것도 부럽지 않다는 것이다. 비록 일제 치하의 암울한 현실이지만 이렇게 맘에 드는 친구들과 함께라면 가난 같은 건 아무 문제가 되지 않는다는 것이다.

㉠ 밖에는 어데서 물새가 우는데

　토방에선 <u>햇콩두부</u>가 고요히 숨이 들어갔다

-「추야일경(秋夜一景)」3연

㉠에서 '토방에선 햇콩두부가 고요히 숨이 들어갔다'는 것은 두부 콩을 갈아서 솥에 넣고 끓이다가 간수를 넣으면 콩물이 엉기게 된다. 엉긴 것을 무명 자루 같은 것에 담아서 함지박 같은 큰 그릇에 넣고 판대기로 덮은 후 그 위에 무거운 것으로 오랫동안 눌러서 콩물을 짜내는 작업이 진행되는 것을 그린 것이다. 고요해서 오히려 적막한 기분마저 드는 닭이 두 홰나 울었지만 날이 밝으려면 아직 이른 시간이다. 그러한 새벽이 밀려오는 산골 마을의 밤에 일찍들 깨어서 안방에는 당등을 밝히고 식구들이 모두들 음식을 만들면서 두런거리는 소리, 밖에서는 물새 울음소리가 새벽을 부르는 그러한 때 토방에선 햇콩으로 만드는 두부가 숨이 들어가는 산골마을의 고요한 정경을 보여주고 있다.

㉠ 초생달이 귀신불같이 무서운 산(山)골 거리에선

　처마 끝에 종이등의 불을 밝히고

　쩌락쩌락 떡을 친다

　<u>감자떡이다</u>

　이젠 캄캄한 밤과 개울물 소리만이다

-「향악(饗樂)」전문

㉠ 의 '감자떡'은 감자를 솥에다 삶아서 절구에 넣고 절구공이로

찧어서 찰기가 나와 서로 엉기면 인절미 같은 떡을 빚는다. 원래 감자떡은 감자를 썩혀서 가루를 내어 그 가루로 반죽을 해서 팥이나 밤 또는 고구마 같은 것으로 소를 넣고 송편 모양으로 빚어서 만든다. 그런데 이 시에서는 제목이 잔치를 알리는 음악이라는 뜻의 '향악(饗樂)'이라고 되어 있다. 그러니까 감자떡을 치는 소리와 개울물소리가 '향악', 즉 잔치를 알리는 음악이라는 뜻이다.

아주 깊은 산골 외딴 집에서 잔치에 쓸려고 감자떡을 빚는다. 감자떡을 잔치 음식으로 준비하는 걸보면 논농사는 없고 밭농사만 짓는가 보다. 그만큼 깊은 산골인 모양이다. 초승달이 귀신불로 보일 정도로 아주 깊은 산골이다. 처마 끝에는 종이등을 밝혀 걸고 "쩌락쩌락 떡을 친다." 여기서 '쩌락쩌락'이라는 의성어에 주의를 기울여 보자. 무엇을 찧는 소리가 '쩌락쩌락'하고 들리면 그것은 찧어지는 객체의 물질이 끈기가 있어서 찧는 기구에 달라붙었다가 물리적인 힘에 의해서 억지로 떨어지는 소리거나 또는 꽉 끼어서 강제로 빼어낼 때 나는 소리이다. 감자떡을 치는 소리라고 했으니 이 소리는 떡판에 놓고 치는 소리가 아니라 절구에 감자떡을 치는 소리이다.

앞에서 언급 했듯이 감자떡은 두 가지가 있는 데 감자를 쳐서 떡을 만드는 방법은 감자를 껍질을 벗긴 다음 솥에다 찌거나 삶아서 절구에 넣고 찧어서 찰기가 생겨서 엉겨 붙으면 인절미처럼 썰어서 콩가루나 팥가루 등으로 고물을 묻혀 떡을 빚는 방법이 있고, 원래의 감자떡은 감자를 오랫동안 독이나 항아리에 담아 썩혀서 가루를 낸 다음 그 가루로 반죽을 해서 팥이나 콩 또는 밤이나 고구마 등으로 소를 넣고 송편 모양으로 빚어서 솥에 쪄내는 방법이 있다. 그러니까 떡판에 찐 감자를 올려놓고 떡메로 쳐서 감자떡을 만들기는 수월치가 않다. 감자가 찰기가 나오기 전까지는 떡판에 올려놓고 떡메로 치면 사방으로 흩어지기 때문이다.

3행과 4행은 도치법을 구사해서 청자로 하여금 흥미를 배가시켰다. 너무 깊은 산골이라서 귀신불 같던 초승달도 넘어가고, 외딴집 처마 끝에 매달렸던 종이등도 꺼지고, 먹통 속 같이 캄캄한 밤은 깊어가는 데 어디서 개울물 소리만 들리는 깊은 산골짝이다. 이 작품은 시각과 청각이 교집합으로 어우러지는 공감각적 심상으로 그려진 한 폭의 수묵 산수화 같은 작품이다. 그 산수화에서 개울물소리가 들려온다.

> ㉠ 토방에 승냥이 같은 강아지가 앉은 집
> 부엌으로 무럭무럭 하이얀 김이 난다
> 자정도 활씬 지났는데
> 닭을 잡고 <u>모밀국수</u>를 누른다고 한다
> 어늬 산(山) 옆에선 캥캥 여우가 운다
>
> -「야반(夜半)」 전문

이 시의 제목인 '야반(夜半)'은 한밤중이라는 뜻이다. 이렇게 자정이 지난 한밤중에 사람들이 잠을 자지 않고 음식을 마련하고 있다. 밤참으로 먹을 메밀국수를 누른다고 한다. 북쪽 지방인 함경도와 평안도에서는 긴 겨울밤에 밤참으로 메밀국수를 자주 해 먹었다고 한다. 춥고 긴 겨울밤에 메밀가루로 반죽을 해서 분틀에 넣고 눌러 삶아서 동치미 국물에 말아 먹는 메밀국수를 먹는 풍속은 북방지역만의 토속적인 풍미라 할 수 있다. 고명으로 꿩고기를 쓰는 게 일반적이지만 닭고기로 대치하기도 한다.

　　㉠ 낮배 어니메 치코에 꿩이라도 걸려서 산(山)너머 국숫집에 국수를
받으려 가는 사람이 있어도 개는 짖는다

　　㉡ 김치가재미선 <u>동치미</u>가 유별히 맛나게 익는 밤

　　㉢ 아배가 밤참 국수를 받으려 가면 나는 큰마니의 돋보기를 쓰고 앉
어 개 짖는소리를 들은 것이다

-「개」3~ 끝연

　이 시는 화자가 무구한 유년의 동화적 어조로 발화(發話)하고 있
다. 낮에 올무에 꿩이 걸리는 날에는 긴 겨울밤에 밤참으로 국숫집에
국수를 받으려 가는 사람이 있고, 그럴 때마다 동네 개가 짖는 산골
마을의 평화로운 풍경이다. 그런데 ㉡연에서 화자의 시점이 유년에
서 성인의 시점으로 바뀐 것이 유감스러운 흠이다. '동치미'는 국물
을 많이 부어 심심하게 담근 무김치이다. 동치미를 담글 때 쪽파와
갓 그리고 통고추 등을 약간 넣기도 한다. 겨울의 한밤중에 아배가
산 너머 국숫집에 가서 받아온 메밀국수에 낮에 올무에 걸린 꿩고기
를 고명으로 얹고 김치를 보관하는 김치가재미에서 맛나게 익은 살
얼음이 살짝 얼은 시원한 동치미 국물을 부어서 밤참으로 국수를 먹
는 평화롭고 정겨운 산골 마을의 풍경화다. ㉢의 끝 연에서는 아배
가 국숫집으로 받으러 가면 나는 큰마니의 돋보기를 쓰고 앉아 놀면
서 아배를 기다린다. 그때 동네 사람이 지나가는 지 개 짖는 소리가

들린다. 마치 유년 화자가 들려주는 동화 같은 이야기이다.

> ㉠ 내가 이렇게 외면하고 거리를 걸어가는 것은 잠풍 날씨가 너무나
> 좋은 탓이고
> 가난한 동무가 새 구두를 신고 지나간 탓이고 언제나 꼭같은 넥타이
> 를 매고 고운 사람을 사랑하는 탓이다
> ㉡ 내가 이렇게 외면하고 거리를 걸어가는 것은 또 내 많지 못한 월
> 급이 얼마나 고마운 탓이고
> 이렇게 젊은 나이로 코밑수염도 길러보는 탓이고 그리고 어늬 가난
> 한 집 부엌으로 달재 생선을 진장에 꼿꼿이 지진 것은 맛도 있다는 말이
> 자꼬 들려오는 탓이다
>
> -「내가 이렇게 외면하고」 전문

이 시의 「내가 이렇게 외면하고」라는 제목에서 화자가 외면하는
것은 과연 무엇이고, 또 1연과 끝 연의 들머리에서 '내가 이렇게 외면
하고'를 화자가 반복해서 강조하고 있다. 어쩌면 그것은 세상 사람들
이 일반적으로 욕심내는 식욕, 물욕 같은 것들과 사소한 이해득실일
것이라고 여겨진다. 화자인 내가 그토록 오랫동안 연모하던 여인이
나를 버린 일과, 살뜰하던 동무가 나를 배신한 일 등을 외면한다는
뜻으로 보아야 할 것 같다.

이와 같은 것들을 외면한 화자의 마음이 기쁘고 즐거운 까닭은 잔
잔한 바람이 부는 날씨가 좋은 탓이고, 가난한 동무가 새 구두를 신
은 탓이고, 언제나 꼭 같은 넥타이를 매고 고운 사람을 사랑하는 탓
이고, 적은 월급이 고마운 탓이고, 젊은 나이에 코밑수염을 길러보는

탓이고, 가난한 집에서 진장에 꼿꼿이 지진 달재 생선이 맛이 있다는 말이 자꾸 들려오는 탓이라고 한다. 화자가 말하는 것들 모두가 일상에서 자주 접하는 사소하고 값싼 것들이다. 이처럼 백석은 아주 작은 일들과 또 값이 싼 보잘 것 없는 것들에 관심을 보내고 또 소중하게 생각을 한다. 그러면서 자기 일이 아닌 타인의 좋은 일에 기뻐하는 아량과 관용을 보인다. 끝연 ⓛ의 '달재 생선'은 달강어(達江魚)의 평북, 함남 지방의 방언으로 머리가 모나고 가시가 많은 바닷물고기이다. 몸길이는 약 30㎝ 정도이며 가늘고 길다. 등은 주홍색이고 배는 흰 색이다. 맛도 없고 살이 적어 먹을 것도 별로이고 가시가 많아 먹기도 불편한 생선이다. 그러한 값싼 생선을 가난한 집에서 어쩌다 한 번 구해서 진한 간장에 꼿꼿이 지져 먹고는 그 달강어가 참 맛있다고 여러 차례 말하는 것을 듣고는 기쁘고 즐거웠다는 화자의 마음씨가 보기 좋다.

> ㉠ 문기슭에 바다 해자를 까꾸로 붙인 집
> 산듯한 청삿자리 우에서 찌륵찌륵
> 우는 <u>전복회</u>를 먹어 한녀름을 보낸다
>
> ⓛ 이렇게 한녀름을 보내면서 나는 하늑이는
> 물살에 나이금이 느는 꽃조개와 함께
> 허리도리가 굵어가는 한 사람을 연연해한다
>
> -「삼호(三湖)」전문
> -물닭의 소리 1

'삼호(三湖)'는 함경남도 홍원군 남단에 있는 명태 어장으로 이름난 곳[43]이라고 한다. ㉠의 '산듯한 청삿자리 우에서 찌륵찌륵 / 우는 전복회를 먹어 한녀름을 보낸다'에서 '청삿자리'[44]는 푸른빛이 나는 갈대로 엮어 만든 자리이다. 한여름에 바닷가 깨끗한 집에서 시원한 삿자리를 깔고 앉아 싱싱해서 찌륵찌륵 소리를 내는 전복회를 먹으면서 한여름을 보내는 화자는 ㉡연에서 '물살에 나이금이 느는 꽃조개와 함께 / 허리도리가 굵어가는 한 사람을 연연해한다'고 했다. 나무의 나이테처럼 조개는 성장선이 있어 해마다 한 줄씩 나이테가 늘어간다고 한다. 백석은 친구인 신현중과 결혼을 한 박경련을 못잊고 그리워하고 있다.

살아 있는 전복을 회로 썰었을 때 전복은 그 고통이 여간 아니었을 테니 그 극심한 통증에 몸부림을 치느라 마구 꿈틀거리게 되고 그럴 때마다 전복의 숨구멍으로 공기가 새어 나올 때 '찌륵찌륵' 소리가 나는 것이다. 우리가 들을 때에는 그냥 '찌륵찌륵' 소리가 난다고 하지만 전복에게는 단말마의 절규인 것이다. 여기서 백석은 전복회가 찌륵찌륵 운다고 했다. 그냥 '찌륵찌륵 소리가 난다'고 하면 될 것을 굳이 '운다'고 했다. 동물이 슬프거나 또는 다쳐서 고통스러울 때 울음을 운다. 그런데 온몸이 칼에 저며진 전복회가 '찌륵찌륵 운다'고 한 것은 백석의 의도된 표현으로 해석 된다. 칼로 썬 전복회에서 어떤 소리가 날 때는 일반적으로 '소리가 난다'고 하지 '운다'고 하지는 않는다. 하기는 우리 민족은 너무나 아프고 서러운 일을 많이 당해서 그런지는 몰라도 새소리를 듣고도 새가 노래한다고 하는 서양 사람들과는

---

43 송준, 『남신의주 유동 박시봉방 2』, 지나, 1994, 208쪽.
44 이숭원은 앞의 책 357쪽에서 '청삿자리'를 '산듯한 왕골자리'라고 했다.

달리 새가 운다고 하는 눈물 많은 슬픈 정서에 젖은 민족이다.

백석이 이렇게 전복회에서 찌륵찌륵 소리가 나는 걸 듣고 '전복이 운다'고 한 것은 그가 평소에 가난하고 천대받는 사람들과 힘없고 볼품없는 것들에 대한 관심과 애정을 보인 것과 일맥상통한다. 그 연유는 그의 모친이 조선시대 8천[45] 가운데 하나였던 무당의 딸이거나 기생의 딸로 태어났다는 사실에 기인한다고 하겠다. 약한 자의 슬픔과 고통을 누구보다도 절실하게 체험을 했기 때문에 더욱 진지하게 감지했을 거라고 판단된다. 즉 그는 찌륵찌륵 우는 전복회의 울음소리를 당대 일제의 식민통치 아래서 고통 받는 조선민족의 신음소리로 들었던 것이다.

  ㉠ 신새벽 들망에
    내가 좋아하는 꼴두기가 들었다
    갓 쓰고 사는 마음이 어진데
    새끼 그믈에 걸리는 건 어인 일인가

  ㉡ 그러나 시방 꼴뚜기는 배창에 너부러져 새새끼 같은 울음을 우는
 곁에서
    뱃사람들의 언젠가 아홉이서 회를 처먹고도 남어 한 깃씩 노나가
 지고 갔다는 크디 큰 꼴두기 의 이야기를 들으며 나는 슬프다
                                        -「꼴두기」1연, 4연
                                        -물닭의 소리 6

---

45 8천(八賤): 조선 시대 천민(賤民) 가운데 사천(私賤)에 속한 여덟 천민. 곧, 사
  노비(私奴婢)·중·백정·무당·광대·상여꾼·기생·공장(工匠)을 이른다.

꼴뚜기는 '한치'인 대형 꼴뚜기와 소형 꼴뚜기가 있다. 이 시의 화자가 ㉡ 연에서 '그러나 시방 꼴두기는 배창에 너부러져 새새끼 같은 울음을 우는 곁에서 / 뱃사람들의 언젠가 아홉이서 회를 쳐먹고도 남어 한 깃씩 노나가지고 갔다는 크디큰 꼴뚜기의 이야기를 들으며 나는 슬프다'는 말은 대형 꼴뚜기를 의미하는 말이다. 그리고 그렇게 죽어간 꼴뚜기의 운명을 동정해서 백석은 슬픔을 느꼈던 것이다. 이 시에서 화자가 말하는 꼴뚜기는 소형 꼴뚜기이다.

백석은 ㉠ 연에서는 '신새벽 들망에 / 내가 좋아하는 꼴두기가 들었다'고 하면서 꼴뚜기를 좋아 한다고 했다. 「선우사」에서는 흰 밥과 가재미와 친구라고 하면서 '우리들은 서로 미덥고 정답고 그리고 서로 좋다'고 하면서 '가재미와 같이 있으면 세상 같은 건 밖에 나도 좋다'고까지 말을 하고 있다. 그리고 3, 4행에서 '갓 쓰고 사는 마음이 어진데 / 새끼 그믈에 걸리는 건 어인 일인가'라는 말은 꼴뚜기의 꼬리 모양이 마치 조선 민족이 쓰는 '갓'과 비슷한 형태라서 갓을 쓰고 사는 조선인과 동일하게 생각을 하면서 그렇게 갓을 쓰고 어질고 착하게 살아가는 꼴뚜기가 새끼 그물에 걸리어 어부에게 잡힌 것을, 마치 갓을 쓰고 어질고 착하게만 살아오던 우리민족이 일제의 억압과 수탈에 고통 받는 현실을 빗대어 작품으로 형상화했다고 판단된다.

처마 끝에 명태(明太)를 말린다
명태(明太)는 꽁꽁 얼었다
꼬리에 길다란 고드름이 달렸다
해는 저물고 날은 다 가고 별은 서러웁게 차갑다
나도 길다랗고 파리한 명태(明太)다

　　문(門)턱에 꽁꽁 얼어서
　　가슴에 길다란 고드름이 달렸다

　　　　　　　　　　　　　　　-「멧새소리」 전문

　　이 작품은 1938년 10월 『여성』지에 발표한 것이다. 그가 함흥에서 교편을 잡을 때이다. 명태는 말리면 북어가 되어 국거리로, 찢어서는 술안주로, 겨울철에 추운 곳에서 밤에는 얼렸다가 낮에는 볕에 녹였다가를 반복하면 맛이 좋은 황태가 되고, 얼리면 동태, 그리고 반쯤 말리면 코다리가 되어 반찬이나 술안주로 요긴하게 쓰인다. 그리고 제사상이나 고사 때에도 빠지지 않는다. 또한 알은 명란젓으로, 아가미는 서거리젓으로, 창자는 창란젓으로 이용되는 버릴 것 없는 소중한 물고기이다.

　　화자는 북관의 추운 겨울날 처마 끝에 매달려 꽁꽁 언 명태를 자신과 동격으로 놓고 객관화 하여 들여다보고 있다. '명태는 길다랗고 파리한 물고긴데 꼬리에 길다란 고드름이 달렸다'고 한다. 길고 파리한 물고기가 북관의 추운 겨울날 처마 끝에 매달려 꽁꽁 얼어서 꼬리에 길게 고드름이 달려 있는 것이 마치 화자 자신의 모습처럼 가련하게 보인다. 그래서 '나도 길다랗고 파리한 명태다'라고 하면서 주류에서 밀려난 자의 쓸쓸한 소외감을 피력하고 있다. 그러한 자신의 처지를 '해는 저물고 날은 다 가고 볕은 서러웁게 차갑다.'고 하면서 삶의 의욕을 상실한 패배자의 목소리를 청자에게 들려준다. 명태는 처마 끝에 매달려 꽁꽁 얼어서 꼬리에 기다란 고드름이 슬픔처럼 달렸고, 화자는 문턱에 꽁꽁 얼어서 가슴에 기다란 고드름이 달렸다. 화자는 체념적 어조로 자신의 처지와 식민지 조선 민족이 처한 암울한 현실을 처마 끝에 매달려 꽁꽁 얼어서 꼬리에 길게 고드름을 달고 있는 명태와 동일시하여 작품으로 형상화한 것이다.

> 삼리(三里) 밖 강(江)쟁변엔 자갯돌에서
> 비멀이한 옷을 부숭부숭 말려 입고 오는 길인데
> 산(山)모롱고지 하나 도는 동안에 옷은 또 함북 젖었다
>
> 한 이십리(二十里) 가면 거리라든데
> 한겻 남아 걸어도 거리는 뵈이지 않는다
> 나는 어니 외진 산(山)길에서 만난 새악시가 곱기도 하든 것과
> 어니메 강(江)물 속에 들여다뵈이든 쏘가리가 한 자나 되게 크든 것
> 을 생각하며
> 산(山)비에 젖었다는 말렀다 하며 오는 길이다
>
> ㉠ 이젠 배도 출출히 고팟는데
> 어서 그 옹기장사가 온다는 거리로 들어가면 무엇보다도 몬저 '주류
> 판매업(酒類販賣業)'이라고 써붙인 집으로 들어가자
>
> ㉡ 그 뜨수한 구들에서
> 따끈한 삼십오도(三十五度) 소주나 한잔 마시고
> 그리고 그 시래깃국에 소피를 넣고 두부를 두고 끓인 구수한 술국을
> 트근히 몇 사 발이고 왕사발로 몇 사발이고 먹자.
>
> -「구장로(球場路)」 전문
> -서행시초(西行詩抄) 1

이 시는 1939년 11월 8일부터 11일까지 『조선일보』에 '서행시초'
라는 주제로 연재된 4편 가운데 그 첫 번째 작품이다. 서행(西行)은
관서(關西) 지방을 여행 하는 것을 말한다. 관서는 마천령 서쪽 지역
으로 평안도 지역을 가리킨다. 백석이 부모의 권유로 두 번째 결혼을
하였으나 또다시 혼례만 치루고 서울로 돌아왔으나 동거하던 자야는
백석에게 자신이 걸림돌이 될까봐 종적을 감춘 후였다. 충격을 받은
백석은 그해 10월 21일부로 조선일보사를 사직하고 평안도 지방을
여행하게 된다. 평안도 지방을 여행하면서 그 지역의 풍광과 풍물 등
을 보고 여정(旅情)을 작품으로 형상화한 시편들이 '서행시초' 4편[46]
이다.

10월 21일부로 조선일보사를 사직하고 평안도 지방을 여행하였으
니 때는 늦가을이고 더구나 북쪽 지방인 평안도 지역이고 거기다가
찬비를 맞고 강변을 오래도록 걷다가 보니 비에 젖은 옷이 거의 말라
갈 즈음에 또 다시 비를 맞아 옷은 또 젖고 이십 리를 넘게 걸어도 거
리는 나오지 않는다. 혼자 걷는 길이 무료하고 힘든 나머지 외진 산
길에서 만났던 색시가 곱던 것과 강물 속 쏘가리가 한 자가될 정도로
크던 것 등을 생각하며 길을 걷는다. 그렇게 길을 걷다보니 배가 고
파서 거리에 도착하면 우선 음식 먹을 생각을 한다. 그래서 ㉠연에
서 '거리로 들어가면 무엇보다도 먼저 주류 판매업이라고 써 붙인 집
으로 들어가자'고 생각한다. 당시에는 도시나 읍내가 아니면 음식점
이 드물 때였다. 그래서 주류 판매 업소에서 술과 술국 같은 간단한
음식을 술과 함께 팔았다. 늦가을 찬비에 젖어서 먼 길을 걸어오느라

46 이지나, 앞의 책, 225쪽.

춥고 배도 고프고 다리도 아프고 해서, 끝연인 ⓛ에서는 '뜨뜻한 구들방에 들어앉아 35도 소주를 따끈하게 데워서 한잔 마시고 그리고 시래깃국에 선지를 넣고 두부를 두고 끓인 구수한 술국을 왕사발로 몇 사발 넉넉하게 먹겠다'는 생각을 하며 춥고 배고프고 다리 아픈 화자가 늦가을 찬비에 젖어서 강변길을 걸어가고 있다.

이렇게 백석이 35도의 독한 소주를 따끈하게 데워서 추위를 쫓고 술국을 넉넉하게 먹어서 배고픈 속을 달래고 싶은 마음이 간절해 하는 게 눈에 보이는 듯 선하다. 물론 이때의 소주는 지금의 대중적인 소주인 희석식 소주가 아닌 전통적 방법으로 빚어낸 증류식 소주를 말한다. 여기서 시래기와 선지와 두부를 넣고 끓인 술국은 요즘도 해장국으로 술꾼들의 사랑을 받는 음식이다. 이러한 술국은 전래의 우리 민족의 고유한 전통적인 음식이다.

> 어쩐지 향산(香山) 부처님이 가까웁다는 거린데
> 국숫집에서는 농짝 같은 도야지를 잡어걸고 국수에 치는 <u>도야지고기</u>는 돗바늘 같은 털이 드문드문 백였다
> 나는 이 털도 안 뽑은 고기를 시꺼먼 맨모밀국수에 얹어서 한입에 꿀꺽 삼키는 사람들을 바라보며
> 나는 문득 가슴에 뜨끈한 것을 느끼며
> 소수림왕(小獸林王)을 생각한다 광개토대왕(廣開土大王)을 생각한다

-「북신(北新)」2연

-서행시초(西行詩抄) 2

이 시는 평안북도 영변군 북신현면(지금은 향산군에 편입)의 묘향산 보현사 입구의 국숫집이 배경이다 '향산 부처님'은 보현사 부처님이다. 당시에는 묘향산 보현사 입구 양쪽에는 국숫집이 즐비하게 늘어서 있었다고 한다. 이 길거리의 즐비한 국숫집에서 메밀국수 삶는 메밀냄새가 진동했다. 화자는 그 메밀냄새가 '부처를 위하는 정갈한 노친네의 냄새'라고 한다. '돗바늘 같은 털이 드문드문 백인 도야지고기'를 시꺼면 맨 메밀국수에 얹어서 한 입에 꿀꺽 삼키는 사람들을 바라보며 진한 감동을 느낀다. 일본 유학으로 최고 학부를 마치고 신문사 기자와 교사로 생활해온 지성인의 도회적 의식 수준에서는 가슴이 뜨거워지는 쇼크 같은 감동인 것이다. 그들에게서 일종의 야성적인 생명력을 발견하고 고구려의 위대한 왕인 소수림왕과 광개토대왕을 기억해 내고는 조선인이라는 긍지를 새삼 느끼게 되었다는 것이다. 당시에는 조선어와 조선역사가 일제에 의해 말살되어 가던 시기였다. 그러한 때에 이와 같이 민족의식을 고취하는 작품을 백석이 발표했다는 것은 대단한 용기였다.

> ㉠ '자시동북팔십천회천(自是東北八0粁熙川)'의 푯말이 선 곳
>   돌능와집에 소달구지에 싸리신에 옛날이 사는 장거리에
>   어니 근방 산천(山川)에서 덜거기 껙껙 검방지게 운다
>
> ㉡ 초아흐레 장판에
>   산 멧도야지 너구리가죽 튀튀새가 났다
>   또 가얌에 귀이리에 <u>도토리묵</u> <u>도토리범벅</u>도 났다

ⓒ 나는 주먹다시 같은 떡당이에 꿀보다도 달다는 강낭엿을 산다

그리고 물이라도 들 듯이 샛노랗디샛노란 산(山)골 마가을 볕에

눈이 시울도록 샛 노랗디샛노란 햇기장쌀을 주무르며

기장쌀은 <u>기장차떡</u>이 좋고 <u>기장차랍</u>이 좋고 <u>기장감주</u>가 좋고 그리

고 기장쌀로 쑨 <u>호박죽</u>은 맛 도 있는 것을 생각하며 나는 기쁘다

-「월림장(月林場)」 1, 2연, 끝연

-서행시초(西行詩抄) 4

'월림장'은 이 시 1연의 ㉠에 "자시동북팔십희천(自是東北八0粁熙
川'의 팻말이 선 곳'이라고 한 것이 시의 구절 같지 않고 기행문의 서
사 같은 느낌이다. 팻말에는 '여기서 동북방향으로 '희천'까지는 80
㎞'라는 이정표인 것이다. '희천'은 평안북도 묘향산 위쪽에 있다. 이
푯말이 가리키는 것은 화자가 여행 중이고 이 시는 여행 중에 쓴 것
임을 청자에게 알려주고 있다. 그리고 화자의 현재 위치를 고지하고
있다. 월림장이 서는 월림은 묘향산 깊은 산골이면서 이정표가 서 있
는 곳이니까 비교적 큰 길처인 것만은 분명하다.

이정표는 대체로 큰길가에 세워져 오가는 행인들에게 이정(里程)
을 고지해주는 구실을 한다. 그리고 이어서 장터의 풍경이 구체적으
로 제시된다. 물건을 팔거나 장꾼들에게 음식을 파는 돌능와집, 물건
을 운송하는 소달구지, 장돌뱅이들이 신는 싸리신 등이 보인다. 그런
장터의 풍경을 '옛날이 사는 장거리'라고 표현한다. 이것은 장터에
보이는 것들이 낡고 허름해서 장터의 인상과 분위기가 마치 옛날로
돌아온 것 같은 느낌을 준다고 한다. 장터에까지 들려오는 건방진 수
꿩의 울음소리는 장터의 분위기를 한층 더 예스럽게 만든다.

2연인 ⓛ에서는 장판에 매물로 나온 여러 가지 사물들을 열거하고 있다. 산에 사는 동물인 산 멧도야지, 너구리 가죽, 그리고 튀튀새와 열매인 개암, 음식인 도토리묵과 도토리범벅, 강냉이엿 등 각가지 물건들이 다 나왔다. 주로 산림에서 산출되는 것들이다.

ⓒ의 3연에서 화자는 샛노랗게 잘 여문 기장쌀을 주무르며 기장쌀로 만든 찰떡, 찰밥, 감주, 호박죽이 맛이 좋다는 것을 생각하며 기뻐하고 있다. 먹는 것은 상상만 해도 기분이 좋다고 하는 백석이다. 그는 도토리묵이나 옥수수엿, 기장쌀로 빚은 찰떡, 찰밥, 감주, 호박죽 같은 보잘 것 없는 음식들이 맛이 있다고 하면서 관심을 갖고 또 좋아한다.

이처럼 백석이 보잘 것 없는 음식들이 맛이 있다고 하면서 좋아하는 것은 당시의 조선인이 일제의 탄압과 수탈로 인해 비루하고 가난하게 살아가는 것에 대한 지식인으로서 진한 연민과 동정에서 비롯된 것이라고 판단된다.

> ㉠ 눈이 많이 와서
> 산엣새가 벌로 나려 멕이고
> 눈구덩이에 토끼가 더러 빠지기도 하면
> 마을에는 그 무슨 반가운 것이 오는가보다
> 한가한 애동들은 어둡도록 꿩사냥을 하고
> 가난한 엄매는 밤중에 김치가재미로 가고
> 마을을 구수한 즐거움에 싸서 은근하니 홍성홍성 들뜨게 하며
> 이것은 오는 것이다
> 이것은 어늬 양지귀 혹은 능달쪽 외따른 산 녚 은댕이 예대가리밭

에서

　하로밤 뽀오한 흰 김 속에 접시귀 소기름불이 뿌우현 부엌에

　산멍에 같은 분틀을 타고 오는 것이다

　이것은 아득한 녯날 한가하고 즐겁든 세월로부터

　실 같은 봄비 속을 타는 듯한 녀름볕 속을 지나서 들쿠레한 구시월

갈바함 속을 지나서

　대대로 나며 죽으며 죽으며 나며 하는 이 마을 사람들의 의젓한 마

음을 지나서 텁텁한 꿈을 지나서

　지붕에 마당에 우물든덩에 함박눈이 푹푹 쌓이는 여늬 하로밤

　아배 앞에 그 어린 아들 앞에 아배 앞에는 왕사발에 아들 앞에는

새끼사발에 그득히 사리워 오는 것이다

　이것은 그 곰의 잔등에 업혀서 길여났다는 먼 녯적 큰마니가

　또 그 짚등색이에 서서 자채기를 하면 산 넘엣 마을까지 들렸다는

　먼 녯적 큰아바지가 오는 것같이 오는 것이다

ⓛ 아 이 반가운 것은 무엇인가

　이 히수무레하고 부드럽고 수수하고 슴슴한 것은 무엇인가

　겨울밤 쩡하니 닉은 <u>동티미국</u>을 좋아하고 얼얼한 댕추가루를 좋아

하고 싱싱한 산꿩의 고기를 좋아하고

　그리고 담배 내음새 탄수 내음새 또 수육을 삶는 육수국 내음새 자

욱한 더북한 샷방 쩔쩔 끓는 아르굴을 좋아하는 이것은 무엇인가

ⓒ 이 조용한 마을과 이 마을의 으젓한 사람들과 살틀하니 친한 것은

무엇인가

    이 그지없이 고담(枯淡)하고 소박(素朴)한 것은 무엇인가
                                        -「국수」전문

　이 시는 1941년 4월『문장』26호에 발표한 작품이다. 그러니까 백
석이 만주 지방에 체류할 때의 작품이다. 백석이 유별나게 음식에 집
착을 보이며 자신의 시편에 음식을 소재로 한 작품이 많다. 그러나
이 시처럼 단일 음식을 소재로 하고 또 음식명을 시의 제목으로 한
것은 이 작품이 유일하다. 3연 25행의 비교적 장시이면서도 정작 '국
수'라는 중심 소재는 단 한 번도 구사하지 않았다.
　산골마을에 눈이 많이 오면 무슨 반가운 것이 오는 것처럼 마을은
구수한 즐거움에 흥성흥성 들뜨게 한다. '이것은 오는 것이다'에서
'이것'은 다름 아닌 메밀국수를 지칭한다. 이 메밀국수는 그냥 오는
것이 아니다. '어늬 양지귀 혹은 능달쪽 외따른 산 녚 은댕이 예대가
리밭'은 메밀을 재배하는 밭이다. 메밀은 척박한 땅에서도 잘 자라는
작물이다. 그래서 양지쪽 밭이나 응달진 곳이나 산기슭 묵정밭에서
도 잘 자란다. 그렇게 척박한 땅에서 수확한 메밀로 가루를 내어 반
죽을 해서 국수틀에 넣고 눌러서 메밀국수를 삶아 낸다. 흰 김이 뽀
얗게 서리고 접시에 소기름 불을 뿌옇게 밝혀 놓은 부엌에서 이것인
메밀국수는 온다. 그리고 이렇게 메밀국수가 오기까지는 아득한 옛
날 한가하고 즐겁든 세월로부터 비롯된 일이다. '실 같은 봄비 속을
거쳐, 타는 듯한 여름 땡볕 속을 지나고, 들쿠레한 가을바람 속을 지
나서' 마침내 오는 것이다. 이어서 '대대로 나며 죽으며 죽으며 나며
하는 이 마을 사람들의 으젓한 마음을 지나서 텁텁한 꿈을 지나서'
'함박눈이 푹푹 쌓이는 여늬 하로밤 / 아배 앞에는 왕사발에 아들 앞

에는 새끼사발에 그득히 사리워 오는 것이다.' 그런데 그것은 먼 옛
적 큰아바지가 오는 것같이 온다고 한다.

　이렇게 화자는 메밀국수 한 그릇을 먹기까지는 숱한 역경을 겪고,
또한 오랜 역사와 전통을 쌓은 뒤에야 가능하다는 역사의식을 피력
하고 있다. 2연인 ⓛ에서 '아, 이 반가운 것은 무엇인가 / 히수무레하
고 부드럽고 수수하고 슴슴한 것은 무엇인가 / 담배 내음새 탄수 내
음새 또 수육을 삶는 육수국 내음새 자욱한 더북한 샷방 쩔쩔 끓는
아르굴을 좋아하는 이것은 무엇인가'라고 설의법(設疑法)을 동원하
여 계속해서 '국수'란 무엇이냐고 질문을 던진다. 이어서 끝 연인
ⓒ에서도 '이 조용한 마을과 이 마을의 으젓한 사람들과 살틀하니 친
한 것은 무엇인가 / 이 그지없이 고담(枯淡)하고 소박(素朴)한 것은
무엇인가'라는 질문으로 화자의 목소리는 끝난다. 이와 같이 백석은
국수가 존재하는 한 조상과 고향과 한 마을 사람들의 마음은 영원성
을 지닌다는 메시지를 던지고 있다. 한마디로 국수에는 우리들의 조
상과 역사가 투영되어 있다는 것이다.

　백석이 이 시를 발표할 때는 일제가 우리의 문화를 말살하려고 우
리 언어의 사용을 금지하고 창씨개명을 실시하던 시기였다. 이러한
때에 백석이 「국수」라는 작품에서 우리에게 전하려고 한 메시지는
무엇이기에 그는 계속해서 '이것은 무엇인가'라고 하는 질문을 던졌
을까? 일제에 의해 우리의 모든 것을 빼앗겨도 우리들의 음식인 국
수의 맛과 빛깔과 냄새 속에 스며있는 할머니와 할아버지의 혼과 으
젓하고 고담하고 소박한 것들은 우리 민족의 마음속에 오롯이 간직
될 것이라는 믿음을 전하려는 의도로 해석된다.

ㄱ 또 내 사랑하는 사람이 있다

　내 사랑하는 어여쁜 사람이

　어늬 먼 앞대 조용한 개포가의 나지막한 집에서

　그의 지아비와 마조 앉어 대구국을 끓여놓고 저녁을 먹는다

　벌써 어린것도 생겨서 옆에 끼고 저녁을 먹는다

　그런데 또 이즘막하야 어늬 사이엔가

　이 흰 바람벽엔

　내 쓸쓸한얼골을 쳐다보며

　이러한 글자들이 지나간다

　　— 나는 이 세상에서 가난하고 외롭고 높고 쓸쓸하니 살어가도록

태어났다

　그리고 이 세상을 살어가는데

　내 가슴은 너무도 많이 뜨거운 것으로 호젓한 것으로 사랑으로 슬

픔으로 가득 찬다

-「흰 바람벽이 있어」 12행~23행

　이 작품은 백석이 만주 지방을 유랑할 때인 1941년 4월『문장(文章)』지의 종간호인 26호에「국수」와 같이 발표한 작품이다.

　화자가 '좁다란 방의 흰 바람벽'이라는 공간을 제시한 것은 누추한 공간이면서 매우 쓸쓸한 이미지를 풍긴다. 그 '흰 바람벽'에 차례로 영상이 비춰지고 나중에는 화자의 얼굴이 비춰지면서 그 영상 위에 자막이 지나간다. 그러니까 흰 바람벽이 하나의 영사막이 되는 셈이다. 그 스크린에 맨 처음 떠오른 영상은 가난한 늙은 어머니이다. 그 어머니는 추운 날 찬물에 손을 담그며 무와 배추를 씻고 있다. 어머

니 모습에 뒤이어 등장한 영상은 '내 사랑하는 어여쁜 사람'이다. 어여쁜 이 여인은 박경련이다. 백석이 마음속에 품었던 여인은 기생 김자야와 박경련인데 백석의 여러 정황과 회한 어린 시편에서 보이는 문맥으로 보아 '내 사랑하는 어여쁜 사람'은 박경련으로 보는 게 타당하다.

이 작품에서 '먼 앞대 조용한 개포가의 나즈막한 집'에서 '먼 앞대'는 북쪽 지방에서 남쪽을 가리키는 말이다. 그래서 남쪽 개포가라면 경상남도 통영을 암시하는 것으로 보아야 한다. 박경련이 백석의 절친했던 친구 신현중과 결혼을 한 것이 1937년 4월이니까 어느덧 4년이 지나 그 여인은 아이도 생겨서 대굿국을 끓여놓고 지아비와 마주앉아 저녁을 먹고 있을 것이다. 백석이 그 여인을 그리워하면서 이와 같이 좁고 누추한 방의 흰 바람벽에 박경련에 대한 상상의 영상을 그리면서 시를 쓰고 있는 것이다. 백석은 대구라는 생선을 매개로 하여 떠나간 사랑의 행복을 담담한 어조로 표현하고 있다.

> ㉠ 나는 시방 넷날 진(晉)이라는 나라나 위(衛)라는 나라에 와서
> 　내가 좋아하는 사람들을 만나는 것만 같다
> 　이리하야 어쩐지 내 마음은 갑자기 반가워지나
> 　그러나 나는 조금 무서웁고 외로워진다
> 　그런데 참으로 그 은(殷)이며 상(商)이며 월(越)이며 위(衛)며 진
> (晉)이며 하는 나라 사람들의 이 후손들은
> 　얼마나 마음이 한가하고 게으른가
> 　더운물에 몸을 불키거나 때를 밀거나 하는 것도 잊어버리고
> 　제 배꼽을 들여다보거나 남의 낯을 쳐다보거나 하는 것인데

　　이러면서 그 무슨 제비의 춤이라는 연소탕(燕巢湯)이 맛도 있는
것과

　　또 어늬바루 새악시가 곱기도 한 것 같은 것을 생각하는 것일 것인데

　　나는 이렇게 한가하고 게으르고 그러면서 목숨이라든가 인생(人
生)이라든가 하는것을 정말 사랑할 줄 아는

　　그 오래고 깊은 마음들이 참으로 좋고 우러러진다

　　그러나 나라가 서로 다른 사람들이

　　글쎄 어린 아이들도 아닌데 쪽 발가벗고 있는 것은

　　어쩐지 조금 우수웁기도 하다

-「조당(澡塘)에서」18행~끝행

　‘조당(澡塘)’은 목욕탕이라는 뜻의 중국말이다. 공중목욕탕으로 중
국어로는 짜오탕이다. ‘연소탕(燕巢湯)’은 중국 요리의 일종으로 제
비집으로 만든 수프이다. 이 시는 1941년 4월에 『인물평론』지에 발
표한 작품이다. 백석은 목욕탕에서 만난 타국 사람들이 만든 맛있고
귀한 요리인 연소탕이라는 음식에 관심을 갖는다. 그가 남다른 미식
가로 음식에 대한 관심이 많은 것도 또한 이유가 될 것이다.

　　나는 이제 어늬 먼 외진 거리에 한고향 사람의 조고마한 가업집이 있
는 것을 생각 하고

　　이 집에 가서 그 맛스러운 떡국이라도 한 그릇 사먹으리라 한다

　　우리네 조상들이 먼먼 뎃날로부터 대대로 이날엔 으레히 그러하며
오듯이

　　먼 타관에 난 그 두보(杜甫)나 이백(李白) 같은 이 나라의 시인(詩人)도

이날은 그 어느 한고향 사람의 주막이나 반관(飯館)을 찾아가서

그 조상들이 대대로 하든 본대로 원소(元宵)라는 떡을 입에 대며

스스로 마음을 느꾸어 위안하지 않었을 것인가

— 「두보(杜甫)나 이백(李白) 같이」13~19행

이 시는 1941년 4월 『인물평론』지에 「조당」과 함께 발표한 작품이다. 그러니까 백석이 만주에 체류할 때의 작품이다. 이 시에서 고향과 가족을 떠나 먼 타국에서 외롭게 맞이하는 명절의 쓸쓸한 감회를 그리고 있다. 떡국은 우리민족의 세시풍속으로 설날부터 정월 대보름까지 먹는 음식이다. 쌀을 시루나 솥에 넣고 쪄서는 떡판에 올려 떡메로 쳐서 떡을 빚는다. 그 떡을 적당한 크기로 썰고 만두를 빚어 꿩이나 닭을 삶은 국물에 넣고 함께 끓여 꿩고기나 아니면 닭고기, 그리고 계란 부침을 채썬 것과 빨간 실고추를 고명으로 얹고, 거기다가 참깨와 구운 김을 부수어 넣고 먹는 명절 음식이다. 설날에 떡국을 먹어야 나이를 한 살 더 먹는다는 속설이 있듯이 설날에 우리 민족 모두가 떡국을 먹는 것은 아주 오랜 옛적부터 전해 내려오는 전래 풍속이다.

정월 대보름 명절날 고향집에 있다면 새 옷을 입고, 새 신을 신고, 떡과 고기도 많이 먹고 친척들과 모여 앉아 즐겁게 보낼 텐데, 타국에서 명절을 맞이한 화자는 때 묻은 입던 옷 그대로이고 말린 생선 한 토막을 앞에 놓고 앉아 쓸쓸한 생각을 하고 있다. 그러다가 어느 먼 외진 거리에 한 고향 사람이 경영하는 음식점을 생각해 내고 떡국을 사먹으려고 한다.

이처럼 백석은 세찬으로 먹는 떡국을 소재로 일제에 의한 민족적

인 풍속 등이 사라지는 것을 안타까워한다.

〈표 6〉 백석 시의 음식

작품명	소재명	작품명	소재명
주막	붕어곰	통영	전복 해삼 도미 가재미 파래 호루기 대구
여우난골족	반디젓 인절미 송구떡 콩가루차떡 두부 콩나물 뼉운잔디 고사리 도야지비계 술 무청계국		
		북관	명태 창난젓
		노루	기장감주 기장차떡
		추야일경	시래기 햇콩두부
고야	니차떡 청밀 천두 곰국 조개송편 달송편 죈두기송편	향악	감자떡
		야반	모밀국수
		개	국수 동치미
		내가 이렇게 외 면하고	달재생선
가즈랑집	돌나물김치 백설기 물구지우림 둥굴네우림 도토리묵 도토리범벅 당세	삼호	전복회
		꼴두기	꼴두기
		멧새소리	명태
		구장로	소주 시래깃국 두부 술국
고방	송구떡 찹쌀탁주 왕밤 두부산적	북신	국수 도야지고기
적경	미역국 산국	월림장	도토리묵 도토리범벅 꿀 강낭엿

여승	옥수수		기장쌀 기장차떡 기장차랍 호박죽
여승	옥수수	국수	동티미국
노루	기장감주 기장차떡	힌바람벽이있어	대구국
		조당에서	연소탕
여우난골	호박떡	두보나 이백같이	떡국 원소

* 71개/92편, 73.91%

〈표 6〉과 같이 백석 시에서 표출된 음식 소재는 92편 가운데 71개로 표출되었다. 반면에 소월은 그의 3편의 작품에서 구사된 음식 소재는 3편의 작품 중 6개였고, 종류는 '밥'과 '술' 단 두 가지뿐 이었다. 이처럼 두 시인의 관심사는 확연한 차이로 나타났다.

백석의 시에서는 음식에 관한 시어의 종류가 매우 구체적으로 표출되고 있다. 예를 들어 송편의 경우 조개송편, 달송편, 쥔두기송편 등 다양하게 드러나고 있다. 그리고 그의 시에 표출되는 음식들은 우리 고유의 토속적인 것들이다. 이러한 토속적인 음식에 담겨 있는 우리 민족의 입맛에 깊이 배어 있는 감각적 정서를 재생시키고 있다. 음식은 인간이 생존하는데 필수적인 것이다. 그러므로 음식은 인간이 추구하는 원초적 본능의 하나이고, 백석의 시에서 음식이 유별나게 많이 표출되는 것은 그만큼 그의 시가 생활 속에 깊이 밀착되어 있음을 반증하는 것으로 볼 수 있다.

이상에서 살펴본 바와 같이 백석은 우리의 토속음식에 남다른 관심과 애정을 나타내고 있는 것이 그의 시편들에서 여실하게 드러나고 있다. 그는 왜 이렇게 그의 작품에 값싸고 볼품없고 그리고 별다른 맛도 없는 토속 음식과 생선 등을 시의 소재로 부려서 썼을까 하는 의아심과 궁금증을 풀어보기 위해 필자가 고구한 바로는 첫째, 문학작품에 대한 일제의 검열을 피하면서 민족정신과 민족의식을 고취하는 방법은 우리민족의 전래 음식인 토속음식과 전승민속과 민속놀이, 그리고 역사적 사실과 역사 유적, 거기다가 전통 무속 등의 소재를 통한 유년화자의 목소리에 담아서 그것도 과거를 회상하는 과거 시제로 작품을 형상화하는 것이 비교적 안전하다는 판단에서였다고 생각된다. 그리고 식민지 시대에 일제의 수탈과 압제에 신음하는 가난하고 무식한 동포들에 대한 연민의 정이 값싸고 볼품없고 맛도 별로인 토속음식과 생선을 식민지 조선인과 합일시킨 그가 작품의 소재로 구사했다고 본다. 둘째, 소월이 부유한 집안의 장손으로 태어나 유복한 가정에서 성장한 것과는 다르게 백석은 가난한 집안에 태어나 어려운 환경에서 성장했다. 더구나 일제 강점기하의 궁핍한 시대인 1920~30년대에 그의 부모가 시골에서 하숙을 쳤다는 것을 보아도 그의 집이 얼마나 가난했다는 걸 짐작할 수 있다. 그런 연유로 그의 시편에서 음식을 소재로 한 작품이 많아지게 된 것이다. 또 한편 음식이 표출되는 작품 「국수」나 「북신(北新)」에서는 직접적으로 민족의식과 역사의식을 나타내고 있다.

식욕과 성욕은 인간의 가장 기본적이며 일상적 욕망이다. 그런데 근대 이전 성리학을 국가 이데올로기로 하는 조선사회에서 식욕과 성욕의 노출, 곧 그것의 공식적인 담론의 유통에서는 언제나 금기시되어, 식욕과 성욕의 존재, 혹은 그것의 충족을 언어로 드러내는 것, 혹은 훨씬 정제된 언어인 문학으로 드러내는 것은 금기시되었다.[47] 그러나 시에 나타난 음식 이야기는, 성인의 점잖은 공식문화가 억압하고 금기시하는 그리하여 마음이 잊어버리고 억압한 것을 몸에 기억하는 후각, 미각 같은 유년 경험의 근접감각을 작품 안에 끌어들인다. 그리고 시인과 독자 모두가 음식을 통해 공동체적 유대, 공감의 확대와 관련된 공동의 예술체험을 갖게 된다. 진정한 인간성과의 관계는 단지 상상력 혹은 추상적 사고의 대상이 아니라, 생생한 물질적이고 감각적인 접촉 속에서 실제로 실현되고 체험된다.

다음부터는 백석의 시에서 민속적 소재를 통한 민족의식이 표현된 작품을 살펴보기로 한다.

> ㉠ 갈부던 같은 약수(藥水)터의 산(山)거리
> 여인숙(旅人宿)이 다래나무지팽이와 같이 많다
>
> 산(山) 너머 십오리(十五里)서 나무뒝치 차고 싸리신 신고 산(山)비에 촉촉이 젖어서 약(藥)물을 받으려 오는 산(山)아이도 있다
> -「산지(山地)」1연, 끝연

㉠ 의 '약수'는 약효가 있는 샘물이다. 1930년대 조선의 의료기관은 도시 위주였고 그나마 의술이나 시설 면에서 매우 열약한 것이었다. 더구나 산골에서는 의료시설이 전무한 형편이어서 병이 나면 약수터를 찾거나 아니면 굿을 하는 게 상례였다. 이 시에서도 당대의 그러한 형편을 여실하게 보여주고 있다. '갈부던'은 평북지방에서 아이들이 갖고 놀던 조개로 만든 장난감이다. 산지의 약수터를 토속적

---

47 강명관, 「판소리계 소설에 나타난 식욕과 판타지」, 『고전문학연구』 32, 한국고전문학연구회, 2007, 321~322쪽.

인 물건에 비유해서 그 모양만이 아니라 깊은 산골의 정취를 그려내고 있다. 한편 이 시는 내용이 대폭 축소되어 「삼방(三防)」이란 제목으로 『사슴』에 수록된다. 삼방이란 세 방향이 막힌 궁벽한 곳이란 의미의 지명이다. 그래서 갈부던 같다고 한 것 같다.

⊙ 저녁술을 놓은 아이들은 외양간섶 밭마당에 달린 배나무동산에서 <u>쥐잡이</u>를 하고 <u>숨굴막질</u>을 하고 <u>꼬리잡이</u>를 하고 <u>가마 타고 시집가는 놀음 말 타고 장가가는 놀음</u>을 하고 이렇게 밤이 어둡도록 북적하니 논다

밤이 깊어가는 집안엔 엄매는 엄매들끼리 아르간에서들 웃고 이야기하고 아이들은 아이들끼리 웃간 한 방을 잡고 <u>조아질</u>하고 <u>쌈방이</u> 굴리고 <u>바리께돌림</u>하고 <u>호박떼기</u>하고 <u>제비손이구손이</u>하고 이렇게 화디의 사기방등에 심지를 몇 번이나 돋구고 홍게닭이 몇 번이나 울어서 졸음이 오면 아릇목싸움 자리싸움을 하며 히드득거리다 잠이 든다

-「여우난골족(族)」4연 1 2행

⊙에서는 '쥐잡이', '숨굴막질', '꼬리잡이', '가마 타고 시집가는 놀음', '말 타고 장가가는 놀음', '조아질', '쌈방이', '바리께돌림', '호박떼기', '제비손이구손이' 등 온통 전통적인 민속놀이를 나열하고 있다. 그것도 '-하고'라는 반복으로 속도감 있게 서술하여 작품에 생명력을 불어 넣고 있다. 아이들의 놀이로 명절의 분위기를 역동적으로 그려내는가 하면 어른들의 화목한 모습이 풍요로운 공간과 잘 결합되어 있다. 이렇게 토속적 삶의 형상을 통해 화자는 명절의 풍성한 분위기와 공동체적 삶을 환기시키고 있다.

㉠ 섣달에 냅일날이 들어서 냅일날 밤에 눈이 오면 이 밤엔 쌔하얀
할미귀신의 눈귀신도 냅일눈을 받노라 못 난다는 말을 든든히 녀기며
엄매와 나는 앙궁 우에 떡돌 우에 곱새담 우에 함지에 버치며 대냥푼을
놓고 치서이나 드리듯이 정한 마음으로 냅일눈 약눈을 받는다

-「고야(古夜)」끝연 1행

㉠ 의 '냅일날'은 납일(臘日), 동지 뒤 셋째 미일(未日)로 음력으로
연말 무렵이 되는 날이다. 이날 나라에서는 종묘와 사직에 제사를 올
리고, 민간에서는 여러 신에게 제사를 지냈다. '냅일눈'은 냅일에 내
리는 눈이다. 이 시는 토속적 음식과 민담을 소재로하여 명절의 분위
기를 환기시키고 있다. 민담, 전설 등의 설화적인 세계와 속신 등 샤
머니즘의 세계가 유년의 화자에게는 명절에 대한 향수를 야기하는
그리움으로 표출된다.

납일에 내린 눈으로 눈을 씻으면 안질이 예방되고 눈도 밝아진다
고 한다. 그리고 그 눈을 녹인 물은 약으로 쓰며, 그 물에 물건을 적
셔두면 벌레가 생기지 않는다고 한다.[48] 또한 이질을 앓게 될 때 약
으로 쓰려고 항아리에 눈세기물을 담아 둔다. 이렇게 당대에는 민간
요법은 속신적 믿음으로 대대로 이어져 온 풍습이다.

㉠ 오지항아리에는 삼춘이 밥보다 좋아하는 찹쌀탁주가 있어서
　　삼춘의 임내를 내어가며 나와 사춘은 시큼털털한 술을 잘도 채어
　먹었다

---

48 홍석모 지음, 최대림 역, 앞의 책, 127쪽.

> <u>제삿날</u>이면 귀머거리 할아버지 가에서 왕밤을 밝고 싸리꼬치에 두
> 부산적을 께었다
>
> -「고방」2~3연

'고방'은 세간이나 잡동사니를 보관하는 장소이다. 이렇게 잡동사
니가 모여 있는 곳에서 유년의 화자는 행복했던 시절을 그리워하고
있다. 고방은 즐거웠던 과거가 살아있는 공간이다. 백석의 시에는
흉내라는 뜻의 '임내', 나무로 만든 옷걸이인 '나무말쿠지', 많이 있다
는 뜻의 '둑둑이'와 같은 방언을 구사한 서사로 토속적이고 공동체적
인 내용들이 많다. 또한 그의 시에는 민속적인 것에 관심이 지대하
다. 이처럼 백석은 유실되어가는 우리의 전통적인 민속을 작품으로
형상화하여 이를 계승 발전하고자 했다. 이러한 그의 의도는 민족의
식에서 비롯된 것으로 해석된다.

> ㉠ 산(山)골에서는 집터를 츠고 달궤를 닦고
> 보름달 아래서 노루고기를 먹었다
>
> -「노루」전문

㉠ 의 '달궤'는 '달구'의 평북방언으로 땅을 단단히 다지는 데 쓰는
기구이다. 산골에서 집을 지을 터를 닦고 달구를 이용하여 땅을 단단
하게 다져 집을 짓는다. 집터를 닦고 땅을 다지는 작업은 대개 밤에
한다. 낮에는 각자 자기 집 농사일을 하거나 또는 품앗이를 하고 밤
에 모여서 공동으로 이웃의 집짓는 일을 도와준다. 집터를 닦거나 달
구질은 주로 달밤에 하고 달이 없는 밤에는 횃불을 밝혀놓고 공동으

로 작업을 한다. 이러한 작업들은 우리 민족의 상부상조하는 미풍양속을 엿볼 수 있는 아름다운 풍속이다.

> ㉠ 여우가 우는밤이면
>
>   잠없는 노친네들은일어나 팥을깔이며 방뇨를 한다
>
>   여우가 주둥이를 향하고 우는집에서는 다음날 으레히 흉사가있다
>
> 는것은 얼마나 무서운 말인가
>
> -「오금덩이라는 곳」끝연

이 시는 집안에는 가신(家神)이 있고 집 밖에는 마을마다 동신(洞神)이 있어 마을 전체를 보살펴 준다는 민간 신앙이 표출된다. 동신신앙은 각 가정을 결속시켜 마을 공동체의식을 형성하는 데 정신적으로 주축이 된다. 여우가 우는 밤은 죽음을 예감하는 불길한 속신으로 이를 쫓기 위해 노인들은 멍석위에 팥을 좌우로 주무르거나 키질을 한다. 이러한 행위는 팥의 붉은 색깔과 오줌의 매캐하고 자린 냄새가 귀신을 쫓는 벽사(辟邪)의 의미가 있다는 속신을 믿기 때문이다. 이런 믿음은 개인적인 것이 아니라 마을 사람들이 공동체의 오랜 삶 속에서 일구어낸 자연스런 의식의 산물이다. 이처럼 백석의 시에서 샤머니즘적 세계는 과거와 현재를 영적으로 교감시키는 역할을 한다. 따라서 샤머니즘적 세계는 백석에게 있어서 독특한 시적 분위기를 조성하면서 한국인의 근원적 삶을 상생시키는 역할을 한다.[49]

---

[49] 고형진 편, 앞의 책, 58쪽.

㉠ 신영길 말이 울고가고

장돌림 당나귀도 울고가고

대들보 우에 베틀도 채일도 토리개도 모도들 편안하니

구석구석 후치도 보십도 소시랑도 모도들 편안하니

-「연자간」6~끝연

㉠ 의 '신영길'은 신행(新行), 혼행(婚行)이며, 혼례식에 참석할 새 신랑을 모시러 가는 행차[50]를 뜻한다. 결혼식 날 혼례시각에 맞추어 신랑은 말이나 가마를 타고 신부 집으로 향한다. 이때 청사초롱을 든 사람이 신랑 앞에 서고 상객(上客), 후행(後行), 배행(陪行) 함진아비가 신랑의 뒤를 따른다.[51] 상객은 신랑 집을 대표하는 혼주(婚主)가 되며, 후행은 신랑의 친구나 친척들이 간다. 이처럼 연자간이라는 공간에서 가축과 농기구들이 서로 흥겹게 어울려 혼례식을 한층 흥겹게 한다. 시골의 농촌풍경이 풍요롭고 흥겨운 인간과의 교감의식으로 표현되고 있다. 백석은 이와 같이 전래의 민속적 소재를 가지고 정겨운 민족의 공통체 생활을 민족의식에접목시키고 있다.

㉠ 오다 가수내 들어가는 주막앞에

문둥이 품바타령 듣다가

열니레달이 올라서

---

50 김재홍, 『한국현대시 시어사전』, 고려대 출판부, 1997, 690쪽.
51 박계홍, 『한국민속학 개론』, 형설출판사, 1994, 139쪽.

　　나룻배 타고 판데목 지나간다 간다

-「통영(統營)」4~끝연

-남행시초(南行詩抄) 2

　㉠의 「통영」은 1936년 1월 23일 『조선일보』에 발표한 작품이다. 1936년 1월 20일 발간한 시집 『사슴』에 수록된 같은 제목의 「통영」과는 별개의 작품이다. 이 시는 매우 흥겹고 들뜬 화자의 마음이 그대로 표출되어 있는 작품이다. 1연 첫 행의 '통영장 낫대들었다'는 통영 장터의 새로운 문물보다는 서울에서 그렇게도 연모하는 박경련이 있는 통영에 왔으니 그 마음이야 오죽했으랴. 들뜬 마음과 어조로 선물을 사려고 통영 장에 뛰어들 듯이 들어가 박경련에게 줄 홍공단 댕기와 박경련의 외사촌 오빠 서병직에게 줄 건시와 술 한병 등 선물 몇 가지를 구매하고 나서 선창가로 가서 화륜선도 구경하고 주막 앞에서 마침 문둥이가 구걸을 하면서 부르는 품바타령을 듣는다. 통영에 도착하자마자 서둘러 장터로 달려가 선물을 사느라 부산을 떨던 화자인 백석이 장을 보고 나서는 느긋하게 이곳저곳 구경을 하는 것은 당시만 해도 남정네가 처녀를 보러 다닌다는 소문이 날까봐 조심스러워할 때여서 날이 저물기를 기다리느라 그리 했던 것으로 여겨진다. 그래서 날이 어두워지고 달이 뜬 뒤에서야 서병직의 집으로 향하게 된 것이다.

　'품바타령'은 장타령(場打令)이라고도 한다. 이 노래를 부르는 각설이는 조선 후기 유민(流民)의 일종이며, 일명 장타령꾼이라고도 하는데 주로 지방 장터를 찾아다니며 문 앞에서 구걸을 했기 때문에 붙여진 이름이다. 이들 조직은 규율과 서열이 엄격했으며, 소리공부를 열심히 했기 때문에 노래 솜씨도 뛰어났다. 이들의 생태와 노랫말은 신재효(申在孝)의 「박타령」과 「변강쇠타령」에 전하는 데 "뚤울뚤울 돌아왔소, 각설이라 먹서리라, 동서리를 짊어지고 뚤뚤몰아 장타령"으로 시작되며 그 뒤로는 각고장의 장(場)의 이름을 그 지방의 내력·특징·고사 따위로 엮어 나간다. 노래의 사설에는 천대받던 유랑집단의 애환이 배어 있으며, 사회 비판도 담겨 있다.[52] 지금 전승되는 각설이타령은 "작년에 왔던 각설이 죽지도 않고 또 왔네"로 시작되는 것이 보통이며, 2음 1박자 4·4조로 부른다. 머리, 허리, 손발을 흔들며 부르기 때문에 매우 흥겹게 들린다. 이처럼 백석은 박경련을 만나러 통영에 갔을 때 자신의 행장과 심정을 화자의 목소리에 가탁하여 흥겹고 빠른 템포로 시작해서 박경련의 외사촌 오빠인 서병직을 찾아가는 달밤의 뱃길을 재촉하는 것으로 끝을 맺는다.

> ㉠ 가까이 잔치가 있어서
> 곱디고운 건반밥을 말리우는 마을은
> 얼마나 즐거운 마을인가
>
> 어쩐지 당홍치마 노란저고리 입은 새악시들이
> 웃고 살을 것만 같은 마을이다
>
> -「고성가도(固城街道)」3~끝연
>
> -남행시초(南行詩抄)3

---

52 동서문화 편, 앞의 책, 134~137쪽.

　이 시에서는 백석이 멀리 서울에서 통영에 살고 있는 연모하는 여인 박경련을 만나려고 왔다가 헛걸음하고 돌아가는 허탈한 심정이 내재된 작품이다. 마침 고성장에 가는 길이다. 개 한 마리 보이지 않는 한적한 농촌 마을이다. 해 바른 마당귀 맷방석에는 빨갛고 노랗게 물들인 건반 밥을 말리는 풍경이 보인다. '건반밥'은 다식이나 강정을 만들 때 쓰려고 물감을 들여 말리는 쌀가루이다. 눈이 부실 정도로 고운 건반 밥이 마치 봄에 진달래와 개나리가 한창인 것 같아 보인다. 곧 잔치가 있을 모양이다. 비록 한적한 마을이지만 곱고 고운 건반 밥을 말리는 마을은 얼마나 아름답게 살아가는 마을인가. 빨갛고 노란 건반 밥의 색깔에서 당홍치마에 노랑저고리를 입은 예쁜 처녀의 모습을 그려보는 화자의 심정은 어쩌면 박경련을 염두에 두고 하는 말인 것 같다. 백석이 그토록 사모하는 여인을 만나러 왔다가 만나보지 못하고 돌아가는 길에 잔치에 쓸려고 준비하는 건반 밥을 보고 이런 마을에서 그 여인과 결혼을 해서 행복하게 살아보고 싶은 마음을 슬쩍 내비치고 있다. 그리고 가난하지만 선량하게 살아가는 농촌 사람들의 소박한 삶을 따뜻한 마음으로 들여다보고 있다.

　　ⓐ 재 안드는 밤은 불도 없이 캄캄한 까막나라에서
　　조앙님은 무서운 이야기나 하면
　　모두들 죽은 듯이 엎데었다 잠이 들 것이다
　　　　　　　　　　　　　　　　　　-「고사(古寺)」 끝 연
　　　　　　　　　　　　　　　　　- 함주시초(咸州詩抄) 3

　이 시의 '고사(古寺)'는 함경북도 함주(咸州)군에 있는 귀주사(歸州

寺)이다. '조앙님'은 '조왕'으로 부엌신이다. 화신(火神)이기 때문에 한국 가옥에서는 주로 부엌에 모시는 주부들의 신이다. 조왕신은 불을 관장할 뿐만 아니라 가정 내의 모든 일에 관여한다. 그러므로 육아, 재산, 질병, 액운 등 모든 것을 조왕신에게 기원하게 된다. 그래서 조왕신은 주로 여성이 모시게 된다. 오늘날 한국의 조왕신앙은 많이 소멸되었고, 남아 있어도 대부분 건궁, 즉 형태가 없는 조왕이다. 다만, 충청도나 전라도 일대에 조왕중발이 더러 남아 있는 정도이다. 조왕중발이란 부뚜막의 중앙 정면 벽에 흙으로 조그만 단을 만들고 거기에 중발을 놓은 것으로 만듦새는 다양하다. 이것은 주부들의 제단이고 정성을 바치는 곳으로 신앙 형태도 다양하다.

축원 내용도 각자 생활환경에 따라 다르다. 대체로 한국 주부들은 성주 신앙에서도 그렇듯 집안 남자들의 일 등에 대해 기원하고, 중년 이상의 나이에 달하면 가장보다 아들을 위한 기원이 더 강하다. 조왕중발은 남성을 인도하는 여성의 힘인 모성애의 바탕이 되는 종교적 상징물이다. 모성애는 역사 창조의 밑바닥을 흘러온 힘이며, 조왕중발은 그러한 한국적 소박성의 극치이다.[53]

⊙ 오대(五代)나 나린다는 크나큰 집 다 찌그러진 들지고방 어득시근한 구석에서 쌀 독과 말쿠지 와 숫돌과 신뚝과 그리고 넷적과 또 열두 데석님과 친하니 살으면서

한 해에 몇 번 매연 지난 먼 조상들의 최방등 제사에는 컴컴한 고방

---

53 이두현 외, 앞의 책, 216~217쪽.

구석을 나와서 대멀머리에 외얏맹건을 지르터맨 늙은 제관의 손에 정갈
히 몸을 씻고 교우 우에 모신 신주 앞에 환한 촛불 밑에 피나무 소담한
제상 위에 떡 보탕 식혜 산적 나물지짐 반봉 과일 들을 공손하니 받들고
먼 후손들의 공경스러운 절과 잔을 굽어보고 또 애끊는 통곡과 축을 귀
에 하고 그리고 합문 뒤에는 흠향 오는 구신들과 호호히 접하는 것

-「목구(木具)」1~2연

이 시는 제기인 '목구(木具)'를 의인화 시켜 전통적인 제사 풍속을
자세히 묘사해 내고, 그 안에 깃든 문화와 정신까지 깊이 있게 성찰
해 내고 있다. 제사의식에서 제기는 음식을 받드는 소중한 용기이자
조상과 그 후손을 이어주는 구실을 한다. '데석님'은 제석신이다. 제
석신은 무당이 받드는 가신제의 대상인 열두 신을 말한다. 제석신은
한 집안 사람들의 수명, 곡물, 의류, 화복, 등에 관한 일을 관장한다.
그래서 제석신은 우리 민족과 함께한 신령이다.

'최방등 제사'는 평안북도 정주 지방의 전통적인 제사 풍속으로 5
대째부터 차손(次孫)이 제사를 지내는 것을 말한다. 끝연에서 '수원
백씨(水原白氏) 정주 백촌(定州白村)의 힘세고 꿋꿋하나 어질고 정
많은 호랑이 같은 곰 같은 소 같은'이란 화자의 말은 화자 개인의 정
체성을 찾아가는 것이면서 동시에 우리민족의 뿌리와 정체성을 찾아
가는 일이 된다. 즉, '호랑이', '곰', '소' 등은 우리 민족을 상징하는 동
물들이다. 그리고 우리 민족의 생활 속에 깊이 뿌리 박혀 있는 동물
들이다. 이들 짐승에 비유된 화자의 혈연공동체의 심성은, 화자의 혈
족들의 심성이면서 동시에 우리 민족공동체의 마음에 근원적으로 내
재되어 있는 심성인 것이다. 제상에 놓여 있는 제기는 결국 우리 민

족의 근원적 심성을 담아내는 역할을 하는 것이다.

　　㉠ 오늘은 정월(正月) 보름이다

　　　대보름 명절인데 나는 멀리 고향을 나서 남의 나라 쓸쓸한 객고에
　　있는 신세로다

　　　넷날 두보(杜甫)나 이백(李白) 같은 이 나라의 시인(詩人)도

　　　먼 타관에 나서 이날을 맞은 일이 있었을 것이다

　　　…… (중략) ……

　　　나는 이제 어늬 먼 외진 거리에 한고향 사람의 조고마한 가업집이
　　있는 것을 생각하고

　　　이 집에 가서 그 맛스러운 떡국이라도 한 그릇 사먹으리라 한다

　　　　　　　　　-「두보(杜甫)나 이백(李白) 같이」 1행~5행, 13~14행

　이 시에서 화자는 남의 나라에서 명절을 맞는 쓸쓸한 마음이 진술
하게 드러난 작품이다. 정월 대보름은 상원(上元), 상원절(上元節),
원소(元宵), 원소절(元宵節)이라고[54]도 한다. 대보름의 전승행사로
대표적인 것이 무병식재속(無病息災俗)이 있다. 무병식재속은 자신
의 건강을 유지하고 모든 재액을 물리치기 위한 것인데 무엇을 깨물
거나 먹어서 그 해의 무병(無病)을 하려는 것이다. 즉 부럼과 나물,
귀밝이술 등으로 마시거나 먹어서 건강을 기원하는 민속이다. 정월
대보름날(음력 1월 15일) 아침에 호두, 잣, 땅콩 등을 깨무는 것을 부
럼 깐다고 한다. 또 부럼은 부스럼의 준말로 피부에 나는 종기를 가

---

54 홍석모 지음, 최대림 역, 앞의 책, 43쪽.

리키는 말이다. 일 년 동안 종기나 부스럼이 나지 않게 해달라고 축수하며 깨문다. 또 대보름날 아침에 웃어른께 데우지 않은 청주를 마시게 하는 것은 귀가 밝아지길 바라는 행위이고, 그리고 일 년 내내 좋은 소리를 들으라고 기원하는 것이 귀밝이술이다. 설날에 '떡국'을 먹음으로써 나이를 한 살 더 먹는다는 속설이 있는 것처럼 우리 민족은 설날부터 대보름까지 떡국을 절식(節食)으로 먹었다.

이 시의 제목이 「두보나 이백같이」라고 한 것에서 당시 화자의 심정이 단적으로 드러나고 있다. 고국을 떠나 먼 이국의 땅에서 명절을 맞이한 화자는 외로움을 덜어내고 싶은 심정에서 무언가 동질적인 것을 찾아 스스로를 위안하려고 찾아 낸 것이 두보와 이백이었던 것이다. 자신이 시인이었고 또 두보와 이백도 자신과 비슷하게 방랑을 하면서 불행한 삶을 살아낸 시인들이었기 때문이었을 것이다. 자신이 객지에서 명절을 맞아 떡국을 사 먹듯이 두보와 이백 같은 시인들도 자기처럼 객지에서 '원소'라는 떡을 사먹었으리라 생각하며 스스로 위안을 삼는다.

이제부터 백석의 시에서 무속은 어떻게 작품으로 형상화되었고 나아가서 그러한 무속이 민족의식과 어떤 형태로 연결되어 표출되는지 살펴보도록 한다. 물론 무속은 민속에 포함되는 것이지만 본고에서는 편의상 조사는 별개로 하였으나 통계는 같이 잡았다.

> (가) 아비가 앓는가부다
>
>   다래 먹고 앓는가부다
>
>   아랫마을에서는 애기무당이 작두를 타며 굿을 하는 때가 많다.
>
>   －「산지(山地)」끝연

(나) 갈부던 같은 약수터의 산거리엔 나무그릇과 다래나무지팽이가 많다

산(山)남어십오리(十五里)서 나무뒝치차고 싸리신신고 산(山)비
에촉촉이젖어서 약 (藥)물을받으려오는 두멧아이들도있다

아래ㅅ마을에서는 <u>애기무당이 작두를타며 굿을하는</u>때가많다
- 「삼방(三防)」전문

  이 두 작품은 제목이 다르지만 한 작품이다. 「산지(山地)」는 백석
이 1935년 11월에 『조광(朝光)』지 1권 1호에 발표한 작품이고, 「삼
방(三防)」은 「산지」를 개작하여 1936년 1월 20일 시집 『사슴』에 수
록한 작품이다. '삼방(三防)약수'는 함경남도 안변군(현재는 강원도 세
포군)에 있는 약수로 유명한 곳이다.

  6연 14행의 작품이 3연 3행의 시로 대폭 축소되어 제목까지 바꾸
어 개작을 하였다. 「산지」에서는 깊은 산속인데도 이름난 약수가 있
는 곳이라서 여인숙이 다래나무지팡이와 같이 많다고 한다. 그러면
서 대낮에도 산에서 승냥이가 울고 아침이면 어두운 계곡으로 부엉
이가 날아오는 깊은 산골이다. 약수를 먹고도 병이 낫지 않으면 애기
무당이 작두를 타는 굿을 한다는 서사로 끝난다.

  개작한 「삼방」에서는 깊은 산속이라는 공간적 배경을 제시하는
서사가 생략 되고 1연에서 '여인숙'이 삭제되고 그 대신 '나무그릇'이
첨가되었고, 「산지」의 5연은 '산(山)아이'가 「삼방」의 2연으로 되면
서 '산(山)아이'가 '두메아이들'로 바뀌었다. 그리고 「산지」 6연의 '아
비가 앓는가부다 / 다래 먹고 앓는가부다' 1~2행이 삭제되고 같은 연

의 끝 행만 살려서 약수로도 병이 낫지 않으면 '애기무당이 작두를 타는 굿을 하는 때가 많다'고 하는데 결국은 「삼방」은 「산지」에서 2~4연을 삭제하고 1연과 5연 그리고 끝 연인 6연의 끝 행만을 살려 개작한 작품이다. 이렇게 백석이 「산지」의 6연 14행의 작품을 3연 3행의 「삼방」으로 개작한 이유를 고찰해 보면 '산지(山地)'라고 하는 시의 제목에서 풍기는 이미지가 너무 광범위하고 그 뜻이 애매하기 때문에 '삼방'이라는 제목으로 개작한 것이라고 생각된다.

'삼방(三防)'의 '防'은 '방비하다', '병풍', '막다'라는 뜻으로 쓰인다. 여기서는 '세 방향이 병풍처럼 막힌 곳' 또는 '세 곳이 막힌 장소'라는 뜻에서도 알 수 있듯이 아주 궁벽한 산골에 있는 약수임을 짐작할 수 있다. 이름난 약수터인 '삼방'을 작품으로 형상화하는 데는 그 지명을 그대로 쓰는 것이 청자인 독자들에게 유명 약수터의 이미지를 선명하게 각인시킬 수 있다고 판단해서 개제(改題)를 하였고, 2~4연을 삭제한 것으로 볼 수 있다.

(가)와 (나)에서 키워드는 '애기무당'과 '작두'와 '굿'이다. 먼저 애기무당은 내림굿으로 무당이 된지 얼마 되지 않은 어린 무당을 가리킨다. 애기무당이 작두를 타는 것은 신의 영험함을 증명하는 행위이기도 하지만, 애기무당은 몸무게가 가벼워서 다칠 염려가 덜하기 때문일 것이다. 또한 신에 대한 믿음이 맹목적이어서 두려움을 덜 느끼는 이유도 있을 것이라는 추측도 가능하다. 신아버지나(박수무당) 신어머니(무당)로부터 굿하는 방법, 무의 여러 관습 등을 배운 후 내림굿을 한 후에 비로소 무격이 된다. 작두는 가축의 사료나 한약방에서 한약재를 써는 도구이다. 전자는 그 크기가 커서 애기무당이 굿을 할 때 사용하지만 후자는 그보다는 작아서 한약재를 썰 때만 사용되고

굿에서는 사용할 수 없다.

굿에는 가정과 개인을 위하여 벌이는 일반적인 굿과 마을의 생활 공동체를 단위로 하는 당굿이 있다. 그리고 일반 굿은 산 자를 위하는 굿과 죽은 자의 영혼을 달래어 저승천도를 위한 굿으로 구분 된다. 일반 굿은 재수굿, 성주굿, 삼신굿, 칠성굿, 치병굿, 환자굿 등이며 죽은 자의 혼령을 위한 굿으로는 오구굿, 지노귀굿, 사자굿, 씻김굿, 조상굿, 수왕굿, 망묵굿 등이 있다. 죽은 사령을 위한 굿도 결론적으로는 산 자의 평안과 행복을 비는 것으로 여겨진다. 또한 공동체를 위한 동제는 마을의 액을 막고 풍년이나 풍어를 비는 굿인데 당굿, 서낭굿, 별신굿, 연신굿, 서낭풀이 등이 있다.[55] 이러한 전통적 민간신앙의 세계를 가리키는 무속 행위인 굿은 당대 조선민중의 구체적이고도 보편적인 삶의 일부로 나타나고 있다.

> ㉠ 나는 돌나물김치에 백설기를 먹으며
>
> 넷말의 구신집에 있는 듯이
>
> 가즈랑집 할머니
>
> 내가 날 때 죽은 누이도 날 때
>
> 무명필에 이름을 써서 백지 달어서 구신간시렁의 당즈깨에 넣어 대감님께 수영을 들였다는 가즈랑집 할머니
>
> 언제나 병을 앓을 때면
>
> 신장님 달련이라고하는 가즈랑집 할머니
>
> ―「가즈랑집」5연

---

55 한국민속대사전편찬위원회, 앞의 책, 181~182쪽.

시의 1연에서 '승냥이가 새끼를 치고 쇠메를 든 도적이 났었다'는 가즈랑고개는 험한 산 속임을 말해 준다. 화자가 회상하는 가즈랑집은 멧돼지와 이웃사촌을 지낼 정도로 야생동물이 수시로 출몰하여 닭이나 개 같은 가축을 기르지 못한다. 이렇게 험하고 무서운 가즈랑고개 위에 있는 집에 살고 있는 할머니는 예순이 넘어 자식도 없이 혼자 정갈하게 살고 있다. 독한 막써레기 담배를 몇 대씩 연달아 피워대는 할머니는 산짐승이나 도적도 무서워하지 않는 야성적 생명력의 소유자다.

이러한 할머니는 나와 죽은 누이가 태어났을 때 할머니의 수양 자식으로 정한 후 무명천에 이름과 사주를 써서 백지에 잘 싸서 고리에 넣어 시렁에 올려놓고 할머니는 자신이 모시는 대감님께 당신의 수양자식이니 건강하게 명이 길고 복을 많이 받아 잘 살게 해달라고 빌어 주었다는 가즈랑집 할머니이다. 화자는 할머니가 병을 앓을 때마다 당신이 모시는 몸주인 신장님께서 자신을 단련시키는 것이라고 모든 것을 신장님께 의지하고 또 절대적으로 믿었다는 것을 슬퍼하고 있다. 무당은 세습무나 강신무나 시름시름 자주 아프다는데 이는 신(몸주)이 내려서, 즉 단련시키느라 그렇다고 한다.

여기서 화자는 그러한 가즈랑집 할머니를 회상하면서 우리 전통 무속을 당대의 우리민족의 삶에 대한 강인한 의욕으로 치환시켜 단순한 과거 회상으로 마무리 하였다. 그러면서도 은연중 민족의식 속에 살아 숨 쉬는 전통 무속에 대한 절대적 신뢰감을 표출하고 있다.

　㉠ 어스름저녁 국수당 돌각담의 수무나무 가지에 녀귀의 탱을 걸고
나물매 갖추어놓고 비난수를하는 새악시들

　　　─ 잘 먹고 가라 서리서리 물러가라 네 소원 풀었으니 다시 침노
말아라

　ⓛ 여우가 우는 밤이면
　　잠 없는 노친네들은 일어나 팥을 깔으며 방뇨를 한다
　　여우가 주둥이를 향하고 우는 집에서는 다음날 으례히 흉사가 있
　다는 것은 얼마나 무서운 말인가

　　　　　　　　　　　　　　　　　　-「오금덩이라는 곳」1연, 3연

　'오금덩이'는 지명을 가리킨다. '국수당'은 마을의 수호신을 모신
서낭당이고, 돌각담은 돌담이다. 서낭당에는 돌탑이나 돌담이 있다.
'수무나무'는 '스무나무'의 평북방언이다. 느릅나무과에 속하는 낙엽
활엽 교목으로 높이는 약 20미터 가량이고 가지에 가시가 있으며 잎
은 긴 타원형 또는 타원형이고 호생하며 톱니가 있다. 산록 양지 및
개울가에 나는데, 충남·함북을 제외한 한국 각지 및 중국·만주에
분포한다.56 '녀귀'는 여귀(厲鬼)로 돌림병에 죽은 사람의 귀신이며
제사를 받지 못하는 귀신이다. 이런 무사귀신(無祀鬼神)은 사람에게
붙어 탈이 나기 때문에 제사를 지냄으로써 탈을 미연에 방지하고자
하는 것이다. '탱'은 벽에 걸도록 그린 불상(佛像)이고, '나물매'는 제
법 규모 있게 여러 가지 진열해 놓은 제수용 나물이고, '비난수'는 귀
신에게 비는 말과 행위를 말한다. 불화(佛畵)는 불교의 내용을 그림
으로 표현한 것으로 불탑(佛塔), 불상(佛像), 불경(佛經) 등과 함께 불

---

56 이희승 편, 앞의 책, 1753쪽.

교 신앙의 대상이 된다.

　㉠에서 젊은 새악시들이 국수당 돌각담의 스무나무에 돌림병으로 죽은 귀신의 탱화를 걸어 두고 밥과 나물을 차려 놓고 귀신에게 비는 모습에서 민간신앙의 의식을 볼 수 있다. 마을 동구에는 서낭당이나 장생목이 있고 마을 뒷산에는 산신당이나 국수당이 있어 마을을 지켜 준다는 것이다. 이러한 동신 신앙은 마을의 각 가정을 결속시켜 마을 공동체 의식을 형성하는 데 정신적 주축이 된다. ㉡의 '팥을 깔이며 방뇨를 한다'는 팥을 뿌리고 소변을 보는 행위이다. '밤에 일어나서는 팥을 마당에 뿌려 깔면서 방뇨를 한다'[57]고 했다. 그리고 햇볕에 말리려고 멍석위에 널어둔 팥을 손으로 이리저리 쓸어 모으거나 펴는 것을 말한다.[58] 산골에서는 '밤중에 여우가 울면 초상이 난다'는 속설 때문에 밤에 여우 울음소리를 들은 나이 많은 노인들이 겁이 나서 '팥을 깔이며 방뇨를 한다'고 한다. 팥은 그 색깔이 붉어서 벽사의 의미가 있다고 알려져 온 전통적 민간 신앙이다. 그리고 오줌도 그 냄새 때문에 벽사의 의미가 있다고 믿어온 조상들의 방책 중의 하나이다. 이처럼 백석은 산골 출신답게 전래 민간신앙을 마치 전래 동화 이야기를 들려주듯이 생동감 있게 풀어 놓고 있다.

　㉠ 화라지송침이 단채로 들어간다는 아궁지
　　이 험상궂은 아궁지도 조앙님은 무서운가보다

　㉡ 재 안드는 밤은 불도 없이 캄캄한 까막나라에서

---

57 이승원, 앞의 책, 173쪽.
58 최정숙, 앞의 책, 196쪽.

조앙님은 무서운 이야기나 하면

모두들 죽은 듯이 엎데였다 잠이 들 것이다

-「고사(古寺)」3연, 끝연

-(귀주사(歸州寺)-함경도(咸鏡道) 함주군(咸州郡)

「古寺」는 시의 말미에 백석이 함경도 함주군에 있는 귀주사(歸州寺)라고 밝히어 적고 있다. 시의 첫연 1행에서 '부뚜막이 두길이다'라고 하면서 절의 크기를 공양간인 부엌을 설명해서 사찰의 규모가 어마어마하게 크다는 것을 간접적으로 알리고 있다. '부뚜막에 놓인 사닥다리로 공양주가 성궁미를 지고 오르고, 솥은 한 말 밥을 할 정도로 커다랗고, 아궁지는 화목이 단채로 들어갈 정도'로 큰 부엌이니 절의 규모가 대단한 것을 짐작하게 한다. '조앙님'은 부엌을 관장하는 조왕신을 가리킨다. 백석은 절에 와서도 그 다른 전각이나 부처 같은 것들은 제쳐두고 전래의 민간신앙에 더 관심이 깊은 나머지 공양간인 부엌을 무엇보다 더 관심 있게 관찰하고 조앙님을 상기하고 작품으로 형상화하였다.

㉠ 황토 마루 수무나무에 얼럭궁덜럭궁 색동헝겊 뜯개조박 뵈짜배기 걸리고 오쟁이끼애리 달리고 소삼은 엄신 같은 딥세기도 열린 국수당고개를 몇 번이고 튀튀 춤을 뱉고 넘어가면 골안에 아늑히 묵은 녕동이 무겁기도 할 집이 한 채 안기었는데

-「넘언집 범 같은 노큰마니」1연

시제(詩題)인 '넘언집 범 같은 노큰마니'의 '큰마니'는 할머니이고,

'노큰마니'는 증조모뻘 되는 할머니를 일컫는다. 그래서 시의 제목은 '고개 너머 집에 사시는 범 같이 무서운 증조할머니'이다. 그러나 끝 연에서 '내가 이 노큰마니의 당조카의 맏손자로 난 것'이란 것을 보면 직계 증조모는 아니고 증조모 뻘 되는 할머니다. 할머니가 살고 있는 집은 서낭당 고개 너머 낡은 집에 살고 있다. '황토마루 수무낤에 얼 럭궁 덜럭궁 색동헝겊 뜯개조박 뵈짜배기 걸리고 오쟁이 끼애리 달 리고 소삼은 엄신 같은 딥세기도 열린 국수당고개를 몇번이고 튀튀 춤을 뱉고 넘어가'면 낡은 집에 이르게 된다. 서낭당에 대한 세밀한 서술은 백석이 민간신앙에 대한 깊은 관심을 나타내는 대목이다. 짐 작컨대 그가 이토록 다른 시편에서도 마찬가지지만 민간신앙에 대한 관심을 갖게 된 것은 어쩌면 그의 모친인 이봉우의 출신이 무당의 딸 이었다는 데서 연유한 것은 아닐까 하는 추측도 해 본다. 이렇게 '범 같은 노큰마니'의 집에 이르는 과정이 복잡 미묘하게 묘사 되고 있 다. 이렇게 어렵고 험한 과정을 거쳐서야 드디어 도달하는 그 낡고 오래된 노큰마니의 집에 이르는 것을 인간의 삶이나 나라의 운명 같 은 것을 암시하는 것 같기도 하다. 즉 '고통 없이는 아무 것도 얻어지 는 것은 없다'는 걸 의미하는 건 아닐까하는 느낌이다. 그러한 어렵 고 험한 과정을 거쳐 도착한 오래고 낡은 집에는 상상외로 생동하는 정경이 펼쳐진다. 즉 새로운 세계가 열린 것, 전래의 민간신앙을 통 한 민족의식의 재발견이다.

　㉠ 오대(五代)나 나린다는 크나큰집 다 찌글어진 들지고방 어득시근한 구석에서 쌀독과 말쿠지와 숫돌과 신뚝과 그리고 넷적과 또 <u>열두 데석</u> 님과 친하니 살으면서　　　　　　　　　　　　　　-「목구(木具)」1연

'목구(木具)'는 제사에 사용되는 나무로 만든 제기(祭器)이다. '들고 지방'은 들쥐가 드나들 정도인 허름한 광이라는 뜻이다. '열두 데석 님'은 열두 제석(帝釋)이다. 민간신앙에서 무당이 모시는 열두 명의 신을 말한다. 제석신은 한 집안 식구들의 수명과 곡물과 그리고 화복 등을 관장한다. 환언하면 우리 민족과 함께 살아온 신령이다. 인용 시에 '최방등 제사'가 나온다. 이 풍속은 평안북도 정주 지방에서 오 대 이상 되는 조상의 제사는 차손이 지내는 것을 이르는 말이다. 제 사에 쓰이는 제기인 '목구'를 시의 소재로 삼았다는 것 자체가 이채롭 다. 3연에서 '구신과 사람과 넋과 목숨과 있는 것과 없는 것과 한줌 흙과 한점 살과 먼 넷조상과 먼 훗자손의 거룩한 아득한 슬픔을 담는 것'이라고 하는 것은 고향 상실감 내지는 조국의 상실감도 거기에 보 태어져서 나타나는 것이고 그러한 슬픔들을 담는 제기인 목구는 상 실감을 담는 그릇으로 대치된다. 또한 조국을 상실 했다는 통절함이 목구를 새삼스럽게 재인식하게 되었다고 생각된다.

이 시는 목구(木具)를 의인화해서 전통적인 제사 풍속을 표현한 것 이다. 조상과 화자를 이어주는 매개체인 목구는 과거와 현재, 현재와 미래를 잇는, 그래서 다시 과거와 미래를 연결해주는 구실을 한다. 따라서 제기는 조상과 후손을 이어줌으로써 신과 인간을 연결시키는 매개이기도 하다. '친하니 살으면서'라는 말은 찌그러진 좁은 광 속 에서도 주위에 널려 있는 사물들과 오랜 과거의 역사와 가족을 지켜 준 여러 제석님들과도 잘 어울려 살아온 목구의 정결하고 화합하는 정신을 보여주고 있다.

끝 연의 '힘세고 꿋꿋하나 어질고 정 많은 호랑이 같은 곰 같은 소 같은'에서 호랑이와 곰과 소는 조상의 모습을 상징하는 것으로서, 화자는 생명의 숭고함과 신성성을 동물 상징을 통해 표현하고 있다. 또한 '피의 비'가 지니는 의미는 죽음과 생의 원형성이다. 피의 원형이 지닌 생과 죽음의 이중성은 삶의 고난과 소멸의 위협아래서도 굴하지 않는 생명의 숭고함과 신성성이 동물 상징에 의해 표현되고 있는 부분이다.[59] 따라서 대대로 맥이 끊이지 않고 이어져 내려온 제사는 후손들로 하여금 온갖 시련 속에서도 핏줄을 지켜온 조상들의 의지와 슬기를 배우게 하고 그들로 하여금 시련을 극복하고 꿋꿋하게 살아 나가게 하는 원동력이 된다. 화자는 수원 백씨 정주 백촌이라는 집단을 형성하여 살아온 조상들과 우리 민족의 상징인 호랑이, 곰, 소 등을 대비시켜 민족의 수난을 보여주고 있다.[60] 이처럼 제사의식이 지속되는 한 비록 일제강점기의 '피의 비 같은 밤 같은 달 같은 슬픔'을 느끼는 현실이지만 민족의 정체성은 변함없이 유지될 것이라는 생각을 백석은 이 작품을 통해서 말하고 싶은 것이다.

백석은 고향인 산골에서 체험한 전래의 민간신앙을 소년의 시각으로 작품 속에 구체화시켜 민족의식과 주체성을 상기시켰다.

〈표 7〉에서와 같이 백석의 시에서 민속적 소재는 41개였다. 이와 같은 현상은 백석이 자신의 초기 작품을 묶은 시집 『사슴』이 유년 화자의 회상으로 인하여 시의 소재가 한정될 수밖에 없는 현상이다. 또한 그의 모친이 무당의 딸이라는 설과도 연관이 되는 정황이다. 백석이 죽은 그의 누이도 함께, 태어났을 때 가즈랑고개에 사는 무당에게 수영을 들였다는 것과도 깊은 관련이 있다.

---

59 김은자, 「생명의 시학: 백석시에 나타난 동물상징을 중심으로」, 고형진 편, 『백석』, 새미출판사, 1996, 267쪽.
60 최정숙, 앞의 책, 214~215쪽.

민속은 민간의 생활인 동시에 그 생활의 계속 또는 반복에서 이루어지는 민간 공통의 습속을 말하는 것이다. 그리고 민속은 민간에 전해지고 있는 전통적 신앙, 전설, 풍속, 생활양식, 관습, 종교의례, 미신, 민요, 속담 등을 총괄하는 말이며, 서민들이 지니고 있는 그것들에 관한 지식을 의미한다. 또한 민속은 사회 집단이 주변의 자연환경과 다른 사회집단, 더 나아가 집단이 속해 있는 국가 사이의 관계에 적응하는 과정에서 만들어진다. 백석의 시에서 민속과 풍속으로서의 민족의식은 현실의 문제로서 살아있으며, 시 창작의 원천으로 작용하고 있다. 그의 시에 등장하는 고향이 과거의 시간을 의미하는 것은 사실이지만 민족이라는 보다 광범위한 문제의식에서 출발하고 있다.

〈표 7〉백석 시의 민속

작품명	소재명	작품명	소재명
산지	약수, 애기무당, 굿	연자간	신영길
여우난골족	명절날 쥐잡이 숨굴막질 꼬리잡이 시집가는 놀음 말타고 장가가는 놀음 조아질 쌈방이 굴리고 바리깨돌림 호박떼기 제비손구이	통영	품바타령
		고성가도	잔치
		고사	조앙님
		목구	데석님 최방등제사
		두보와 이백같이	정월대보름
		삼방	애기무당 굿
고야	닙일날 닙일눈	가즈랑집	구신집 대감님 수영 신장집 구신의 딸
고방	제삿날		

노루	달궤	삼방	애기무당 굿
오금덩이라는곳	여우가 우는밤 노친네들이 팥을 깔이며 방뇨

국수당 너귀 | 향악 | 귀신불 |
| | | 넘언집범같은 노큰마니 | 국수당 |
| | | 목구 | 데석님 구신 |

* 41개/92편, 44.57%

〈표 7〉에서와 같이 백석의 시에서 표출된 민속적 소재는 41개로 44.57%였다. 소월의 시에서 표출된 6.02%보다 월등하게 많이 나타났다.

백석은 어릴 적부터 무속적인 환경에서 성장했다. 그의 어머니가 몸이 허약한 아들의 무병장수를 위해서 무당에게 정성을 다해 치성을 드렸다는 이야기도 전해진다.[61] 백석의 시 「가즈랑집」의 3연 3행부터 5행까지를 보면, '가즈랑집 할머니 / 내가 날 때 죽은 누이도 날 때 / 무명필에 이름을 써서 백지 달어서 구신간시렁의 당즈깨에 넣어 대감님께 수영을 들였다는 가즈랑집 할머니 / 언제나 병을 앓을 때면 신장님 달련이라고 하는 가즈랑집 할머니 / 구신의 딸이라고생각하면 슬퍼졌다'라는 말을 하는 걸 보면 위의 사실을 분명히 알 수 있다.

당시의 산골 마을에서는 우리 민족의 전래의 원형적인 생활 속에서 무속이 그대로 전승되고 있었다. 민간신앙인 무속은 기층민중의 삶과 밀접하게 관련되어 있기 때문에, 일제가 조선의 민족정신을 말살시키려는 정책의 일환으로 타파의 대상이었다. 민간신앙은 기층

---

[61] 김자야, 「백석: 내 가슴에 지워지지 않는 이름」, 『창작과 비평』, 1988년 가을호, 232쪽.

문화를 형성하는 마을신앙, 집안신앙, 무속신앙을 포함하며 한국인의 심층에 가장 오래 존속되어 온 정신세계이다. 민간신앙은 자체의 독특한 신앙체제를 유지하면서도 외래 종교가 들어올 경우에는 그것을 수용하여 상보적인 관계를 유지하면서 공존한다. 사찰에 민간신앙인 산신령을 모신 삼신각이 공존하는 것이 좋은 예이다. 또한 민간신앙은 고유의 상징체계62를 지니고 있고 여러 문학 작품 속에도 자리 잡고 있다.

백석의 작품에서 나타나는 민속의 세계는 매우 다양하다. 「여우난 골족」에서 일가친척들이 큰집에 한데 모여 명절 음식을 나눠 먹고 이야기꽃을 피우며 지내는 우리의 정겨운 명절 풍속이 그려져 있다. 그 중에는 '꼬리잡이', '호박떼기', '쌈방이굴리기', '제비손구이', '바리깨돌림' 같은 아이들의 놀이 풍속도 자세하게 표현되어 있다. 「고야」에서도 놀이풍속이 나타난다. 「쓸쓸한 길」에서는 객사한 사람이나 형편이 너무 어려운 사람이 죽었을 때 거적으로 둘둘 말아서 지게에 져다가 치루는 '거적 장사' 풍속이 나오고, 「여승」에서는 어린아이의 무덤인 '돌무덤' 풍속이 나온다. 그리고 「목구」에서는 제례의 풍속이 나온다. 또 백석 시에서는 속신과 관련된 풍속도 많이 나온다. 「고야」에는 납일에 내리는 눈을 받아 민간요법으로 배앓이나 이질 등의 치료에 썼던 풍속이 나온다. 「오금덩이라는 곳」에서는 눈병이 나서 부증이 난 곳에 거머리로 치료하는 민간요법과 여우가 우는 밤에는 흉사가 있다는 속신에 따라 팥을 뿌리거나 오줌을 누는 등 벽사의 비방이 나온다. 「가즈랑집」에는 아이가 태어나면 무명필에 이름을 쓰고

62 김열규,『한국민속과 문학연구』, 일조각, 19822, 54쪽.

백지를 달아 무당에게 수영을 들여 아이의 무병장수를 기원하는 무당에 관한 풍속이 그려져 있다. 이와 같이 백석의 시에 표출되는 민속들은 우리민족의 고유한 생활 문화와 풍속을 진솔하게 표현하고 있다.

백석은 무속적인 환경에서 성장했다. 몸이 허약한 아들의 무병장수를 위해 그의 모친이 무당인 가즈랑집 할머니에게 수영을 들렸다. 그의 어머니인 이봉우가 무당이나 기생의 딸이라는 설이 사실인지는 확실치 않지만 여하간 백석은 그렇게 성장했고, 또 무속에 대한 관심도 무척 깊어서 그의 작품 속에 무속에 관한 이야기가 많이 나온다. 또한 당시의 산골마을에서는 전래의 무속이 그대로 전승되고 있다.

이상에서 고찰해본 바와 같이 소월과 백석 시에 나타난 소재를 통한 민족의식을 비교하고자 표현방법상의 차이점을 고찰해보았다. 먼저 시에 나타난 방언을 중심으로 살펴보았다. 그 결과 소월 시에 표출된 방언의 빈도수는 앞의 〈표 1〉에서와 같이 총 216편 중 47개로 21.76%였고, 백석은 〈표 4〉에서 보는바와 같이 총 92편 중 99개로 107.61%였다. 소월도 자신의 시에서 방언을 자주 사용했지만 백석의 시에서 소월보다 월등하게 많이 구사된 것을 알 수 있다. 소월 시의 방언사용은 백석과 같이 의도적인 것이라기보다는 생래적인 것으로 보아야 할 필요가 있다. 소월이 시를 발표하던 시기는 아직 한글맞춤법 또는 표준어가 성립되기 이전이라 방언에 대한 자의식은 크게 없었으리라 판단된다. 단지 소월 시에서 방언이 의도적으로 사용된 것은 아니지만 자연스럽게 나타나고 있다는 사실은 이 시기 다른 한자 등의 관념어를 구사했던 다른 시인들과 달리 우리 고유어에 대한 선호에서 비롯된 것이고 이는 소월의 나름대로 낭만적 민족의식을 표출하기 위한 의도의 일환이었던 것으로 얘기할 수 있다.

그러나 백석의 시에서 방언이 소월보다 월등하게 많이 구사된 것은 그의 시 형식이 서사 지향적인데 그 이유가 있기도 하지만, 이해하기 힘든 낯선 방언이라는 시어로써, 식민지로 표상되는 중앙 또는 근대에 대한 저항을 보여주었던 것이 아니었는지 생각된다. 백석은 비단 자신의 지역 방언 뿐만 아니라 자기가 여행한 곳이나 한 때 머물렀던 지역의 방언들도 자신의 시어로 적극 활용하고 있다. 이 시기는 이미 한글맞춤법과 표준어가 제정되고 방언에 대한 중앙의 배타적 의식이 지배적으로 되어가던 시기이다. 그런데 모더니즘 풍의 자기 시에서 마치 어깃장을 놓듯이 이해하기 힘든 방언을 적극적으로 구사하고 있다는 것은 중앙 또는 식민지의 전체주의적 지배에 저항하는 민족의식의 한 발로라 지적할 수 있다. 여하튼 소월과 백석이 자신들의 시에서 향토적 방언을 사용하여 울파주, 갑피기, 새꾼, 아르굴, 덜거기 등과 같은 사라져가는 모국어와 민족의 전통문화를 전승보존하려는 의도된 작업은 암울한 식민지 당대의 민족의식을 고취하는데 크게 기여했다고 해석된다.

한편 독특한 조어의 빈도수는 소월이 〈표 2〉와 같이 24개로 11.11% 이고, 백석은 〈표 5〉에서와 같이 11개로 11. 96%이다. 소월의 경우 그의 조어들은 대체로 민요적 리듬을 위해 조성된 것으로 이 역시 민요조의 시를 구현하는데 적절히 구사하고 있다. 백석 시의 경우 조어는 역시 그가 적극적으로 구사한 방언을 시어로 활용하는데서 주로 나타나고 있다. 중앙으로부터 천대받는 방언을 시의 언어로 전환시킴으로써 식민지 현실에서 가장 소외된 변방의 기층 민중들의 삶을 드러내며 이를 통해 궁극적으로는 민족의식을 고취시켰다고 판단된다.

다음은 향토의 음식을 소재로 한 것을 조사한 결과 〈표 6〉에서 보는바와 같이 백석의 시에서 추출된 음식 소재는 68개로 73.91%에 달했다. 이에 비해 소월은 '밥'과 '술' 두 개가 세 편의 작품 가운데 각각 세 차례 표출되었다. 소월은 음악성을 토대로 한 전통적인 낭만주의 시인으로 미각이나 기타 감각 등을 시로 표현하는 시인은 아니었기에 이는 당연한 결과이다. 이에 비해 백석은 인간의 여러 가지 감각을 강조하는 모더니즘 시인이었기에 유달리 음식을 통한 미각적 심상을 형상화하게 되었다고 해석된다. 그러나 이것은 단지 미각적 심상에 그치는 것이 아니라, 자신이 어렸을 때 맛본 음식들을 통해 민족적인 감각을 환기시키기 위한 것으로 판단된다. 더욱이 송구떡, 도토리묵, 호박떡 감자떡, 메밀국수 등과 같은 토속음식을 통해 당대의 조선인의 정체성을 드러내려고 했던 것 같다. 백석 시에 나타난 음식물은 근대의 추상적이고 관념적인 인간 관계가 아닌 우리의 잃어버린 민족공동체의 구체적이고 육체적인 인간 관계를 환기시켜 주기 때문이다.

그리고 소월 시에서 민속적 소재를 추출한 결과 〈표 3〉에서와 같이 13개로 6.02% 였다. 반면 백석의 경우 〈표 7〉에서와 같이 41개로 44.57%였다. 소월이 백석에 비해 그 빈도수는 낮지만 실제 소월은 특정화된 민속적 소재 그 자체가 아니라 상상력 자체가 민중적인 생활방식을 토대로 한 것이기에 이러한 수치에 크게 의미를 부여할 필요는 없을 것 같다. 단지 백석의 시에서 이같이 민속적 소재가 소월에 비해 크게 전경화 되는 것은 일단은 그의 가계 배경에서 살펴볼 수 있겠다. 그러나 백석의 시에서 민속을 통한 민족 공동체의 회복은 서구적 모더니티에 대한 비판적 자세로 해석된다. 백석의 시에 등장

하는 고향이 과거의 시간인 것은 분명하다. 그러나 백석 시에 나타나
는 고향, 민속, 설화의 전통세계는 근대세계에서 해체된 공동체적 유
대에 대한 그리움이며, 또한 일제에 저항하는 민족의 정체성을 확인
하는 작업의 일환으로 판단된다. 전래 민속, 전통의 세계에서는 공동
체 속의 합일의 충만감이 존재하고 〈고방〉에서 보는 바와 같이 유년
시절의 충족감 등이 실현된다. 따라서 식민지 하의 상실된 공동체의
정신사적 상처를 민감하게 앓고 있는 시인과 우리 민족은 이들의 시
를 통해 상처를 치유 받고자 한다.

IV

김소월과 백석 시의
화자와 어조

김소월과 백석 시의 민족의식 연구

1. 김소월의 경우

1) 초기 시의 화자와 어조

어조는 시어와 서술어의 어미에서 드러나게 되는데 대개는 한 작
품에서 일관되게 나타난다. 그래서 어조에는 화자의 사람됨, 신분,
정신상태 등이 나타날 뿐 아니라 화자의 청자에 대한 태도와 대상에
대한 태도 등이 드러나게 된다. 시 작품에는 화자가 있으면 제재가
있고 그리고 반드시 청자가 있다. 독백의 경우에도 청자라는 의미가
잠재되어 있다. 이런 경우에는 화자 자신이 청자가 되기 때문이다.
우리가 시를 읽고 또 분석하는 작업은 관점에 따라 다양해질 수밖에
없다. 시를 담화의 한 양식으로 보면 필연적으로 화자와 이 화자의
목소리인 어조가 연구의 대상이 된다. 흔히 '탈'(persona)이라 불리는
이 화자와 어조는 떼어놓고 생각할 수 없다.[1] 그러나 어떤 목소리를
선택하는가 하는 문제는 제재에 대한 작가의 입장과 태도에 따라 다

---

1 김준오,『시론』, 삼지원, 2007, 258쪽.

르게 나타난다. 즉 시인은 타인의 목소리가 아니라 자기 목소리를 내
야 한다는 것이다.

소월이 그의 초기 작품에서 '님'을 '조국'으로 환치시킨 여성적 어
조를 들어 보기로 한다. 그리고 소월의 작품을 시집『진달래꽃』까지
를 전기로 그 이후를 후기로 구분하여 화자의 목소리가 어떤 변화 양
상을 보이는지 살펴본다.

> (가) 고요하고 어둡은밤이오면은
>
> 　　 어스러한 등(燈)불에 밤이오면은
>
> 　　 외롭음에 압픔에 다만혼자서
>
> 　　 하염업는눈물에 저는 웁니다
>
> 　　 제한몸도 예전엔 눈물모르고
>
> 　　 죠그마한세상(世上)을 보냇습니다
>
> 　　 그때는 지낸날의 옛니야기도
>
> 　　 아못서름모르고 외왓습니다
>
> 　　 그런데 우리님이 가신뒤에는
>
> 　　 아주 저를바리고 가신뒤에는
>
> 　　 전(前)날에 제게잇든 모든 것들이
>
> 　　 가지가지업서지고 마랏습니다
>
>
> 　　 그러나 그한때에 외와두엇든
>
> 　　 옛니야기뿐만은 남앗습니다
>
> 　　 나날이짓터가는 옛니야기는
>
> 　　 부질업시 제몸을 울녀줍니다　　　　　　 -「옛니야기」전문

(나) 한때는 만흔날을 당신생각에

　　밤까지 새운일도 업지안치만

　　아직도 때마다는 당신생각에

　　축업슨 배개까의꿈은 잇지만

　　낫모를 딴세상의 네길거리에

　　애달피 날져무는 갓스물이요

　　캄캄한 어둡은밤 들에헤매도

　　당신은 니저바린 서름이외다

　　당신을 생각하면 지금이라도

　　비오는 모래밧테 오는눈물의

　　축업슨 벼개까의꿈은 잇지만

　　당신은 니저바린 서름이외다

　　　　　　　　　　　　　　　-「님에게」 전문

(다) 봄가을업시 밤마다 돗는달도

　　　「예전엔 밋처몰랏서요.」

　　이럿케 사뭇차게 그려울줄도

　　　「예전엔 밋처몰낫서요.」

　　달이 암만밝아도 쳐다볼줄을

　　　「예전엔 밋처몰낫서요.」

이제금 져달이 서름인줄은

「예전엔 밋처몰낫서요.」

-「예전엔 밋처몰낫서요」전문

(라) 왜안이 오시나요

영창(映窓)에는 달빛 매화(梅花)꼿치

그림자는 산란(散亂)히 휘젓는데.

아이, 눈 깍감고 요대로 잠을들쟈.

저멀니 들리는것!

봄철의 밀물소래

물나라의 영롱(玲瓏)한구중궁궐(九重宮闕), 궁궐(宮闕)의 오요한곳.

즘못드는용녀(龍女)의 춤과노래, 봄철의밀물소래.

어둡은가슴속의 구석구석……

환연한 거울속에, 봄구름잠긴곳에,

소솔비나리며, 달무리둘녀라.

이대도록 왜안이 오시나요. 왜안이 오시나요.

-「애모(愛慕)」전문

소월은 33년의 짧은 생을 살다가 요절한 불행한 시인이다. 이렇게 짧은 생을 살다 간 요절 시인 소월의 시를 전, 후기로 구분한다는 게 무리일 것도 같지만 그의 작품의 어조는 『진달래꽃』에 수록된 시의 목소리와 그 후의 작품에서의 어조는 분명 다르게 나타나고 있다. 소월 시의 중요한 특징의 하나는 여성적 정조에 있다. 여성적 정조는 서정 민요가 지닌 보편적 성격의 하나이기도 해서 결과적으로 이것은 소월이 민요에 토대를 두고 시작(詩作)했음을 입증한 하나의 증거가 되기도 한다.[2]

우리 전통시가는 대체로 여성적 정조가 주류를 이루고 있다. 연군지사인 「사미인곡」은 화자의 목소리를 여성으로 하여 작품성을 배가시키고 있다. 소월의 초기 시에 있어서도 여성적 정조를 강조한 화자의 목소리를 여성의 애상적인 어조로 풀어내어 호소력을 증대시킨다.

또한 여성이 떠나간 님을 그리워하고 기다리고 또 참아내는 인종을 미덕으로 작품의 함의를 감추어 즉, 조국이라는 '님'을 의식적으로 고취하려는 작의(作意)로 해석함이 타당하다. 일제하에서 무사히 작품을 발표할 수 있는 방법은 그 길 밖에 달리 도리가 없었기 때문이다. 만해(萬海) 한용운(韓龍雲)의 「님의 침묵」을 예로 들어 보기로 한다. 이 작품에서 '님'이란 시어가 지칭하는 것이 '조국'이라는 확증도 또한 아무런 전거도 없다. 다만 추측일 뿐이고 가정일 뿐이다. 그렇다면 만해의 '님'이 조국이라는 가정이 성립된다면 소월의 가족사와 수학한 오산학교의 건학정신 등 여러 정황을 살펴볼 때 소월의 작품에서의 '님' 또한 '조국'이라고 판단된다.

위에 예시한 작품을 보면 시의 화자가 여성이라는 게 자연스럽게 감지된다. 이처럼 소월의 초기 시들에 나타나는 시적 화자들의 목소리는 여성적인 작품이 대부분이다. 그것은 이 시들이 이별, 그리움,

---

2 오세영, 앞의 책, 89쪽.

기다림 등 이루어질 수 없는 사랑의 한 같은 정서가 그 내용으로 되어 있기 때문이다. 그리고 소월 시의 화자들은 사랑의 상처를 입은 여인들로 나타나고 있다. 화자는 자신의 불운을 운명처럼 감수하고 있다. 또한 소월 시에서 나타나는 감정은 대개가 자기희생적이다. 슬픔이 통곡이나 절규로 표출된다면 남성적으로 이해되겠지만 외로움, 기다림, 슬픔 등은 여성적으로 해석된다. 소월의 초기 시에서 나타나는 특성들이 위에서 지적한 대로 모두가 다 그런 것은 아니다. 남성적인 절규를 토로한 「초혼」같은 작품도 있는데 이러한 작품들은 예외적인 작품들로 보아야 할 것이다.

(가)와 (나)와 (다)에서 화자는 여성의 목소리로 자신의 사랑을 애절하게 노래하고 있다. 님에게 자신의 사랑을 당당하게 표현하지 못하고 이별을 한 후에야 아파하고 참아내는 전통적인 한국의 여인상을 보여주고 있다. (라)에서도 역시 화자는 여성이다. 앞의 작품들과 마찬가지로 이별 후에 돌아오지 않는 님을 애타게 기다리는 여인의 애절한 사랑을 노래하고 있다. 일방적으로 사랑의 상처를 당하는 쪽은 여인들이다. 소월의 작품에서 화자의 목소리가 여성으로 나타나는 까닭도 여기에서 기인한 것으로 볼 수 있다.

소월은 왜 여성적 정감에 탐닉했을까? 이런 질문에 명확한 해답을 기대하기란 어렵다. 그러나 우리는 여기서 한 가지 사실만큼은 쉽게 지적할 수 있을 듯하다. 그것은 앞에서 살펴본 그의 가족사에서와 같이 개인적인 아버지의 부재는 그의 시에서 남성이 사라져버리고, 피해를 입고 버림받는 여성이 서정주체로 등장하게 하는 요인이 된다. 그것이 아마도 여성 콤플렉스의 표현이었을지도 모른다.[3] 는 오세영의 지적처럼 이렇게 된 연유를 다수의 논자들은 일반적으로 소월의 가족사에 의해서 형성된 그의 성격으로 해석하는 게 상례로 되어 있다. 그러나 그것만이 전부는 아닐 것이다. 앞서 그의 생애와 환경 등여러 정황에서 살펴보았듯이 단순한 개인적 한이라기보다는 민족적염원을 여성의 목소리로 분장하여 작품에 오롯이 담아내는 것으로보아야 한다.

2) 후기 시의 화자와 어조

시집『진달래꽃』이후의 소월의 후기 시에서 표출되는 남성적 화자의 활달한 목소리에 의해 미래지향적인 목소리를 파악할 수 있다.

> (가) 땀, 땀, 녀름볏체 땀흘니며
>
> 호미들고 밧고랑 타고잇서도,
>
> 어듸선지 종달새 우러만온다,
>
> 헌츨한 하눌이 보입니다요, 보입니다요
>
> -「기분전환(氣分轉換)」1연

> (나) 평양(平壤)서 나신 인격(人格)의 그당신님 제이, 엠, 에쓰,
>
> 덕(德)없는 나를 미워하시고
>
> 재조(才操)잇든 나를 사랑하섯다,
>
> 오산(五山)게시든 제이, 엠, 에쓰
>
> 십년(十年)봄만에 오늘아츰 생각난다

---

3 오세영, 앞의 책, 91쪽.

근년(近年) 처음 꿈업시 자고 니러나며.

얼근얼골에 쟈그만키와 여윈몸매는

달은 쇠쏫갓튼 지조(志操)가 튀여날듯

타듯하는 눈동자(瞳子)만이 유난히 빗나섯다,

민족을 위하야는 더도 모르시는 열정(熱情)의 그님,

-「제이·엠·에쓰」1연

(다) 무연한 벌우헤 드러다 노흔듯한 이집

또는 밤새에 어듸서 어뜨케 왓는지 아지못할 이비.

신개지(新開地)에도 봄은 와서, 간열픈 빗줄은

뚝가의 어슴푸러한 개버들 어린엄도 축이고,

난벌에 파릇한 누집파밧테도 쑤린다.

뒷가시나무밧테 깃드린 까치떼 죠화짓거리고

개굴까에서 오리와 닭이 마주안자 깃을 다듬는다.

무연한 이벌, 심거서 자라는 꼿도업고 멧꼿도업고

이비에 장차일흠몰을 들꼿치나 필는지?

장쾌(壯快)한 바닷물결, 또는 구릉(丘陵)의 미묘(微妙)한 기복도
업시

다만 되는대로되고 잇는대로잇는, 무연한벌!

그러나 나는 내빠리지안는다, 이땅이 지금 쓸쓸타고,

나는생각한다, 다시금, 시언한비빨이 얼굴을 칠때,

예서뿐 잇슬 압날의, 만흔 변전(變轉)의후에

이땅이 우리의손에서 아름답아질것을! 아름답아질것을!

-「상쾌(爽快)한아츰」전문

(라) 다만 모든치욕(恥辱)을참으라, 굴머죽지안는다!

인종(忍從)은가장덕(德)이다,

최선(最善)의반항(反抗)이다

안즉우리는힘을길을뿐.

오즉배화서알고보자.

우리가어른되는그날에는, 자연(自然)히싸호게되고,

싸호면이길줄안다.

-「인종(忍從)」끝연

(마) 이나라 나라은 부서젓는데

이산천(山川) 엿태산천(山川)은남어잇드냐

봄은 왓다하건만

풀과나무에뿐이어

오! 설업다 이를두고 봄이냐

치어라 꼿닙페도 눈물뿐 훗트며

새무리는 지저귀며 울지만

쉬어라 이두근거리는가슴아

못보느냐 벍핫케 솟구치는봉숫불이

끗끗내 그무엇을 태우랴함이료

그립어라 내집은

하눌밖게잇나니

애닯다 긁어 쥐어뜨더서

다시금 쩔어젓다고
다만 이 희긋희긋한머리칼뿐
인저는 빗질할것도 업구나

-「봄」전문

소월의 유일한 시집인 『진달래꽃』 발간 이후 그의 작품에서 들려오는 목소리는 그 이전의 작품과는 확연히 다른 남성적 어조의 활달한 목소리로 나타난다. 이러한 까닭은 그의 스승인 안서 김억과의 관계에서 비롯된 것으로 보인다. 소월이 1925년 12월에 매문사에서 그의 첫 시집이면서 유일한 『진달래꽃』을 발간하게 된 사연은 안서 김억이 평양에서 발간하는 시 전문지 『가면(假面)』을 지원하기 위해였다고 한다.[4] 사정이 이러하니 그 시집에 민족의식이나 저항정신이 담기거나 또는 표출되는 작품을 수록할 수는 없었을 것이다. 그리고 이 시집의 편집에는 순수 서정시를 지향했던 김억의 취향이 반영되었으리라는 것을 추측할 수 있다. 그러나 『진달래꽃』 이후 신문이나 잡지에 발표하거나 미발표 작품에서 들리는 화자의 목소리는 이전과는 전혀 다른 남성적 화자의 건강한 어조이며 이를 통한 미래지향적인 표현으로 나타나고 있다.

위에서 예시한 작품 (가)에서는 일제에 전답을 수탈당한 아픔을 이겨내면서 농사에 임하는 농민의 건강한 정신이, (나)에서는 조만식 선생의 민족애를 기리는 소월의 마음이, (다)에서는 일제에 빼앗긴 조국의 황폐한 산하가 언젠가 때가되면 우리 민족의 손으로 다시

---

4 김용직, 앞의 책, 561쪽.

아름답게 가꾸어질 거라는 희망을, (라)에서는 지금은 일제에 맞서 싸울 때가 아니다. 인종의 자세로 참고 견디며 힘을 기르면 마침내 싸울 날이 올 것이고 싸우면 반드시 승리할 수 있다는 믿음을, (마)에서는 조국을 강탈당한 지식인의 회한을 쉽게 간파할 수 있다. 당대에 의식 있는 지식인이라면 민족애와 민족의식을 갖는 것은 당연하다 할 것이다. 그러나 소월의 경우엔 그의 가족사와 성장 환경과 수학한 오산학교의 교풍을 통해 민족의식에 자연스럽게 의식화될 수 있었던 것이다.

소월의 시에서의 화자(話者)는 여성화자와 남성화자의 두 유형으로 나타난다. 그리고 화자들이 지향하는 대상은 똑 같이 부재의 대상이다. 즉 일제에 강탈당한 조국, 떠나버린 연인, 그리고 관념적인 님 등으로 구분된다. 이와 같이 폐쇄된 공간 내지는 정황 속의 화자들은 대상에 대한 원망과 그리움을, 장애물에 대한 분노와 저항을, 이를 극복하지 못하는 자아에 대한 자책의 정서를 내포하지만, 남성화자는 비장한 어조를, 여성화자는 원망과 간구의 어조를 나타내고 있다.

2. 백석의 경우

1) 초기 시의 화자와 어조

백석은 1936년 1월 20일 33편의 작품을 묶어 선광인쇄주식회사에서 첫 시집 『사슴』을 출간했다. 이 시집에 수록된 작품의 어조는 유년 화자의 목소리로 나타나고 있다. 또한 그것도 과거 회상으로 발현되고 있다. 이렇게 백석이 유년화자의 과거회상의 어조로 작품을 쓰게 된 동기와 그의 초기 시에서 들리는 순진무구한 유년화자의 목소리를 확인할 수 있다.

(가) 명절날 나는 엄매 아배 따라 우리집 개는 나를 따라 진할머니 진
　　할아버지가 있 는 큰집으로 가면

　　저녁술을 놓은 아이들은 외양간섶 밭마당에 달린 배나무동산에
　서 쥐잡이를 하고 숨굴막질을 하고 가마 타고 시집가는 놀음 말 타
　고 장가가는 놀음을 하고 이렇게 밤이 어둡도록 북적하니 논다
　　　　　　　　　　　　　　　　　　　　　　-「여우난골족(族)」 1연, 4연 1행

(나) 뒤울안 살구나무 아래서 광살구를 찾다가

살구벼락을 맞고 울다가 웃는 나를 보고

밑구멍에 털이 몇 자나 났나 보자고 한 것은 가즈랑집 할머니다

찰복숭아를 먹다가 씨를 삼키고는 죽는 것만 같어 하로종일 놀지도 못하고 밥도 안 먹은 것도

가즈랑집에 마을을 가서

당세 먹은 강아지같이 좋아라고 집오래를 설레다가였다

-「가즈랑집」끝 연

(다) 낡은 질동이에는 갈 줄 모르는 늙은 집난이같이 송구떡이 오래도록 남어 있었다

오지항아리에는 삼춘이 밥보다 좋아하는 찹쌀탁주가 있어서

삼춘의 임내를 내어가며 나와 사춘은 시금털털한 술을 잘도 채어 먹었다

제삿날이면 귀머거리 할아버지 가에서 왕밤을 밝고 싸리꼬치에 두부산적을 께었다

손자아이들이 파리떼같이 모이면 곰의 발 같은 손을 언제나 내어둘렀다

구석의 나무말쿠지에 할아버지가 삼는 소신 같은 짚신이 둑둑이 걸리어도 있었다

넷말이 사는 컴컴한 고방의 쌀독 뒤에서 나는 저녁 끼때에 부르는 소리를 듣고도 못 들은 척 하였다

-「고방」1연, 끝연

(라) 오리치를 놓으려 아배는 논으로 나려간 지 오래다

오리는 동비탈에 그림자를 떨어트리며 날어가고 나는 동말랭이에서 강아지처럼 아배를 부르며 울다가

시악이 나서는 등 뒤 개울물에 아배의 신짝과 버선목과 대님오리를 모다 던져버린다

장날 아츰에 앞 행길로 엄지 따러 지나가는 망아지를 내라고 나는 조르면

아배는 행길을 향해서 크다란 소리로

— 매지야 오나라

— 매지야 오나라

새하려 가는 아배의 지게에 치워 나는 산(山)으로 가며 토끼를 잡으리라고 생각한다

맞구멍 난 토끼굴을 아배와 내가 막어서면 언제나 토끼새끼는 내 다리 아래로 달어났다

나는 서글퍼서 서글퍼서 울상을 한다

-「오리 망아지 토끼」전문

(가)에서 시의 제목인 「여우난골족」은 '여우가 나온 산골에 사는 가족'이라는 뜻으로 풀이된다. 1연은 어릴 적 '나'는 엄마와 아빠를 따라 할머니와 할아버지가 사는 큰집으로 명절을 쇠러 집을 떠나는 것으로 시작 된다. 큰집에 도착한 후에 일가친척들이 모여 떠들썩하게 저녁을 먹는다. 4연 1행에서는 '-고, -고, -고, -고, -ㄴ다'라면서 길게 늘어놓는 열거법으로 언술을 이어간다. 이러한 서술은 백석 시에서 보여주는 특징이다. 「모닥불」에서는 '-도, -도, -도, -도, -도, -ㄴ다'라고 화자가 길게 늘어놓는 열거법을 써서 말하고 있다. 이러한 수사법을 구사하는 것은 여러 가지 사물과 전통 민속놀이를 이야기 하자면 그렇게 할 수 밖에 달리 도리가 없는 것이다. '저녁술을 놓은 아이들은 외양간섶 밭마당에 달린 배나무동산에서' 여러 가지 놀이로 '밤이 어둡도록 북적하니 노는' 것을 유년 화자의 목소리로 들려주고 있다. 이 작품은 아침부터 저녁과 밤을 지나 다음 날 아침까지 연결되는 시간적인 공간 속에서 벌어지는 여러 인물들의 갖가지 행태가 구체적으로 펼쳐지는 서사적 구조로 진술되고 있다. 화자는 유년시절에 고향에서 경험했던 명절 음식과 민속놀이를 수채화 같은 맑고 아름다운 동화적인 풍경으로 그려내고 있다.

(나)에서 유년의 화자는 어릴적 '가즈랑집' 할머니한테 놀러가서 있었던 일을 유년의 목소리로 얘기하고 있다. '가즈랑고개 밑에 사는 가즈랑집 할머니'에서 '가즈랑'이란 어휘가 풍기는 이미지는 '꼬부랑'이라는 어감으로 느껴진다. 이어서 '꼬부랑'이라는 단어는 곧바로 '할머니'라는 말이 연상된다. 이처럼 '가즈랑'이라는 시어는 청자가 느끼는 뉘앙스는 참으로 미묘하다. 가즈랑집 할머니는 무당으로 강인하고 자상하며 한편으로는 신비한 인물로 어린 화자에게 각인되어 있

252 김소월과 백석 시의 민족의식 연구

다. 이 할머니는 나와 죽은 누이가 태어났을 때 무명천에 이름을 쓰고 백지를 달아 귀신을 모셔놓은 선반 위 그릇에 넣어 할머니가 모시는 몸주인 신께 양자로 들여 보냈다. 즉 신에게 바쳐서 신의 가호 아래 무병장수를 기원했던 것이다. 또한 이 할머니는 자신이 몸이 아플 때면 신장님 단련이라고 하는 가즈랑집 할머니가 귀신의 딸이라고 생각하면 슬퍼진다고 하면서 어린 화자가 오히려 할머니를 동정을 한다. 여기서 또 한 번 백석의 모친이 무당의 딸이었다는 설에 수긍이 가는 대목이다. 세습무나 강신무나 무당은 자주 시름시름 아프다고 한다. 이는 무당이 모시는 몸주인 신이 내려서(단련시키느라) 그렇다고 한다.

끝 연에서 유년의 화자는 살구나무 아래서 살구를 줍다가 떨어지는 살구에 머리를 맞는다. 어린 화자는 살구에 맞아서 머리가 아픈 나머지 울다가 맛있는 살구를 주운 기쁨과 계면쩍음에 그만 웃음을 짓게 된다. 이를 본 가즈랑집 할머니가 울다가 웃으면 밑구멍에 털이 난다는 속설을 말하면서 어린 화자를 놀려먹는다. 그리고 다음 장면으로 화면이 바뀐다. 이번 장면은 찰복숭아를 먹다가 그만 복숭아씨를 삼켜버리고 만다. 어린 화자는 놀라서 하루종일 놀지도 못하고 밥도 못 먹고 고생한 것을 회상한다. 유년시절의 동화 같은 그림들이 마치 영화의 한 장면 한 장면처럼 펼쳐지고 또 지나간다.

(다)의 '고방'은 어린 시절의 추억이 가득 들어있는 곳이다. 집안 살림살이가 잔뜩 들어 있어서 숨바꼭질할 때나 또는 군것질거리를 해결하는 장소이기도 하다. 1연에서 '낡은 질동이에는 갈 줄 모르는 늙은 집난이같이 송구떡이 오래도록 남아 있었다'에서 처럼 그곳에는 먹거리는 물론 별의별 것들이 가득 쌓여 있고 또 들어차 있는 곳

이다. 맛이 없기 때문에 낡은 질동이에 오래도록 남아 있는 송구떡과 시집으로 갈줄 모르는 시집간 늙은 딸은 서로 대칭관계로 구성되었다. 그런데 이런 표현은 성인 화자의 목소리로는 제법 재미있는 비유법이지만 유년 화자의 목소리로는 어울리지 않는 표현이다. 이렇게 어린 화자의 어조로 작품을 형상화하는 작업은 생각만큼 그렇게 만만치가 않은 것이다. 그래서 아동문학이 성인문학보다 더 어렵다는 것이다.

(라)에서 등장하는 인물은 나와 아버지가 주연이고 그리고 조연으로 출연하는 동물들은 오리와 망아지와 토끼들이다. 세 가지 일화가 옴니버스 형식으로 만들어진 천연색과 흑백으로 번갈아 촬영된 전 연령층이 모두 관람 가능한 영화 같은 작품이다. 각 동물들에 얽힌 이야기들이 각각의 연으로 그려졌다. 그리고 이 시에 등장하는 아버지와 아들인 나와 세 동물들은 더불어 사는 가족 같은 존재들로 그려지고 있다. 각각의 연에 등장하는 세 가지 동물들은 모두 하나같이 작은 그래서 더욱 귀여운 동물들이다. 그래서 더욱 예쁘고 귀여운 정감으로 다가온다.

1연에서는 오리를 잡기 위해 오리치를 놓으려고 논으로 내려간 아버지를 기다리다 울다가 지치고 마침내 화가 나서 아버지가 벗어 놓고 간 신짝과 버선목과 대님오리를 등 뒤 개울물에 모두 던져 버리는 어린 아들이 아버지를 사랑하는 동심이 웃음이 나도록 예쁘게 느껴진다.

2연에서는 망아지에 얽힌 이야기로 장날 아침에 한길에서 엄지를 따라 지나가는 망아지를 보고 갖고 싶다고 떼를 쓰는 어린 화자의 귀여운 투정과 그러한 철없는 어린 아들을 달래는 너그럽고 깊은 부정이 투박한 평안북도 방언으로 '―매지야 오나라 / ―매지야 오나라' 부르는 아버지의 소리가 짙은 울림으로 가슴에 메아리친다.

3연에서는 산에 나무하러가는 아버지 지게 위에 올라타고 가서 토끼를 잡다가 다리 사이로 달아나는 토기를 보고 '나는 서글퍼서 서글퍼서 울상을 한다'고 하는 동화같이 아름답고 예쁜 화면을 보여 준다. 토끼는 꾀가 있어서 위험에 처했을 때 도망갈 구멍을 반대편에 뚫어 놓는다고 한다. 그러나 여기서 잠시 생각을 해보자. 자기 다리 사이로 달아나는 토끼를 보고 '나'라는 어린 화자는 울상을 했을까? 아니면 꽁지가 빠져라 도망치는 토끼를 보고 차라리 잘됐다는 생각에서 웃고 말았을까? 모르긴 해도 이런 상황이라면 어린 화자는 울상보다는 웃고 말았을 것 같다. 도망치는 토끼가 다행이다 싶기도 하고, 한 편으로는 그야말로 꽁지가 빠지게 도망치는 토끼가 재미있었을 거라는 생각에서다.

방언은 고향의 언어이고 유년시절에 습득한 고향의 말이다. 그러므로 방언으로 표현되는 고향의 풍물과 정취는 생생하게 상기되고, 유년의 목소리로 표출되는 방언은 자연스럽고, 또한 친밀감을 준다. 백석 시에서 방언 구사는 유년의 시각과 목소리로 나타나는 것이 특징이다.

백석의 초기 시에서 굳이 유년 화자의 어조로 작품을 형상화한 이유는 일제의 검열을 피하기 위한 방편으로 유년 화자를 내세워 감시의 눈을 희석시켰다고 본다. 어린이의 회상으로 구성된 작품에서 어린이의 목소리는 대체적으로 주목의 대상에서 제외되기 때문이다.

소월의 초시에서는 여성적 화자의 애상적 어조를 통한 민족의 한과 저항의식이 내재되어 있는 목소리가 들리지만, 백석의 초기 시에서는 유년화자의 어조를 통한 잃어버린 민족적 공동체의 정서를 환기시키는 목소리가 표출되고 있다.

2) 후기 시의 화자와 어조

『사슴』 출간 이후 백석의 후기 시에 나타나는 성인 화자의 어조를 들어보기로 한다.

> (가) 밖은 봄철날 따디기의 누굿하니 푹석한 밤이다
> 거리에는 사람두 많이나서 흥성흥성할 것이다
> 어쩐지 이 사람들과 친하니 싸단니고 싶은 밤이다
>
> 그렇건만 나는 하이얀 자리 우에서 마른 팔뚝의
> 샛파란 핏대를 바라보며 나는 가난한 아버지를
> 가진것과 내가 오래 그려오든 처녀가 시집을 간 것과
> 그렇게도 살틀하든 동무가 나를 버린 일을 생각한다
>
> 또 내가 아는 그 몸이 성하고 돈도 있는 사람들이
> 즐거이 술을 먹으려 단닐 것과
> 내 손에는 신간서(新刊書) 하나도 없는 것과
> 그리고 그 「아서라 세상사(世上事)」라도 들을
> 류성기도 없는것을 생각한다
>
> 그리고 이러한 생각이 내 눈가를 내 가슴가를

뜨겁게 하는 것도 생각한다

-「내가 생각하는 것은」 전문

(나) 처마 끝에 명태(明太)를 말린다

명태는 꽁꽁 얼었다

명태는 길다랗고 파리한 물고긴데

꼬리에 길다란 고드름이 달렸다

해는 저물고 날은 다 가고 볕은 서러웁게 차갑다

나도 길다랗고 파리한 명태다

문(門)턱에 꽁꽁 얼어서

가슴에 길다란 고드름이 달렸다

-「멧새소리」 전문

(다) 아득한 넷날에 나는 떠났다

부여(扶餘)를 숙신(肅愼)을 발해(渤海)를 여진(女眞)을 요(遼)

를 금(金)을,

흥안령(興安嶺)을 음산(陰山)을 아무우르를 숭가리를.

범과 사슴과 너구리를 배반하고

송어와 메기와 개구리를 속이고 나는 떠났다.

나는 그때

자작나무와 익갈나무의 슬퍼하든 것을 기억한다

갈대와 장풍의 붙드든 말도 잊지않었다

오로촌이 멧돌을 잡어 나를 잔치해 보내든 것도

쏠론이 십리길을 딸어나와 울든 것도 잊지 않었다

나는 그때

아모 익이지 못할 슬픔도 시름도 없이

다만 게을리 먼 앞대로 떠나나왔다

그리하여 따사한 해ㅅ귀에서 하이얀 옷을 입고 매끄러운 밥을먹
고 단샘을 마시고 낮잠을 잤다

밤에는 먼 개소리에 놀라나고

아츰에는 지나가는 사람마다에게 절을 하면서도

나는 나의 부끄러움을 알지 못햇다

그동안 돌비는 깨어지고 많은 은금보화는 땅에 묻히고 가마귀도
긴 족보를 이루었는데

이리하야 또 한 아득한 새 넷날이 비롯하는때

이제는 참으로 익이지못할 슬픔과 시름에 쫓겨

나는 나의 넷 한울로 땅으로— 나의 태반(胎盤)으로 돌아왔으나

이미 해는 늙고 달은 파리하고 바람은 미치고 보래구름만 혼자
넋 없이 떠도는데

아, 나의 조상은 형제는 일가친척은 정다운 이웃은 그리운것은
사랑하는것은 우러르는것은 나의 자랑은 나의 힘은 없다 바람과
물과 세월과 같이 지나가고 없다

— 「북방(北方)에서」 전문

—정현웅(鄭玄雄)에게

(라) 오늘 저녁 이 좁다란 방의 흰 바람벽에

　어쩐지 쓸쓸한 것만이 오고 간다

　이 흰 바람벽에

　희미한 십오촉(十五燭) 전등이 지치운 불빛을 내어던지고

　때글은 다 낡은 무명샤쯔가 어두운 그림자를 쉬이고

　그리고 또 달디단 따끈한 감주나 한잔 먹고 싶다고 생각하는 내

가지가지 외로운 생각이 헤인다

　그런데 이것은 또 어인 일인가

　이 흰 바람벽에

　내 가난한 늙은 어머니가 있다

　내 가난한 늙은 어머니가

　이렇게 시퍼러둥둥하니 추운 날인데 차디찬 물에 손은 담그고

무이며 배추를 씻고 있다

　또 내 사랑하는 사람이 있다

　내 사랑하는 어여쁜 사람이

　어늬 먼 앞대 조용한 개포가의 나wm막한 집에서

　그의 지아비와 마조 앉어 대구국을 끓여놓고 저녁을 먹는다

　벌써 어린것도 생겨서 옆에 끼고 저녁을 먹는다

　그런데 또 이즈막하야 어늬 사이엔가

　이 흰 바람벽엔

　내 쓸쓸한 얼골을 쳐다보며

　이러한 글자들이 지나간다

　―나는 이 세상에서 가난하고 외롭고 높고 쓸쓸하니 살어가도록

태어났다

그리고 이 세상을 살어가는데

내 가슴은 너무도 많이 뜨거운 것으로 호젓한 것으로 사랑으로 슬픔으로 가득 찬다

그리고 이 번에는 나를 위로하는 듯이 나를 울력하는 듯이

눈질을 하며 주먹질을 하며 이런 글자들이 지나간다

─하눌이 이 세상을 내일 적에 그가 가장 귀해하고 사랑하는 것들은 모두 가난하고 외롭고 높고 쓸쓸하니 그리고 언제나 넘치는 사랑과 슬픔 속에 살도록 만드신 것이다

초생달과 바구지꽃과 짝새와 당나귀가 그러하듯이

그리고 또 '프랑시쓰 쨈'과 도연명(陶淵明)과 '라이넬 마리아 릴케'가 그러하듯이

-「흰 바람벽이 있어」 전문

　백석의 초기 시에서 나타난 유년 화자의 어조는 후기 시에 와서는 완연하게 변용을 보여준다. 초기 시의 순진한 유년화자의 목소리가 후기 시에서는 고결하지만 체념적인 성인 화자의 목소리로 대치된다. 그가 일본 유학을 마치고 귀국 후 조선일보사의 기자로, 촉망 받는 신진 시인으로 주목을 받을 때의 작품 「통영」에서 '통영(統營)장(場) 낫대들었다'와 「절망」의 '북관(北關)의 계집은 튼튼하다 / 북관의 계집은 아름답다'같이 그의 초기 시편에서 보여주던 젊은 기백과 패기 넘치는 힘찬 목소리는 간데없고 성인 화자의 고결하지만 의기소침하고 체념적 어조로 자신의 내면세계를 가감 없이 진솔하게 표출해낸 작품을 대하게 된다. 이는 그가 안정적인 조선일보사의 기자직을 사직하고 만주 지역에서 유랑생활을 할 때 경제적으로 힘든 생

활에 봉착하면서 더욱 두드러지게 나타난 시 세계이다.

(가)는 1938년 4월 『여성(女性)』지에 발표한 작품이다. 백석이 함흥에서 교편을 잡을 때이다. 1연에서 새 봄을 맞아 들뜬 마음이 된 화자는 '어쩐지 이 사람들과 친하니 싸단니고 싶은 밤'이라고 하고, 이어서 2연에서는 '그렇것만'이라고 하면서 '나는 하이얀 자리 우에서 마른 팔뚝의 / 새파란 핏대를 바라보며 나는 가난한 아버지를 / 가진 것과 내 오래 그려오든 처녀가 시집을 간 것과 / 그렇게도 살틀하든 동무가 나를 버린 일을 생각한다' 3연에서는 화자가 몸이 성치 못함을 간접적으로 피력한다. 그리고 자신이 경제적으로 쪼들리고 있음을 한탄한다. 끝 연에서는 건강도 나쁘고 설상가상으로 돈도 없어서 새봄이 와서 '누긋하니 푹석한 밤에 사람들과 어울려 쏘다니고 싶고 술도 마시고 싶고 신간 서적도 그리고 류성기가 없어서 당시의 유행가인 임방울의 〈아서라 세상사(世上事)〉를 들을 수 없는 자신의 처지를 생각하면 이러한 생각들이 '내 눈가를 내 가슴가를 뜨겁게 한다'고 하면서 세상으로부터 소외당한 것 같은 비참한 소회를 성인의 목소리로 자신의 내면세계를 진솔하게 표출하고 있다.

(나)는 1938년 10월 『여성』지에 발표한 작품이다. 역시 함흥에서 교편을 잡을 때의 작품이다. 그런데 영생고보 축구부를 인솔하고 전조선(全朝鮮)고보축구대회가 열리는 경성, 지금의 서울로 상경했을 때 숙소를 이탈해서 자야와 재회를 했는 데 그 사이에 축구부 선수들이 유흥장을 출입했다가 불상사가 일어나서 지도교사인 백석이 같은 재단인 영생여고보로 문책 전보되었을 때이다. 이 작품은 추운 겨울날 처마 끝에 명태를 말리는 정경을 형상화한 것이다. 추운 겨울밤에 얼렸다가 낮에는 햇볕에 말리기를 반복하면 명태가 속살이 노랗게

되면서 맛이 훨씬 좋은 황태가 된다. '해는 저물고 날은 다 가고 볕은 서러웁게 차갑다 / 나도 길다랗고 파리한 명태다 / 문턱에 꽁꽁 얼어서 / 가슴에 길다란 고드름이 달렸다'를 보면 성인 화자의 목소리에 담긴 비참한 현실이 얼음처럼 차갑게 가슴을 친다. 저물 녘 겨울 햇볕은 다른 계절의 햇볕과는 다르게 따뜻하지 않다. 그것이 형편이 어려운 사람에게는 더욱 더 차갑게 느껴지는 법이다. 명태의 꼬리에 기다랗게 얼어붙은 고드름과 어둡고 긴 겨울밤의 매서운 추위와 차가운 햇볕에 말라가기를 반복하는 명태의 처참한 몰골을 보면서 백석은 자신과 같은 처지이고, 또한 당대의 식민지 조선 민족의 비참한 현실을 명태에 비유한 작품이라고 해석된다.

(다)의 작품은 1940년 7월 『문장(文章)』지에 발표한 작품이다. '아득한 넷날에 나는 떠났다'라는 첫 구절이 독자의 구미를 확 잡아당긴다. '애비는 종이었다.'라고 미당(未堂) 서정주(徐廷柱)의 시 「자화상(自畵像)」의 첫 구절을 연상시키는 구절이다. 이어서 화자는 자신이 떠난 장소를 열거한다. 그런데 그 장소들은 현재 화자가 있는 곳이 아니라 먼 옛날 우리 조상들이 살았던 땅이다.

부여·발해·요·금은 그 옛날 만주 지역에서 명멸했던 국가들이고, 숙신과 여진은 먼 옛 적 만주지역에 살았던 민족들이다. 부여는 만주지역에 처음으로 나라를 세웠고, 이어서 고구려족과 숙신족의 후예인 말갈족이 함께 발해를 건국했고, 그 후 발해가 멸망하고 나서 여진족이 이 지역을 차지하였고, 다시 요와 금이 국가를 건설하였다. 홍안령과 음산과 아무우르와 숭가리는 이 지역에 산재한 강과 산맥들이다. 그런데 이렇게 열거된 나라와 민족과 강과 산맥과, 그리고 짐승들과 물고기 같은 것들은 모두 대응을 이루고 있다. 1연에서는 부여와 숙신이, 발해와 여진이, 요와 금이 각각 짝을 이루고, 그리고 다시 이어서 흥안령과 음산이, 아무우르와 숭가리가 각각 짝을 짓는다. 범과 사슴과 너구리는 송어와 메기와 개구리하고 각각 짝을 이루고 있다. 이처럼 대구를 열거하여 운율적인 효과와 장엄한 스케일의 공간을 그려낸다.

1연과 2연에 열거된 지명 및 사물의 이름들은 백석의 유랑이 지닌 의미를 상당히 거시적 윤곽으로 드러내고 있다. 말하자면 그는 개인의 유랑을 집단의 유랑으로 환치시키려고 시도하고 있다. 어쩌면 백석은 자신의 유랑을 통해 한민족의 뿌리 뽑힌 삶을 암시하려는 의도를 가졌던 것 같기도 하다.[5] 이처럼 화자는 조상들의 떠남에 대하여 자신의 유랑을 비유하여 표현하려 한 것으로 보여 진다. 2연에서는 화자가 떠날 때는 자신이 소유했던 소중한 것들을 포기하고, 자기를 도와주었던 이들의 믿음을 배반하고, 자신이 계속해서 도와주어야 하는 사람들을 기만하고 떠나와야 했던 것을 푸념하고 있다. 3연에 와서는 역사의식과 민족의식도 잊은 채 남의 도움으로 학업과 취업을 해서 호의호식을 하면서도 당대 식민지 현실에서 신음하는 동족의 아픔을 외면한 채 아무런 부끄러움을 모르고 살아 왔던 것을 자책하고 있다. 그래서 모든 것을 떨쳐버리고 떠나왔던 것이다. 그러나 자신과 조국의 현실을 자각하고 본연의 위치로 회귀하려 했으나 '이미 해는 늙고 달은 파리하고 바람은 미치고 보래구름만 혼자 넋 없이 떠도는데' 하면서 5연에서 아프게 참회를 한다. 이어서 끝 연에 와서는 '아, 나의 조상은 형제는 일가친척은 정다운 이웃은 그리운 것은

---

5 이숭원, 앞의 책, 448쪽.

사랑하는 것은 우러르는 것은 나의 자랑은 나의 힘은 없다 바람과 물과 세월과 같이 지나가고 없다.'고 하면서 허탈한 상실감에 때 늦은 후회를 하는 성인 화자의 애절한 목소리가 허공을 가른다.

(라)의 작품은 1941년 4월『문장』에「국수」·「촌에서 온 아이」와 함께 발표한 것이다. 백석이 만주에서 약 일 년 정도 거주할 때의 작품으로 그의 내면세계가 진솔하게 표출된 작품이다.

시의 들머리에 나오는 '좁다란 방의 흰 바람벽'이란 말은 그의 궁핍한 생활을 나타내 주는 말이다. '이 흰 바람벽에 / 십오촉 전등이 지치운 불빛을 내어던지고 / 때글은 다 낡은 무명샤쯔가 어두운 그림자를 쉬이고'를 보면 그의 생활이 얼마나 어려운지 짐작이 간다. 이 시에서 '흰 바람벽'이 일종의 스크린 역할을 하는 데 이를 통해 시인의 자기성찰이 이뤄진다. 화자의 내면 깊은 곳에서 길어 올리는 생의 성찰이 청자에게 깊은 울림을 주는 것은 백석 시의 진수라 할 수 있다.

오늘 저녁 이 흰 바람벽이 영화관 영사막이 된다. 스크린에 비친 첫 장면으로 화자의 늙은 어머니가 등장한다. 식민지 조선에 계신 가난한 늙은 어머니는 추운날 차디찬 물에 손을 담그고 무와 배추를 씻고 있다. 그 다음 장면은 화자가 그토록 사랑했던 여인이 다른 사람과 결혼을 해서 그의 지아비와 마주 앉아 대구국을 끓여 놓고 저녁을 먹는다. 어린자식을 낳아서 옆에 끼고 함께 저녁을 먹고 있다. 그리고 장면이 바뀌어 이 흰 바람벽 스크린 속에 자신의 얼굴이 비친다. 그 위로 다음과 같은 자막들이 차례차례 지나간다. '나는 이 세상에서 가난하고 외롭고 높고 쓸쓸하니 살아가도록 태어났다 / 그리고 이 세상을 살아가는데 / 내 가슴은 너무도 많이 뜨거운 것으로 호젓한 것으로 사랑으로 슬픔으로 가득 찬다'고 하면서 자신의 현재의 곤경이 운명인양 자위를 한다. 그리고 이번에는 화자를 위로하는 듯이 울력하는 듯이 영사막 위로 '―하눌이 이 세상을 내일 적에 그가 가장 귀해하고 사랑하는 것들은 모두 가난하고 외롭고 높고 쓸쓸하니 그리고 언제나 넘치는 사랑과 슬픔 속에 살도록 만드신 것이다'라는 자막이 지나간다고 화자가 자신을 대변한다.

흰 바람벽을 통해 화자의 추억이 지나가고, 끝내는 화자의 내성적 목소리가 자막으로 처리된다. 그 목소리의 실제 주인공인 화자인 '나'는 스크린 속에서 펼쳐지는 자신을 보는 관객이 된다. 화자인 '나'가 영사막을 통해 이렇게 자아와 또 다른 '나'로 분리되면서 '나'의 자기성찰은 그 깊이를 더욱 심오하게 하고 나아가서 객관성을 확보하게 한다.

또 한편 백석 시에서 화자의 내면 독백은 사적인 삶의 정서로만 한정되지 않고 사회적, 역사적 자아의 목소리까지 표출하고 있다. 그의 시 「북방에서」를 보면 그의 내면의식이 확인된다. 만주 지방에서 유랑할 때의 시적 자아는 자신을 아득한 역사 속으로 투영시킨다. '아득한 넷날에 나는 떠났다'라고 단호하게 소리친 화자는 시인 자신이면서 동시에 우리의 조상이다. 화자는 과거 우리 조상들이 광활한 만주지역을 버리고 협소한 한반도로 내려와 은둔한 역사를 후회한다. 옛 고토에 대한 화자의 미련과 참회의 목소리가 전해진다. 그러면서도 그는 떠나간 사랑을 원망하거나 곤궁하고 외로운 자신의 처지를 비관하거나 하질 않고 마치 인생을 달관한 도인 같은 심정으로 모든 고난과 불행을 담담하게 받아들이고 있다. 자신의 처지를 객관화해서 자신을 응시하는 화자의 목소리에서 풍기는 생에 대한 고결한 화자의 마음가짐이 고스란히 전달되는 작품이다. 『사슴』 이후 백석의 후기 시에서는 화자의 어조가 전기 시에서 보여준 유년 화자의 무구한 동화적 어조와는 전혀 다른 양상으로 나타나고 있다. 이렇게 어조는 화자의 사람됨과 신분, 그리고 정신상태 등이 나타나고, 화자의 청자에 대한 태도와 대상에 대한 태도 등이 확연하게 표출된다.

이상으로 백석의 시세계를 1935년 8월 31일에 시 「정주성」을 『조선일보』에 발표하면서부터 주로 고향의 세계를 다루는 시집 『사슴』 까지를 초기 시로, 고향의 세계 밖으로 소재를 확장하는 그 이후의 작품들을 후기 시로 구분하여 그의 시편에 나타나는 화자의 어조를 살펴보았다. 초기 시의 화자의 목소리가 소년의 어조인 반면에 후기 시의 어조는 성인의 고결하고 체념적인 목소리로 발현되고 있음을 확인할 수 있다. 반면에 소월의 후기 시에서 들을 수 있는 화자의 목소리는 남성적 화자의 건강한 목소리를 들을 수 있었다.

이상에서 살펴본 바와 같이 소월과 백석의 시에서 들리는 화자의 목소리와 그 목소리가 전하는 메시지는 확연히 다르게 나타나고 있다.

소월의 경우 시집 『진달래꽃』에 수록된 시의 어조와 그 이후의 것이 다르게 나타난다. 예컨대 전자가 여성적 화자의 애상적 어조로 민족의 한과 저항의식이 표출되고 있다면, 후자는 남성적 화자의 건강한 어조를 통한 미래지향적 의식을 드러내고 있다. 소월의 생애가 자살로 마감되는 것을 참고할 때 소월 시 화자의 이러한 변모는 언뜻 수긍이 가지 않는다. 그러나 앞서 살펴본 소월의 생애와 전기를 살펴볼 때 그의 의식 안에 잠재해있던 민족의식이 점점 후기로 갈수록 노골화되었던 것으로 판단되며, 이것이 화자를 감상적 여성 화자에서 남성화자로 바뀌게 한 것 같다.

　백석은 잘 알다시피 『사슴』에서는 유년화자의 어조로 나타나지만, 후기에는 고결하지만 체념적인 성인 화자의 목소리로 대치된다. 소월과 달리 백석 시에서 화자가 이러한 식으로 바뀌어 가는 것은 시대적 압박이 훨씬 커지는 상황 때문일 것이다. 소월 시의 화자는 당장 잃어버린 조국에 대한 한과 슬픔을 여성의 목소리로 노래하지만, 남성의 목소리로 이의 회복을 그나마 염원한다. 그러나 백석의 시대는 조국이 전시체제 하에 막다른 길로 쫓겨 가기에 소년을 통해 과거를 향수하거나 아니면 모든 것이 절망적인 시대에서 미래에 대한 전망은 보이지 않기에 고결함을 통해 어두운 시대상황을 극복해나가고자 하는 화자의 목소리가 나타나는 것이다.

역사 및 사회 현실을 소재로 한
민족의식

김소월과 백석 시의 민족의식 연구

1. 김소월의 경우

소월의 시에는 과거의 역사적 사실과 당대의 사회 현실을 시 속에 담아 낸 작품들이 있어 그의 민족의식을 살펴 볼 수 있는 단서를 제공해 주고 있다. 이 장에서는 이러한 시들을 택하여 그의 민족의식을 살펴보기로 한다.

(가) 주으린 새무리는 마른나무의
    해지는가지에서 재갈이든때.
    온종일 흐르든물 그도곤(困)하여
    놀지는 골짝이에 목이메든때.

    그누가 아랏스랴 한쪽구름도
    걸녀서 흐득이는 외롭은영(嶺)을
    숨차게 올나서는 여윈길손이
    달고쓴맛이라면 다격근줄을.

그곳이 어듸드냐 남이장군(南怡將軍)이
말멕여 물찌엇든 푸른江물이
지금에 다시흘너 뚝을넘치는
천백리두만강(千百里豆滿江)이 예서 백십리(百十里)

무산(茂山)의 큰고개가 예가아니냐
누구나 녜로부터 의(義)를위하야
싸호다 못이기면 몸을숨겨서
한때의못난이가 되는 법이라.

그누가 생각하랴 삼백년래(三百年來)에
참아 밧지다못할 한(恨)과모욕(侮辱)을
못니겨 칼을잡고 니러섯다가
인력(人力)의다함에서 스러진줄을.

부러진대쪽으로 활을메우고
녹쓸은호믜쇠로 칼을별너서
다독(茶毒)된삼천리(三千里)에 북을울니며
정의(正義)의기(旗)를들든 그사람이여.

그누가기억(記憶)하랴다북동(多北洞)에서
피물든 옷을닙고 웨치든일을
정주성(定州城)하로밤의 지는달빗헤
애끈친그가슴이 숫기된줄을.

물우의 뜬마름에 아츰이슬을

불붓는산(山)마루에 픠엿든꼿츨

지금에 우러르며 나는 우노라

일우며 못일움에 박(薄)한이름을.

-「물마름」전문

(나) 신재령(新載寧)에도 나무리벌

물도만코

땅조흔곳

만주봉천(滿洲奉天)은 못살곳.

왜 왓느냐

왜 왓드냐

자곡자곡이 피땀이라

고향산천(故鄕山川)이 어듸메냐.

황해도(黃海道)

신재령(新載寧)

나무리벌

두몸이 김매며 살엇지요.

올벼논에 다은물은

츨엉츨엉

벼잘안다

신재령(新載寧)에도 나무리벌.

-「나무리벌 노래」전문

(다) 공중에 떠단니는

저기 저새요

네몸에는 털잇고 깃치잇지

밧테는 밧곡석

논에 물베.

눌하게 닉어서 숙으려젓네.

초산(楚山)지나 적유령(狄踰嶺)

넘어선다.

짐실은 저나귀는 너왜넘늬?

-「옷과 밥과 자유(自由)」전문

위의 인용 시 (가)는 시집 『진달래꽃』(1925. 12)에 수록된 작품
이다. (나)의 「나무리벌 노래」는 『동아일보』(1924. 11. 24)와 『白
雉』 2호(1928. 7)에 발표한 작품이고, (다)의 「옷과 밥과 自由」는
『동아일보』(1925. 1. 1)와 『백치(白雉)』 2호(1928. 7)에 발표한 작품
이다.

〈표 8〉 소월 시에 나타난 역사 및 사회 현실

작품명	역사, 사회적 사실	작품명	역사, 사회적 사실
물마름	남이장군 홍경래 란과 얽힌 정주성	옷과밥과자유	여물리 소작쟁의 사건
나무리벌노래	여물리 소작쟁의 사건		

　〈표 8〉에서와 같이 소월 시에서는 역사 및 사회적 현실을 소재로 민족의식을 고양한 작품은 3편이었다. 엄혹한 시대였고, 또한 스승인 안서 김억의 시 전문지『가면(假面)』의 재정적 지원을 목적으로 출간한 소월의 시집『진달래꽃』이였기에 이러한 작품들을 수록하기에는 마땅찮았을 것이라고 생각된다.

　역사란 한 시대가 다른 시대 속에서 찾아내는 주목할 만한 것에 대한 기록이다. 과거는 현재에 비추어질 때에만 이해될 수 있다. 또한 현재도 과거에 비추어질 때에만 완전히 이해될 수 있다. 인간이 과거의 사회를 이해할 수 있도록 해주는 것, 그리고 현재의 사회에 대한 인간의 지배력을 증대시키는 것, 이것이 역사의 이중적인 기능이다[1]라는 카의 지론에서 보듯이, 글로벌 시대라고 일컫는 21세기 현대에서 1920~1930년대 중반까지의 일제의 식민치하의 암울한 시대를 살아냈던 소월의 시편들 속에서 역사적 사실을 소재로 한 작품을 선별하여 민족의식을 논의한다는 것은 '과거는 현재에 비추어질 때에만 완전히 이해될 수 있다'는 카의 이론을 빌어 그 의미를 부여

---

1 E·H Carr, 길현모 역,『역사란 무엇인가』, 탐구당, 1990, 86쪽.

하고 싶다.

(가)의 「물마름」은 조선이 건국할 때와 나라가 위급할 적에는 평안도 사람들의 힘을 빌리면서도 삼백 년 동안 평한(平漢)이라고 사대부의 노복들까지 평안도 사람들을 멸시하고, 과거에 급제시키지 않고 요로에 중용하지 않았다. 이러한 것들이 원과 한으로 쌓였다가 마침내 홍경래가 혁명을 꿈꾸며 거병을 했다가 실패한 것을 노래한 것이다. 홍경래(洪景來)를 추모한 노래이면서 엄연한 역사적 사실인데도 다음과 같은 이 시의 3연의 '남이장군'과 '말멕여 물찌엇든 푸른강물'과 그리고 '두만강'이라는 시어에 현혹되어 엉뚱하게 남이장군을 추모한 것2, 또는 民譚을 詩化한 것3이라고 오류를 범하고 있다. 홍경래는 1780년에 평안남도 용강군 다미면에서 출생한 혁명가로 웅기(雄氣)와 지혜가 있고 문재(文才)에 뛰어나며 무예에 능하였다. 조선 정조(正祖) 22년(1798)에 평양의 향시에 합격한 후 상경하여 과거에 응시 하였는데 지방차별의 폐습으로 과거에 낙방하자 부패한 국정에 불만을 품고 순조 11년(1811)에 평안북도 가산(嘉山)의 다복동(多福洞)을 근거로 하여 군사를 일으켜 혁명을 꾀하다가 거병한지 5개월 만에 정주성(定州城)에서 패사(敗死)했다.4

한편 南怡(1441~1468)는 조선 세조 때 장군으로 태종의 외손이며 영의정 권람의 사위이다. 17세에 무과(武科)에 급제하여 세조의 총애를 받게 된다. 이시애(李施愛)의 반란이 일어나자 출전하여 용명을 떨쳤고 26세에 병조판서가 되었다. 이 때 한계희(韓繼禧)는 종실이나

---

2 오세영, 「꿈과 現實」, 『文學思想』, 1985. 7 月號, 270면.
3 이승훈, 앞의 책.
4 이홍직 편, 『國史大事典 下』, 세진출판사, 1981, 1739~1740쪽.

외척에게 병권을 주는 것은 부당하다고 간하였고, 예종이 즉위하자 유자광(柳子光)의 무고로 옥사(獄事)가 일어나 처형되었다.[5] 사정이 이러하니 홍경래와 남이 장군은 출생연도는 339년이나 차이가 있고 출생지도 남이는 서울 태생이고 주로 서울에서 벼슬을 했고, 홍경래 는 평안남도 출신으로 서울과는 전혀 연고가 없는 인물이다. 또한 '말멕여 물찌었든 푸른江물이' '千百里豆滿江이 에서 百十里'라는 시 행(詩行)은 남이 장군의 한시(漢詩) 중 '豆滿江水飮馬無'에서 비롯된 것이다.

 소월의 시「물마름」은 실패로 끝난 홍경래의 혁명을 못내 아쉬워 하면서도 혁명을 꿈꾼 홍경래의 용기와 기개를 거울삼아 일제의 폭 압적인 식민지 치하에서도 국권회복을 위한 희망의 끈을 놓지 않기 를 염원하는 소월의 민족의식을 담아낸다. 소월의 시 중에서 역사적 소재를 직접적으로 시화한 작품은 그리 많지 않다. 위에 인용한「물 마름」은 소월의 역사의식을 긍정적으로 언급한 논자들[6]의 출현이 주목 된다. 이 시에는 '남이 장군'이라는 구체적 인물이 등장하고 '두 만강', '무산고개', '다북동', '정주성', 등 실재의 강과 지명이 나온다. 그러나 역사적인 사건명이나 관련 인물이 구체적으로 명시 되지 않

5 이홍직 편, 위의 책, 334~335쪽.

6 윤주은,「김소월 시 '물마름' 소고」,『울산공전 연구논문집』통권 9호, 1981.

 _____,『밧고랑우혜서』, 교문사, 1986, 374~387쪽.

 신상철,「한국의 현대시에 나타난 '님' 연구」,『현대시와 '님' 연구』, 시문학사, 1983, 80~98쪽.

 김완성,「소월 시어 연구」, 경희대학교 교육대학원 석사학위 논문, 1986. 2, 23~ 27쪽.

 김삼주,「소월 시 해석상의 문제점 비판 −시「물마름을 중심으로」,『목원 어문학』 제10집, 세종 문화사 1991.

고 있다. 사정이 이러한 관계로 논자들에 따라서 시의 해석에서 혼란
과 아울러 오류를 범하고 있는 것도 사실이다.

1연의 2행의 "해지는가지에서 재갈이든때."에서 '재갈이든'을 가지
고 윤주은과 한진희는 '입에 재갈이 물린'으로 해석하여 전자는 "평
화적인 우리 민족의 끊임없는 일제에 대한 저항 운동도 이제 노을 지
는 저녁처럼 그 힘을 다하였고, 입에는 재갈이 물려 하고 싶은 얘기
도 못하게 되었다."[7]라고 했고, 후자는 "상실된 조국의 현실, 곧 재갈
이 물린 상태"등으로 "해가지는 가지에서 재갈이든 때"라는 전체 문
맥에서 '재갈이다'의 의미를 해석하려 하지를 않고 '재갈이다'만 따로
떼어 가지고 시대상황에 억지로 꿰맞추다보니 지나친 비약으로 오류
를 범한 것 같다. 『평북방언사전』에 '재갈거리다'가 수록되어 있는
데 자동사로 '재깔거리다'와 같은 뜻이다. 재갈거리다 〈 지걸거리
다.[8] 표준어인 '재깔거리다'는 '자꾸 재깔이다', '자꾸 떠들썩하게 이
야기 하다'[9]이다. 그러므로 '재갈이든때'는 '재깔이던 때'의 뜻으로 해
석해야 옳다.

2연은 일제의 폭압이 이토록 참혹할 줄을 미처 몰랐다는 것으로
너무나 험준하여 구름조차도 넘지 못하고 걸려 있는 고개처럼 일제
의 식민정책이 혹독하다는 것과 굶주리고 고통스러워서 야윈 길손이
무산 고개를 넘는 민족의 아픔을 안타까워하는 소월의 민족의식이
충분히 이해되는 연이다. 그리고 3연의 "千百里豆滿江이 예서 百十
里"는 4연의 '구름도 걸녀서 흐득이는 외롭은 嶺'인 무산 고개를 세

---

7 윤주은, 앞의 글, 378~379쪽.
8 김이협 편, 앞의 책, 452쪽.
9 이희승 편, 앞의 책, 1845쪽.

상의 달고 쓴맛을 다 겪은 화자가 숨차게 올라서는 길손이 되어 넘는 茂山에서 두만강까지의 거리가 백십 리라는 것을 말하고 있다.

5연 1행의 '三百年來'는 남이 장군이 1441년 출생했고, 홍경래는 1780년에 태어났으니 339년의 차이가 있다. 그러니 약 '삼백년'이 되는 것이다. 홍경래가 거병할 때 내세운 표면적인 이유는 "서북인(西北人)을 문무고관(文武高官)에 등용치 않았고, 권문세가의 노비까지 서북인을 평한(平漢)이라고 멸시하고, 국가의 위급(危急)의 경우에는 서북인의 힘을 빌리면서도 4백 년 동안 조정에서 얻은 것이 무엇이냐"는 것과 일치한다.

6연에서 3행의 '茶毒(다독)'이라는 단어는 사전에는 물론 자전의 한자어 용례에서도 찾을 수 없었다. 그런데 '茶毒(다독)'의 '茶'와 자형이 비슷한 '荼毒(도독)'이란 단어는 '씀바귀의 독', '심한 해독' '부친상의 비유', '참아내기 힘든 심한 고통'등의 뜻으로 쓰인다. …… (중략) …… '茶毒된 三千里'와 '正義의 旗'가 대립적으로 제시되어 극적인 상황을 만든다. 극적인 상황은 대립되는 둘의 부딪침이 강하면 강할수록 더욱 날카롭게 느껴진다. 따라서 소월이 '荼毒(도독)'이라 쓰지 않고 일부러 '茶毒(다독)'이란 조어를 했다고 볼 수는 없다. 즉, '茶毒(다독)'은 '荼毒(도독)'의 오식으로 처리해야 할 것이다.[10] 같은 연 1, 2행의 '부러진대쪽으로 활을메우고 / 녹쓸은호미쇠로 칼을별녀서'라는 시행을 보면 혁명의 주체가 농민이라는 것을 알 수 있다. 삼천리 방방곡곡 온 나라에 봉기의 북을 울리며 정의로운 자유의 깃발을 높이 들었던 혁명의 투사 그 사람이 바로 홍경래라고 외치는 소월의

---

10 김삼주, 앞의 글, 6쪽.

기개 또한 서북인답다. 그리고 소월은 역사의식이 제대로 확립된 지식인이었다. 그가 이 작품을 쓸 때만 해도 역사책과 역사학자들은 '홍경래 혁명'을 '홍경래 난'이라고 폄하하던 시대였다. 그런 시기에 역사적 사건을 소재로 홍경래 혁명의 실패를 안타까워하고, 홍경래를 추모하는 시를 발표했다.

7연에서는 역사적인 사건이 일어난 장소를 적시하고 있다. 사건이 시작된 곳이 '다북동'이고, 사건이 실패로 끝난 장소가 '정주성'인 것을 알 수가 있다. 홍경래가 서북인의 한을 풀기 위해 칼을 잡고 봉기했다가 뜻을 이루지 못하고 정주성에서 최후를 맞게 되어 끝내는 서북인의 가슴에 한을 더 보태게 된 것을 말하면서 이 같은 역사적 사실을 현재의 조국의 현실에 대입하여 작품으로 형상화한 것이다.

소월의 「물마름」이란 시제(詩題)에서 느껴지는 이미지는 김지하의 「타는 목마름으로」라는 시에서의 '목마름'과 그 음과 의미가 상통한다.

> 신새벽 뒷골목에
> 네 이름을 쓴다 민주주의여
> 내 머리는 너를 잊은 지 오래
> 내 발길은 너를 잊은 지 너무도 너무도 오래
> 오직 한 가닥 있어
> 타는 가슴속 목마름의 기억이
> 네 이름을 남 몰래 쓴다 민주주의여
>
> …… (중략) ……

숨죽여 흐느끼며

네 이름을 남 몰래 쓴다.

타는 목마름으로

타는 목마름으로

민주주의여 만세

       - 김지하의 「타는 목마름으로」 1연과 끝연

    여기서 생뚱같게 김지하의 시를 인용한 것은 소월의 '물마름'과 김지하의 '목마름'이 의미하는 게 너무나 흡사해서이다. 1연의 2행과 끝 행의 '민주주의여'를 '조국이여'로 환치해도 역시 그 뜻이 교묘하게 맞아 떨어진다. 끝 연의 끝 행도 마찬가지이다. 김지하가 군사독재의 군화발에 짓밟혀 질식해버린 민주주의를 타는 목마름으로 애타게 부르는 거와 소월이 일제의 폭압에 숨 막히는 현실에서 조선 왕조의 폭정에 맞서 정의의 칼을 들고 일어섰던 홍경래를 그리는 마음은 동일하다.

    '마름'이란 식물은 바늘꽃과에 딸린 여러해살이풀로서 연못, 논 등에 난다. 뿌리는 진흙 속에 박으나 줄기는 물속에서 가늘고 길게 자라서 물위에 나오며 깃털 모양의 수중근(水中根)이 있다. 잎자루에 공기가 들어 있는 불룩한 부낭(浮囊)이 있어서 물위에 뜬다.[11] 뿌리를 진흙 속에 박고 줄기는 물위로 나와 있는 연(蓮)같은 '마름'이란 식물의 생태와 그 이름 자체가 의미심장하다. 비록 현실은 연못의 진흙 속같이 춥고 캄캄한 일제의 압제에 신음하고 있지만 연못 속의 연이

---

11 신기철 · 신용철 편저, 『새우리말 큰 사전』, 서울신문사, 1974, 1068쪽.

아름다운 꽃을 피우듯이 언젠가 그날이 오면 일제의 식민지에서 벗어나 조국광복의 서광을 맞이하리라는 소망을 품고 오늘의 고난을 견뎌내자는 소월의 의지를 형상화한 시라고 할 수 있다.

위에서 논의된 4행 8연으로 구성된 「물마름」의 시를 요약해 보면 1연의 1행과 2행은 일제 식민치하에서 농토를 빼앗기고 굶주린 새무리처럼 힘없고 불쌍한 우리 민족의 비참한 현실을 말하고 있고, 3행과 4행은 온종일 힘들게 일을 해도 먹을 게 부족한 식민지 백성의 곤궁한 일상을 흐르는 물에 비유하여 노래하고 있다.

2연은 고산준령 같은 일제의 강압 정책으로 굶주려 야윈 길손이 구름조차 힘겨워 넘지 못하고 걸려 있는 험준한 무산고개를 넘는다.

3연은 야윈 길손이 넘는 무산고개에서, "白頭山石磨刀盡 / 豆滿江水飲馬無 / 男兒二十未平國 / 後世誰稱大丈夫"라는 남이장군의 세상을 덮어 버릴 만한 기개로 대장부의 꿈을 펼치던 두만강이 백십 리가 된다.

4연은 누구나 의를 위해 싸우다 패하면 당대에는 웃음거리가 되는 것이 세상의 인심이다.

5연은 설의법(設疑法)을 써서 남이 장군이 대장부의 큰 꿈을 이루지 못하고 간 후 삼백 년이 되어 사백 년 간 쌓인 한과 모욕을 씻고자 봉기했다가 뜻을 이루지 못하고 실패한 홍경래를 잊고 살았지만 오늘의 식민치하에서 우리는 그들을 기억해야 한다. 역사의 뒤안길에서 잊혔던 그들을 끌어내어 그들의 뜻을 기리고 되살려 빼앗긴 조국을 회복해야 한다는 소월의 민족의식을 읽을 수 있는 연이다.

6연은 녹이 슬은 농기구로 병장기를 만들어 썩은 정치로 백성들에게 참아내기 힘든 고통을 주는 왕정에 항거하여 삼천리 방방곡곡에 혁명의 북을 울리고 정의의 깃발을 높이 들었던 홍경래를 추모하는 연이다.

7연은 5연과 마찬가지로 다북동에서 혁명의 깃발을 들고 정의로운 싸움을 이끌다 정주성에서 최후의 전투를 치루다 패사하여 역사 속에 묻혀버린 홍경래를 일제의 식민치하에서 신음하는 현재의 우리 민족은 정의롭고 죽음을 불사한 그의 장한 정신을 기억해야한다는 소월의 역사의식과 아울러 민족의식을 짐작케 한다.

8연의 '물우의 뜬마름에 아츰이슬'은 짧은 기간에 허망하게 실패로 끝나버린 홍경래의 혁명을 비유한 것이고, 소월은 홍경래의 혁명에서 민중의 저항의식을 통한 일제에 대한 저항을 생각했다고 판단 된다.

이처럼 소월은 역사 속에 묻혀버린 남이 장군의 기개와 홍경래 같은 정의롭고 용기 있는 인물들을 햇볕아래 밝혀낸다.

(나)와 (다)의 「나무리벌 노래」와 「옷과 밥과 自由」는 1924년 9월에 시작되어 1925년 3월에 끝난 일제 때 황해도 재령군 북률면 여물리, 일명 나무리벌의 소작농민들과 동양척식회사와의 소작쟁의를 작품으로 형상화한 노래이다.

'나무리벌'은 황해도 북서부의 재령강(載寧江) 유역의 재령평야(載寧平野)의 별칭이다. 재령평야는 황해도의 황주(黃州)·봉산(鳳山)·재령·신천(信川)·안악(安岳)의 5개 군에 걸친 광활한 평야이다. 조선 인조 때 김자점(金自點)이 재령강물을 이용, 장거리 관개수로를 만들어 큰 논들을 만들었는데, 이것이 뒤에 경우궁(景祐宮)에 속하였으므로 논들을 '경우궁들', 수로 이름을 경우궁보(景祐宮洑)라 일컫게 되었다. 1926년 안녕수리조합(安寧水利組合), 재신수리조합(載信水利組合) 등의 수리시설을 갖추면서 주요 곡창지대로 발전하게 되었

다. 재령 쌀은 그 품질이 뛰어나 예로부터 왕가의 진상미로 유명했
다. 쌀 이외에 사과, 채소 등이 많이 나고 고려 중기부터 채굴되어 온
금산광산의 철광석이 유명하다. 광야를 남북으로 관통하여 해주(海
州)에 이르는 해주선과 동·서로 횡단하여 장연(長淵)에 이르는 장연
선이 재령평야를 다른 지방과 연결하고 있어 철도교통이 편리하다.

(나)와 (다)는 조상대대로 부모 봉양하며 자식 낳아 기르고, 이웃
들과 정겹게 살아가던 고향을 동척과 일인들 지주들에게 땅을 빼앗
기고 살길을 찾아 남부여대로 정처 없이 떠나가는 식민지 백성들의
고난의 행렬을 노래한 것이다.

나무리벌의 동척농장 소작농민들의 소작쟁의는 경제투쟁이라는
관점에서만 생각하면 완전히 실패하고, 동척으로서는 완전히 승리한
셈이었다. 저항적인 소작인을 이곳 동척농장에서 몰아내는 것이 동
척의 목표였기 때문이다.12 1920년대의 지주를 상대로 한 농민투쟁
의 광범위한 물결 속에서, 동척에 대한 투쟁이 전개되었다. 여물리의
소작쟁의도 또한 마찬가지의 생존을 위한 농민들의 투쟁이었다. 힘
없고 기댈 곳 없는 식민지 소작농민들이 동척에 대한 2년여에 걸친
생존을 위한 피나는 투쟁이었지만 결과는 실패로 끝나고 말았다.

소월은 1924년 9월에 시작된 여물리의 소작쟁의가 한창일 때인 그
해 11월 24일 『동아일보』에 「나무리벌 노래」를 발표했다. 이어서
다음 해인 1925년 1월 1일자 같은 신문에 소작쟁의로 경작하던 농지
를 잃고 정든 고향과 이웃을 뒤로하고 살길을 찾아 정처 없는 유랑의
길을 떠나는 농민들의 처절한 모습을 작품으로 형상화한 「옷과 밥과

---

12 김용섭, 앞의 책, 314~315 쪽.

자유」를 발표했다. 1920년대의 지주를 상대로 한 농민투쟁의 광범
위한 물결 속에서, 동척에 대한 투쟁이 전개되었다. 여물리의 소작쟁
의도 또한 마찬가지의 생존을 위한 농민들의 투쟁이었다. 소월의 이
시는 바로 동척을 상대로 한 농민들의 투쟁을 그린 유일한 시이다.

이 밖에 소월이 타계한 지 42년만인 1976년 『문학사상(文學思想)』
11월호에 의해 초고 상태로 남은 그의 작품들이 발굴 소개되었다.
그 중에 20여 편의 창작시와 일문시(日文詩) 6편, 영문시(英文詩) 등
이 포함되어 있어 시인의 창작과정을 고찰하는데 좋은 자료가 되었
다. 그 중에서 민족의식이 비교적 강하게 표출된 것은 「봄과봄밤과
봄비」, 「인종(忍從)」, 「그만두쟈 자네」 등 3편이다.

> (가) 오늘밤, 봄밤, 비오는밤, 비가
>
> 햇듯햇듯 보슬보슬 회친회친, 아주 가이업게 귀업게
>
> 비가 나린다, 비오는봄밤,
>
> 비야말로, 세상모르고,
>
> 가난하고불상한나의가슴에도와주는가?
>
> 한강(漢江), 대동강(大同江), 두만강(豆滿江), 낙동강(洛東江),
> 압록강(鴨綠江),
>
> 보통학교삼학년(普通學校三學年) 오대강(五大江)의이름외우든
> 지리시간(地理時間),
>
> 주임선생(主任先生)얼굴이내눈에환하다.
>
> 무쇠다리우혜도, 무쇠다리를스틀듯, 비가온다.
>
> 이곳은국경(國境), 조선(朝鮮)은신의주(新義州), 압록강(鴨綠江),
> 철교(鐵橋),

철교(鐵橋)우헤나는섯다. 분명(分明)치못하게? 분명(分明)하게?

조선생명(朝鮮生命)된고민(苦悶)이여!

우러러보라, 하늘은감핫고아득하다.

자동차(自動車)의, 멀니, 불붓는두눈, 소음(騷音)과소음(騷音)
과연기와냄새와,

－「봄과봄밤과봄비」1~ 3연

(나) 다만 모든치욕(恥辱)을참으라, 굴머죽지안는다!

인종(忍從)은가장덕이다,

최선(最善)의반항이다

안즉우리는힘을길을뿐.

오즉배화서알고보자.

우리가어른되는그날에는, 자연히싸호게되고,

싸호면이길줄안다.

－「인종(忍從)」끝연

(다) 그만두쟈, 자네, 나는인제더

자네를거러너저분한말을느러놋치안겟네.

나는조선인(朝鮮人), 자네는바람, 나와자네는너무도알고, 모르
는것도갓지만,

다시금자네는조선산천(朝鮮山川)을집삼아떠도는바람임으로.

경성(京城), 평양(平壤), 경주(慶州), 부여(扶餘), 철원(鐵原),

　개성(開城), 신의주(新義州), 부산(釜山),

　　조선(朝鮮)의아무데나, 풀이나나무, 도시(都市)와촌락(村落)

　　아무런것이나조선(朝鮮)이거든, 가는곳마다,

　　마음을바람아무러보라, 조선(朝鮮)이라는 조선(朝鮮)의 넉세다

가, 그대말로.

-「그만두쟈 자네」전문

　(가)의 작품은 소월이 세상을 버린 지 42년 만에 발굴된 작품 중
하나다. 1연은 봄밤에 비가 내린다. 가난하고 불쌍한 식민지 시인인
나의 가슴에도 비가 내린다. 이렇게 비가 오는 봄밤에 한강, 대동강,
두만강, 낙동강, 압록강 등 오대강의 이름을 외우게 하던 보통학교
삼학년 지리시간을 생각한다. 그때의 주임선생 얼굴도 분명하게 떠
오른다. 지금 내리는 봄비는 무쇠다리를 녹슬게 하려는 것처럼 하염
없이 내린다. 이 철교는 신의주의 압록강 위에 놓인 무쇠다리다. 그
철교 위에 서서 철교를 건너갈 것인지 아니면 포기하고 전과 같이 살
아갈 것인지 분명한 결단을 내리지 못하고 고민하는 모습이다. 그렇
다면 여기서 화자가 무쇠다리 위에서 망설이는 화두는 무엇일까? 대
부분의 인텔리들은 돈키호테처럼 결단성 있게 행동하지 못하고 맥베
스형의 우유부단한 성격으로 과감한 결행이 부족한 편이다. 철교를
건너서 새로운 땅에서 조국을 위한 독립운동에 적극 참여해야하나,
아니면 현실에 안주하여 모든 걸 운명에 맡기고 일제의 압제 속에서
식민지 지식인으로 비굴한 삶을 영위할 것인지를 결단을 못 내리고
망설이는 화자의 고민이 극명하게 드러난 연이다. 어느 시대나 지식
인들은 대개가 그러하다.

2연에서는 '조선(朝鮮)생명(生命)된고민(苦悶)이여!'라는 어사에서 화자는 자신의 우유부단한 성격에서 비롯된 고민을 극명하게 표출하고 있다. ㉢연에서는 일제에 의하여 근대화되어가는 조국의 현실을 반기지 않는 화자의 심정이 드러나고 있다. 자동차의 헤드라이트와 그리고 일제에 의한 더럽고 시끄러운 소음과 소음들, 또한 눈물이 나는 제국의 매운 연기와 기름 타는 고약한 근대화의 냄새 따위가 화자는 참을 수 없는 것이다. 이처럼 화자는 자신의 우유부단한 성격으로 인한 자책과, 일제에 대한 불만을 토로하는 목소리를 내고 있다.

(나)의 시도 역시 위의 시와 마찬가지로 소월의 사후에 발굴된 작품이다. 이 작품을 보면, 자신이 〈사티야그라하(진리파악)〉라고 명명한 대중적인 비폭력적 저항투쟁을 성공적으로 이끈 인디아의 간디(1869~1948)가 생각난다. 소월과 간디를 비교해서 하는 말이 아니라 '인종(忍從)은가장덕(德)이다 / 최선(最善)의반항(反抗)이다'라고 하는 민족의식이 담긴 화자의 목소리가 그렇다는 것이다. 또한 '안즉우리는힘을길을뿐 / 오즉배화서알고보자'고 하면서 자강불식의 정신을 고취하고 있다. 일제의 총칼에 강탈당한 조국의 광복을 위한 투쟁으로 귀중한 생명을 바쳐 투쟁하는 것은 어른들에게 맡기고 청소년들은 배우고 힘을 기르는데 전력을 다하면 성인이 되는 그날에는 자연히 싸우게 되고 싸우면 승리하게 된다고 하면서 조국광복을 위한 민족혼을 일깨우는 화자의 목소리가 힘차게 들린다.

(다)의 예시된 작품도 소월이 타계한지 42년 만에 발굴된 작품 중 하나다. 화자가 바람에게 전하는 목소리이지만 '그만두쟈'라고 서두에서 하는 말을 보면 바람과 화자간의 대화의 연장으로 보여 진다. 화자는 바람에게 "조선의아무데나, 풀이나나무, 도시와촌락 / 아무

런것이나조선이거든, 가는곳마다, / 마음을바람아무러보라, 조선이라는 조선의넉세다가, 그대말로" 물어보라고 한다. 여기서 화자는 바람에게 과연 무엇을 물어보라고 한다. 이것은 설의법을 구사해서 자신이 하고 싶은 말을 드러내지 않고 자신의 심중을 표출하고 있다. 조선의 아무데나, 풀이나 나무, 도시와 촌락 어디에서도 가는 곳이면 조선의 마음이 어떠한지 물어보라고 한다. 조선이라는 조선의 넋에다가 일제 식민지의 압제에서 살아가는 마음이 어떤지 물어보라고 한다. 이렇게 화자는 조선인의 답답하고 울분에 찬 마음을 바람에게 전하는 말로 대신하고 있다.

당대 의식 있는 지식인으로서 조국애와 민족의식을 갖는다는 것은 너무나 당연한 일일 것이다. 그러나 소월의 경우에는 성장 환경을 통해 민족의식에 눈뜰 기회를 일찍부터 가지고 있었다. 그가 오산학교에 입학한 동기가 이승훈(李昇薰)선생 때문이었다는 것은 앞서 언급한 것이고, 재학 중엔 당시 교사였던 조만식(曺晩植) 선생에게서 깊은 감명을 받았다고 한다. 그것은 소월이 「제이·엠·에쓰」라는 시를 써서 그의 스승 조만식 선생에게 바친 것을 보아도 알 수 있다. 또 소월의 큰 고모부는 독립 운동가로 105인 사건에 연루되어 옥살이를 했고 그의 막내 숙부 역시 독립 운동에 가담하였다고 하는데 이 또한 소월의 민족의식 형성에 영향을 주었을 것이라는 추론이 가능하다. 소월의 숙모인 계희영의 회고에 따르면 소월은 오산학교에 재학할 때부터 민족과 조국에 대하여 이야기하였다고 한다. 그리고 소월은 일제의 감시를 계속 받았다.

일반적으로 소월을 애상적이고 여성적 어조로 민요시를 노래한 서정 시인으로 알려져 왔지만, 그의 삶의 궤적과 작품을 고구해 보면

이제껏 우리들이 인식했던 소월과는 전혀 다른 그의 진면목을 발견할 수가 있다. 그것은 위에서 고찰해 본 세 작품에서와 같이 민족의식을 작품 속에 오롯이 담아낸 소월을 민족시인, 저항시인으로 재평가해야 한다. 이와는 다르게 백석의 작품에서는 민족의식을 표출시키지 않고 우회적으로 역사적 인물이나 유적을 작품에 투영시켜 민족의식을 고취하려는 그의 의도를 읽어낼 수가 있다.

2. 백석의 경우

(가) 문(山)턱 원두막은 뷔였나 불빛이 외롭다
　　헝겊심지에 아즈까리 기름의 쪼는 소리가 들리는 듯하다

　　잠자리 조을든 문허진 성(城)터
　　반딧불이 난다 파란 혼(魂)들 같다
　　어데서 말 있는 듯이 크다란 산(山)새 한 마리 어두운 골짜기로
난다

　　헐리다 남은 성문(城門)이
　　한울빛 같이 훤하다
　　날이 밝으면 또 메기수염의 늙은이가 청배를 팔러 올 것이다
　　　　　　　　　　　　　　　　　　　　　－「정주성(定州城)」 전문

(나) 어쩐지 향산(香山) 부처님이 가까웁다는 거린데
　　국숫집에서는 농짝 같은 도야지를 잡어걸고 국수에 치는 도야지

고기는 돗바늘 같은 털이 드문드문 백였다

  나는 이 털도 안 뽑은 도야지고기를 물끄러미 바라보며

  또 털도 안 뽑은 고기를 시꺼면 맨모밀국수에 얹어서 한입에 꿀꺽 삼키는 사람들을 바라보며

  나는 문득 가슴에 뜨끈한 것을 느끼며

  소수림왕(小獸林王)을 생각한다 광개토대왕(廣開土大王)을 생각한다

-「북신(北新)」2연

(다) 아득한 녯날에 나는 떠났다

  부여(扶餘)를 숙신(肅愼)을 발해(渤海)를 여진(女眞)을 요(遼)를 금(金)을

  홍안령(興安嶺)을 음산(陰山)을 아무우르를 숭가리를

  범과 사슴과 너구리를 배반하고

  송어와 메기와 개구리를 속이고 나는 떠났다

-「북방(北方)에서」1연
- 정현웅(鄭玄雄)에게

(라) 오늘은 정월(正月) 보름이다

  대보름 명절인데

  나는 멀리 고향을 나서 남의나라 쓸쓸한 객고에 있는 신세로다

  녯날 두보(杜甫)나 이백(李白) 같은 이 나라의 시인(詩人)도

  먼 타관에 나서 이날을 맞은 일이 있었을 것이다

-「두보(杜甫)나 이백(李白) 같이」1~5행

〈표 9〉 역사적 사실과 유적

작품명	역사적 인물 및 유적
정주성(定州城)	폐허의 현장에서 느끼는 역사의 허무감
북신(北新)	고구려의 기상과 영광스런 역사 소수림왕과 광개토대왕
북방(北方)에서	발해의 고토에서의 감회와 식민지 현실을 통탄

〈표 9〉에서와 같이 백석의 작품에서 역사적 사실을 소재로 한 작품은 3편이었다. 백석은 국내에서도 남부지방과 북관 지역을 여행하고 만주지방은 물론이고 만주에서도 오지를 유랑했기에 역사의식이 표출되는 작품이 나타난다고 할 수 있다.

(가)는 백석이 1935년 8월 31일『조선일보』에 발표한 작품이다. 발표 당시 작품 말미에 〈8월 24일〉이라고 명시되어 있다.

'역사란 무엇인가'라는 명제에 대한 답은 논자마다 다르다. E·H Carr는 역사란 현재의 가치에 비추어 의미 있는 역사가 진정으로 의미 있는 역사라고 했다. 그러나 현재의 가치가 누구에게 유용한 것인가는 되물을 필요가 있다고도 했다. 그리고 역사란 사람의 정신을 통해 이어져 오기 때문에 완벽할 수 없고 또한 사람에 의해 평가되어지기 때문에 항상 같을 수도 없는 것이다. 이처럼 우리가 역사의 현장인 '정주성'의 폐허를 놓고 보는 자의 시각에 따라 그 감회가 다르다는 것을 인정해야 한다.

'정주성(定州城)'은 조선시대 평안북도 정주읍에 있던 돌로 쌓은 석성(石城)으로 그 높이가 약 2~5미터에 이른다. 정주는 평안북도 서남부의 해안지대에 위치한 곳이다. 이승훈이 세운 오산학교가 이곳에 있었다. 정주성은 조선 순조 11년(1811)에 홍경래가 혁명을 일으켰다가 이곳 정주성에서 패사한 곳이다. '문허진 성터'와 '헐리다 남은 성문(城門)'은 조선을 상징하는 유적으로 이 시의 중심소재이다. 비록 조선이라는 조국은 일제의 식민지가 되어 무너진 성문처럼 처량한 몰골로 남아있지만 그 폐허의 잔재 속에는 유구한 역사와 전통에 빛나는 조선의 혼과 얼이 스며있음을 암시하고 있다. 두보(杜甫)의 「춘망(春望)」이라는 시에서 '국파산하재(國破山河在)'라는 구절과 같은 맥락의 의미이다. 어쩌면 백석도 소월처럼 '정주성'의 폐허에서 홍경래를 연상했을 거라는 생각도 든다. 그것은 백석이 존경하는 고향 선배이면서 오산학교 선배시인 소월이 발표한 「물마름」을 익히 알고 있었으니까 두 시인의 생각은 '정주성'과 '홍경래'라는 고향의 영웅과 유적이란 점에 합집합이면서 교집합이 된다.

2연 2행의 '반딧불이 난다 파란 혼(魂)들 같다'에서 밤하늘에 날아다니는 반디불이 '파란 혼'들 같다는 어사는 공간적 배경이 폐허가 된 정주성이고 시간적 배경은 밤이라는 무대를 설정하고 바라보았을 때 정주성이라는 역사의 현장에 서있는 백석의 심경은 단순히 허무하다는 감회를 넘어서 성을 놓고 공격과 방어로 죽어간 병사와 백성들의 시퍼런 목숨들을 상기했다고 해석된다. 그래서 '반딧불이 파란 혼들 같다'고 했다.

끝 연 끝 행 '날이 밝으면 또 메기수염의 늙은이가 청배를 팔러 올 것이다'에서 '메기수염의 늙은이'와 '청배'라는 시어가 의미심장하다. 이숭원은 "청배는 푸른빛이 도는 배로 여름이 지나기 전 조금 일찍 딴 배이다. 그러니 값은 싸지만 맛이 좋을 리가 없다"고 하면서, 이어서 "메기수염을 기른 늙은이는 일견 고집스러워 보이기도 하고, 우스꽝스러워 보이기도 할 것이다." 또 "사람들이 사지도 않는 청배를 팔려고 날마다 마을에 나오는 고집세고 세상 물정 모르는 사람, 일종의 시대착오적인 인물이다."라고 했다.[13] 그러나 연구자의 소견으로는

'메기수염'은 카이제르 수염[14]으로 위엄이 있고 지조를 지키는 인물을 상징한다. 그런데 이러한 늙은이가 하필이면 폐허가 된 정주성 성문 앞으로 날마다 '청배'를 팔러 온다. '청배'는 여느 배보다 늦게 수확하는 배인데 덜 익어서 청배가 아니라 완숙이 되어도 그 빛깔이 푸른빛이기 때문에 그 과일명이 청배이다. 푸른빛은 일반적으로 희망과 꿈을 상징한다. 그래서 지조 있고 위엄 있는 지사풍의 카이제르 수염을 한 늙은이가 폐허가 된 정주성의 성문 앞으로 날마다 희망과 꿈을 팔러 나온다고 해석된다. 또 한편으로는 정주라는 지역이 중국으로 통하는 길목이라서 독립군이나 독립지사들과 접선을 위해서 장사치로 분장을 하고서 성문 앞으로 청배를 팔러 나온다고도 해석된다. 백석은 선망의 대상이던 선배 시인 소월의 「물마름」을 읽고 민족정신과 역사의식을 되새겼을 것이고 그런 연유로 자신의 고향인 정주의 역사유적인 '정주성'에 민족의식과 역사의식을 버무려 「정주성」을 데뷔작으로 발표했다고 판단된다.

평등과 자유를 위해 봉기했던 홍경래의 꿈이 좌절된 정주성 앞에서 일제의 질곡에서 탈피하려면 꿈을 간직하고 자강불식하는 자세로 내일을 기약하자는 화자의 소리 없는 외침이 들린다.

언제나 그러하지만 폐허는 세월과 인간사의 무상함을 침묵으로 말해주는 현장이다. '헐리다 남은 성문(城門)이 / 한울 빛같이 훤하다'라는 것은 폐허가 되어 겨우 남아 있는 성문의 공간이 훤하게 보이는 것은 폐허의 현장을 더욱 두드러지게 하는 효과적인 표현이다. 그리

---

13 이숭원, 앞의 책, 16쪽.
14 독일 황제 빌헤름 2세의 수염에서 나온 말로, 양쪽 끝이 위로 굽어 올라간 코밑 수염.

고 휑하게 빈 공간은 허무의 이미지로 보아야 할 것이다. 폐허의 현장에서 느끼는 역사의 허무감과 서북인들의 좌절감을 담담하게 표현한 작품이다. 이 시가 백석의 데뷔작인데 자신의 고향 마을에 있는 유서 깊은 '정주성'을 택한 것은 의미 있는 작업이라 생각된다. 그것은 이후의 그의 작품들이 고향의 방언과 풍속을 시의 세계로 형상화하면서 우리민족의 내면의식을 표출시키고 있기 때문이다.

(나) '거리에는 모밀내가 났다'라고 화자는 이 시의 첫 연 첫 행에서 메밀냄새를 맡는다. 즉 메밀국수 냄새를 맡았다는 것이다. 백석다운 작품이다. 그는 메밀국수를 좋아한다. 「국수」·「개」·「야우소회」 등의 작품에서 보듯이 백석은 유난히 메밀국수를 좋아한다. '북신'은 평안북도 그 위쪽에 위치하는 지역이다. 그는 여행지에서도 음식 냄새에 각별하게 반응한다. 이어서 메밀국수 냄새는 화자를 국숫집으로 이끌어 들인다. 국숫집 안의 풍경을 그만의 독특한 비유법으로 묘사하고 있다. 커다랗게 걸려 있는 '도야지'를 '농짝'에 비유하고, 농짝 같은 도야지에 드문드문 박혀 있는 '털'을 '돗바늘'에 비유한다. 그리고 돗바늘 같은 털이 박힌 돼지고기를 시꺼먼 맨모밀국수에 얹어서 한 입에 꿀꺽 삼키는 장면을 서술한다. 투박하고 야성적인 토속음식을 먹는 모습을 보면서 화자는 민족의 호쾌한 기백과 야성을 가슴 뜨겁게 느낀다. 그 옛날 만주 일대를 지배했던 고구려의 기상과 영광스럽던 역사를 환기시킨다. 그는 소수림왕(小獸林王)과 광개토대왕(廣開土大王)을 자랑스러워한다. 음식을 먹는 행위는 인간의 가장 원초적인 욕구를 충족시키는 것이다.

(다)의 시는 1940년 4월 『문장(文章)』지 3권 4호에 발표한 작품이다. 백석이 일제의 조선민족 말살 통치시기(1931~1945) 중에서도 그

정책이 극에 달했던 시기였다. 동시에 조선일보 사주이면서 사장인 계초 방응모의 친일 행각도 절정을 치달을 때였다. 일제의 민족 말살 정책도 정책이지만 친일로 치닫는 은인 계초의 밑에서 일을 하는 것은 바로 일제를 위하여 일을 하는 것이기 때문에 백석으로서는 더 이상 조선일보사에 머무를 수가 없었던 것이다. 사정이 그러하기 때문에 그는 1939년 10월 21일부로 조선일보사를 사임하고 평안도 지역을 여행하며 만주 어디로 피신을 할까를 궁리하게 된다. 그러면서 『서행시초(西行詩抄)』를 쓰게 된다. 그리고 다음 해인 1940년 1월경 마침내 계획한대로 만주(滿洲)로 떠났다.

화자가 1연 첫 행에서 '아득한 녯날에 나는 떠났다'라고 하는 독백이 청자의 호기심을 일으킨다. 이어서 화자는 자신이 떠난 장소를 나열한다. 그 장소들은 시인의 현재의 위치를 가리키는 땅이 아니라 먼 옛적 영토들이다. 부여, 숙신, 발해, 여진, 요, 금 등은 만주 지역에서 흥망 했던 국가와 민족들이다. 부여, 발해, 요, 금은 나라 이름이고, 숙신과 여진은 종족 이름이다. 이들은 거의 시간적 순서대로 나열되었다. 그리고 흥안령, 음산, 아무우르, 숭가리는 이지역의 산맥과 강들이다. 이와 같이 화자가 열거한 곳들은 고구려와 발해가 크게 흥성했던 곳이다. 화자는 그곳으로부터 떠났다고 한다.

여기서 '나'는 화자 자신이 아니라 화자의 조상을 지칭하는 것이다. 환언하면 이 말은 옛 조상과 '나'는 동일체라는 것을 강조하고 있다. 3연에서 '다만 게을리 먼 앞대로 떠나 나왔다'는 것은 '앞대'란 평안도 이남을 가리키는 것이다. 그러니까 광활한 영토를 잃어버리고 나서 고토를 회복하려는 의지를 상실한 채 살아온 우리의 역사를 탓하고 있다. '따사한 햇귀에서 하이얀 옷을 입고 매끄러운 밥을 먹고 단샘

을 마시고 낮잠을 잤다'라는 말은 축소된 영토에서 작은 평안을 추구
하면서 살아온 소극적 삶의 자세를 말하고 있다. 또한 '밤에는 먼 개
소리에 놀라나고 / 아츰에는 사람마다에게 절을' 하는 것은 허약한
국력으로 평안을 유지하지 못하고 열강의 외세에 굴욕적인 외교로
살아낸 굴욕적 역사를 말해 주고 있다. 그러면서도 '나는 나의 부끄
러움을 알지 못했다'는 말은 무지한 역사의식을 한탄하는 것이다. 또
"한 아득한 새 넷날이 비롯하는 때"는 일제의 지배를 받는 새로운 세
상을 말한다. '아득한'이라는 어사는 부정적인 의미로 '어둡다'는 의
미를 더욱 강조하고 있다. 그래서 지금 그 어두운 시절인 일제의 식
민지가 되었다는 말이다. 이 작품은 시인이 발해의 고토에 와서 지난
역사와 식민지 현실을 통탄하고 있는 것으로 백석의 시 중에서 역사
의식이 가장 직접 드러나고 있는 작품이다.

한편 역사관도 역사가의 사관에 따라 다르게 해석되기도 한다. 그
러한 역사적 인물과 유적 등의 소재를 문학에서 시인이 자신의 역사
관에 따라 작품의 소재로 삼거나 또는 주제의식을 담아 작품으로 형
상화 할 때 그 역사적 사실이 왜곡되어 나타날 수도 있는 소지가 충
분하다. 그러나 한 시대에 많은 사람들이 공통으로 가지고 있는 역사
관은 언제나 반드시 있는 것이다.

이와 같이 소월과 백석은 자신들의 고향에 소재한 사적(史蹟)인
'정주성'을 작품의 소재로 삼아 형상화했다. 소월은 '정주성'을 보고
홍경래의 저항의식을 통해 민족의식을 유추하였고, 백석 역시 이를
의식한 것으로 짐작되는데 이와 아울러 무너진 정주성의 성터를 보
고 이미 과거가 되어버린 조선의 역사를 통해 암울한 식민지 현실을
그려내고 있다고 해석된다.

VI

결론

김소월과 백석 시의 민족의식 연구

  본 연구는 일제 강점기의 김소월과 백석 시를 대상으로 민족의식 연구를 수행하였다. 소월은 1920년대의 대표적인 낭만주의 서정 시인이고, 백석은 1930년대 모더니즘의 세례를 받은 시인으로 알려져 왔다. 소월과 백석에 대한 기존 연구는 소월의 경우, 개인의 한을 노래한 민요조의 서정시라는 결론에 도달하고 있다. 그리고 그 내용은 허무주의와 연결되거나, 사회성이 배제된 것으로 평가되고 있는 반면, 백석은 모더니스트임에도 불구하고 독특하게 향토적 세계를 다룬 시인으로 평가되어 왔지, 그의 시에서 민족의식을 강조한 연구는 거의 찾아볼 수가 없다. 이 같은 이유로 소월과 백석의 시에 나타난 민족의식에 대한 연구의 필요성이 제기되었다.

  본 연구는 소월과 백석의 시에 나타난 민족의식을 고찰하기 위해 전기적 사실을 비교 검토해 보았다. 소월과 백석의 고향은 평북 정주로 동향이다. 소월의 부친이 일본인으로부터 집단폭행을 당해 정신 이상으로 폐인이 되었다는 사실은 소월의 작품과 생애에서 중요한 의미를 갖는다. 그리고 소월의 집안 중 다수가 민족운동에 관련되어 있다는 점, 특히 소월이 이승훈이 세운 오산학교에서 수학하였다는 사실 등은 그의 민족의식 형성에 크게 영향을 미쳤을 것으로 판단된다. 일본으로 유학을 간 소월은 관동 대지진이 일어나 조선인들이 일본인들에게 학살당하는 것을 보고 큰 충격을 받고 귀국했는데 이 역시 그의 민족의식 형성에 영향을 주었다고 본다.

소월의 문학적 감수성에 영향을 준 사람으로는 숙모 계희영이 있다. 소월은 숙모로부터 다양한 민담, 설화, 민요 등을 접하였다. 이를 통해 그가 성장하면서 갖게 된 민족의식을 민중적 세계관과 표현법으로 담아낼 수 있게 되었다. 그리고 소월의 민요시에 영향을 준 그의 은사인 안서 김억이 있다.

소월이 평생 동안 가졌던 유일한 직업은 신문사 지국 경영이었는데, 그 역시 넓은 의미에서 일종의 민족운동 또는 민중 계몽운동의 일환이었다.

백석은 그의 어머니가 무당이거나 기생의 딸이라는 설이 있을 정도로 평안도 산골의 무속적인 환경에서 성장했다. 이는 그의 시가 토속적이고 민속적인 전통의 세계를 드러내는데 영향을 미쳤으리라고 판단된다.

백석은 소월과 같은 오산중학교를 다녔는데, 재학시절 선배 시인인 소월을 매우 선망했다고 한다. 특히 민족운동가 고당 조만식이 오산학교 교원으로 재직 시 백석의 집에서 하숙을 했는데 이 역시 백석의 민족의식을 키우는데 영향을 미쳤다. 백석은 오산고보를 졸업한 후 일본 아오야마학원에 유학을 하여 영문학을 전공하였다. 그의 시에서 현대 모더니즘 시학의 영향을 짐작케 한다. 이는 소월의 시에서 서구적 영향이 배제되어 있는 것과 비교가 된다.

소월이 특별한 직업이 없었던 것에 비해 백석은 1934년 일본 유학이 끝나고 귀국하여 조선일보사의 기자로 근무한다. 그러나 1936년 조선일보사를 사직하고 함경남도 함흥의 영생고보에 영어교사로 부임한다. 이후 조선일보로 돌아가지만 또 다시 사직을 한다. 그가 자신의 후원자인 방응모가 사장으로 있는 조선일보사에서 안정된 생활을 할 수 있었음에도 불구하고 두 차례나 사직한 것은, 이 시기를 즈음하여 조선일보가 식민지 체제에 영합하는 언론기관이 되어가고 있어 이에 타협할 수 없었기 때문이다.

결국 백석은 1940년 만주로 가서 만주국 국무원 경제부에서 6개월 가량 근무하지만 창씨개명 강요로 사직하고 이후 생계유지를 위해 측량보조원, 측량서기, 중국인 토지의 소작인 등의 생활을 하면서 어렵게 생활을 하게 된다.

문단활동에서 백석이 소월과 유사한 것은 둘 다 어떤 유파나 조직에도 가담하지 않은 채 혼자서 작품 활동을 했다. 그리고 두 시인 모두 서울의 문단과는 항상 거리를 두고 그들의 시적 무대 또는 소재는 자신들의 고향이 주가 되고 있다.

본론에서는 먼저 김소월과 백석 시에 나타난 민족의식을 비교하기 위하여 시에 나타난 방언을 중심으로 살펴보았다. 그 결과 소월 시에 표출된 방언의 빈도수는 〈표 1〉에서와 같이 총 216편 중 47개로 21.76%였고, 백석은 〈표 4〉에서와 같이 총 92편 중 99개로 107.61%였다. 소월도 자신의 시에서 방언을 자주 사용했지만 백석의 시에서 소월보다 월등하게 많이 구사된 것을 알 수 있다. 소월 시의 방언사용은 백석과 같이 의도적인 것이라기보다는 생래적인 것으로 볼 수 있다. 소월이 시를 발표하던 시기는 아직 한글맞춤법 또는 표준어가 성립되기 이전이라 방언에 대한 자의식은 크게 없었으리라 판단된다. 단지 소월 시에서 방언이 의도적으로 사용된 것은 아니지만 자연스럽게 나타나고 있다는 사실은 이 시기 한자 등의 관념어를 구사했던 다른 시인들과 달리 우리 고유어에 대한 선호에서 비롯된 것이고 이는 소월의 나름대로 민족의식을 표출하기 위한 의도적인 작업이었던 것으로 볼 수 있다.

백석의 시에서 방언이 소월보다 월등하게 많이 구사된 것은 그의 시 형식이 서사 지향적이었던 이유도 있지만 좀 더 다른 의도가 있었다. 그가 시작 활동을 하던 시기는 이미 한글 맞춤법과 표준어가 제정되고 방언에 대한 중앙의 배타적 의식이 지배적으로 되어가던 시기이다. 백석이 이해하기 힘든 방언을 적극적으로 구사하고 있다는 것은 중앙 또는 식민지의 전체주의적 지배에 저항하는 민족의식의 한 발로라고 할 수 있다.

한편 조어는 소월이 〈표 2〉와 같이 24개로 11.11%이고, 백석은 〈표 5〉에서와 같이 11개로 11. 96%이다. 소월의 경우 그의 조어들은 대체로 민요적 리듬을 위해 조성된 것으로 이 역시 민요풍의 자신의 시를 구현하는데 적절히 활용되고 있다. 백석 시의 경우, 조어는 그가 적극적으로 구사한 방언을 시어로 활용하는데서 주로 나타나고 있다. 중앙으로부터 천대받는 방언을 시의 언어로 전환시킴으로써 식민지 현실에서 가장 소외된 변방의 기층 민중들의 삶을 드러내며 이를 통해 궁극적으로는 일제 또는 중앙에 대한 저항의식을 고취시키고자 했다.

다음은 향토의 음식을 소재로 한 것을 조사한 결과 〈표 6〉에서 보는바와 같이 백석의 작품에서 추출된 음식 소재는 92편의 작품 중

71개로 77.17%였다. 이에 비해 소월이 구사한 음식 소재는 3편의 작품에서 '밥'과 '술' 두 개만 표출되었다. 소월은 음악성을 토대로 한 전통적인 낭만주의 시인으로 미각이나 기타 감각 등을 시로 표현하는 시인은 아니었기에 이는 당연한 결과이다. 이에 비해 백석은 인간의 여러 가지 감각을 강조하는 모더니즘 시인이었기에 유달리 음식을 통한 미각적 심상을 형상화하게 되었다고 해석된다. 그러나 이것은 단지 미각적 심상에 그치는 것이 아니라, 자신이 어렸을 때 맛본 음식들을 통해 민족적 공동체의 정서를 환기시키기 위한 의도적인 것으로 판단된다.

그리고 소월 시에서 민속적 소재를 추출한 결과 〈표 3〉에서와 같이 13개로 6.02%였다. 반면 백석의 경우 〈표7〉에서 보는바와 같이 41개로 44.57%였다. 소월이 백석에 비해 그 빈도수는 낮지만 특정화된 민속적 소재 그 자체가 아니라 상상력 자체가 민중적인 생활방식을 토대로 한 것이기에 이러한 수치에 크게 의미 부여를 할 필요는 없을 것 같다. 단지 백석의 시에서 이같이 민속적 소재가 소월에 비해 많이 표출된 것은 그의 가계 배경에서 살펴볼 수 있겠다. 그리고 백석의 시에서 민속을 통한 민족 공동체의 회복은 근대화 과정에서 공동체가 해체되는 것에 대한 비판으로 볼 수 있다. 백석 시에 나타나는 고향, 민속, 설화의 전통세계는 근대세계에서 해체된 공동체적 유대에 대한 그리움이며, 한편으론 일제에 저항한 민족의 정체성을 확인하는 작업의 일환으로 판단된다. 따라서 일제 강점기하의 상실된 공동체의 정신사적 상처를 민감하게 앓고 있는 시인은 이러한 시들을 통해 민족의식을 환기시키려 했다고 판단된다.

다음으로는 화자와 어조의 차이점을 살펴보았다. 소월의 경우 시집『진달래꽃』에 수록된 시의 어조와 그 이후의 것이 다르게 나타난다. 예컨대·전자가 여성적 화자의 애상적 어조로 민족의 한과 저항의식이 표출되고 있다면, 후자는 남성적 화자의 건강한 어조를 통한 미래지향적 의식을 드러내고 있다. 소월은 시상(詩想)에 따라 화자를 선택하고 그에 적합한 시간과 공간을 부여하며, 화자가 주어진 상황 속에서 형성된 정서를 바탕으로 어조와 시의 형식을 선택하였다.

백석은『사슴』에서는 유년화자의 어조로 나타나지만, 후기에는 고결하나 체념적인 성인 화자의 목소리로 대치된다. 소월과 달리 백석 시에서 화자가 이렇게 변환되어 가는 것은 시대적 압박의 강도가 심화되는 상황 때문일 것이다. 백석이 활동하던 시기는 조국이 전시체제 하에 막다른 길로 쫓기는 정황이어서 초기 시에서는 소년을 통해 과거를 회상하다가, 후기 시에 와서는 출구가 보이지 않는 어두운 시대상황을 극복하려는 화자의 의지가 고결한 목소리로 표출되는 것으로 판단된다.

이어서 소월과 백석의 시에서 역사 및 사회 현실을 소재로 한 민족의식이 표출된 작품을 고찰하여 비교하였다. 소월의 시에서 역사적 사실과 당대의 사회적 이슈였던 소작쟁의를 소재로 한 작품도 있었다. 이러한 작품들을 고찰해 볼 때 소월이 애상적인 사랑노래나 부른 나약한 시인이 아니라 나름대로 사회와 민족의 현실에 대한 첨예한 의식을 가지고 있었음을 알 수 있었다.

백석의 경우, 소월처럼 당대의 사회현실과 직접적 연관성 있는 소재를 다루고 있지는 않다. 그러나 그는 우회적인 방법으로 가족공동체가 붕괴되어 가는 식민지의 농촌현실의 실상을 그려내고 있다. 그리고 여타의 작품에서는 자신의 고향이 옛 고구려의 영토인 평안도 지역이었기에 이와 연상된 민족의식을 고취시키고 있다.

이상으로 논의한 바와 같이 소월은 초기 시에서 여성적 어조를 가차한 우회적 글쓰기로 민족의식을 작품으로 형상화 했지만 후기 시에서는 남성적 화자의 활달한 목소리로 역사의식과 민족정신을 표출하였다. 백석 또한 그의 초기 시에서는 유년 화자의 과거회상으로 민족정신을 작품에 내포하여 우회적인 글쓰기로 민족의식을 고취하였으나, 후기 시에서는 성인 남자의 고결한 어조로 역사의식과 민족의식을 고취하였다. 이와 같이 소월과 백석의 시에 나타난 민족의식을 연구한 결과 이들 두 시인은 일제에 저항한 민족 시인으로 자리매김하는 것이 타당하다고 본다.

본 연구는 소월과 백석의 시에서 민족의식을 연구한 것으로는 거의 최초라고 본다. 두 시인의 비교 연구의 방법론을 제기하고 차후 소월과 백석 시의 비교 연구의 결정판을 위한 기초 작업의 발판이 되었으면 하는 데 의의를 두고 싶다. 아울러 두 시인의 전기적 연구와 작품 연구가 지속적으로 심도 있게 수행되어 소월과 백석이 명실상부한 민족 시인의 반열에 안착하기를 기대한다.

김소월과 백석 시의 민족의식 연구

참고문헌: 김소월

1. 기본 자료

김정식, 『진달래꽃』, 매문사, 1925. (김용직 주해, 『원본 김소월 시집』, 2007.)
김종욱 편, 『원본 소월전집』上·下, 홍성사, 1982.
오세영, 『꿈으로 오는 한 사람』, 문학세계사, 1981.
최동호 편, 『진달래꽃(외)』, 범우, 2005.
김용직 편저, 『김소월전집』, 서울대학교출판부, 2007.

2. 사전 자료

고사성어사전간행회, 『고사성어사전』, 학원사, 1976.
국립국어연구원 편, 『표준국어대사전』, 두산동아, 1999.
김성배, 『한국의 금기어 길조어』, 정음사, 1975.
김이협, 『평북방언사전』, 한국정신문화연구원, 1981.
김재홍 편저, 『시어사전』, 고려대학교출판부, 1997.
이희승 편, 『국어대사전』, 민중서관, 1974.
최학근, 『한국방언사전』, 명문당, 1987.

3. 국내 논문

강남주, 「한국근대시의 형성과정연구」, 부산대 박사학위논문, 1983.
김남조, 「'예전엔 미처 몰랐어요'와 슬픔의 의미」, 『김소월 연구』, 새문사, 1982.
김대행, 「김소월과 전통의 문제」, 『한국현대시사연구』, 일지사, 1983.
김동리, 「청산과의 거리」, 『문학과 인간』, 백민출판사, 1947.
김명자, 「한국세시풍속」, 경희대 박사학위논문, 1989.

김봉군, 「김소월론」, 『한국현대작가연구』, 민지사, 1984.

김삼주, 「김소월시의 연구」, 인하대 박사학위논문, 1989. 8.

김억, 「김소월의 추억 1」, 『소월시초』, 박문서관, 1939.

＿＿＿, 「문단의 一年」, 『개벽』, 1923, 12월호.

＿＿＿, 「요절한 박행시인 김소월에 대한 추억」, 『조선중앙일보』, 1935년 1월 23, 24일자.

김열규, 「소월시의 아이러니」, 『김소월 연구』, 새문사, 1982.

김완성, 「김소월 시어 연구」, 경희대 교육대학원 석사논문, 1986.

김용직, 「'먼후일', 그 구조의 특성과 사적 의의」, 『김소월 연구』, 새문사, 1982.

＿＿＿＿, 「예술적 차원과 저항성-김소월론」, 『서정시학』, 2002년 겨울호.

김우정, 「김소월론-한국시인론·3」, 『현대시학』, 1969년 6월호.

김윤식, 「소월론의 행방」, 『심상』, 1974년, 10월호.

김은자, 「한국현대시의 공간의식에 관한 연구-김소월·이상·서정주를 중심으로」, 서울대 박사학위논문, 1986, 8.

김은전, 「소월시에 나타난 전통적 요소」, 『김소월 연구』, 새문사, 1982.

김정호, 「아버지 소월」, 『동아일보』, 1967, 11월 5일자.

김재홍, 「소월 김정식」, 『한국현대시인연구』, 일지사, 1986.

김제현, 「김소월 시조론, 『현대문학』, 1983년 2월호.

김종은, 「소월의 병적」, 『문학사상』, 1975년 5월호.

김준오, 「소월 시정과 원초적 인간-소월의 감정 양식론」, 『김소월연구』, 새문사. 1982.

＿＿＿＿, 「〈초혼〉의 상징적 의미」, 『김소월연구』, 새문사, 1982.

김춘수, 「김소월론」, 『현대시학』, 1969년 6월호.

＿＿＿＿, 「형태상으로 본 한국 현대시- 김소월의 시와 형태에 대한 약간의 비평」, 『문학예술』, 1955.

김학동, 「원전비평과 소월시연구의 새 계기」, 『세계의 문학』, 1983년 여름호.

김한호, 「김소월 시 연구-정감을 중심으로」, 경상대박사학위논문, 1997, 8.

김해성, 「김소월론」, 『한국현대시인론』, 진명문화사, 1973.

문덕수, 「현대시인의 연구-김소월론」, 『예술원논문집』, 제7집, 예술원, 1968, 8.

박두진, 「김소월의 시」, 『한국현대시론』, 일조각, 1970.

박목월, 「철이른 진달래꽃」, 『한국의 인간상』, 신구문화사, 1965.

박봉우, 「김소월과 진달래꽃」, 『한양』, 제22호, 1963, 12.

박진환, 「소월시의 병적학적 고찰」, 『월간문학』, 1981년 9월호.

박철희, 「김소월 시 작품의 정체」, 『김소월연구』, 새문사, 1982.

박호영, 「김소월 시에 나타난 낭만주의의 양상」, 『한국 근대기 낭만주의 전개연구』, 박문사, 2010.

_____, 「소월시의 위상」, 『김소월연구』, 새문사, 1982.

백석, 「소월에 대해」, 『조선일보』, 1939년 5월 1일자.

백순재, 「소월시의 문학적 특성과 서지해설」, 『완본소월시집』, 정음사, 1973.

백철·이병기 공저, 『국문학전사』, 신구문화사, 1957.

백철, 「소월의 신문학사적 위치」, 『문학예술』, 1955년 12월호.

_____, 「소월의 신시사적 위치」, 『김소월연구』, 새문사, 1982.

서우석, 「김소월-전통운율의 효과」, 『시와 리듬』, 문학과 지성사, 1981.

서정범, 「저승세계와 이승세계의 넘나듦-김소월의 '산유화'」, 『시와 시학』, 1991년 봄호.

서정주, 「김소월과 그의 시」, 『한국의 현대시』, 일지사, 1969.

_____, 「김소월 시에 나타난 사랑의 의미」, 『예술원논문집』 제2집, 예술원, 1963.

서정주 외, 「김소월 試論」, 『시창작법』, 선문사, 1955.

성기옥, 「소월시의 율격적 위상」, 『관악어문연구』, 서울대 국문과, 1977.

송명희, 「소월시의 운율과 의미」, 『김소월연구』, 새문사, 1982.

송욱, 「소월의 시론에 대한 비평」, 『시학평전』, 일조각, 1969.

신동욱, 「'초혼'의 상징적 의미」, 『김소월연구』, 새문사, 1982.

엄호석, 『김소월론』, 조선작가동맹출판사, 1958.

오세영, 『한국현대시인연구』, 월인, 2003.

_____, 『김소월, 그 삶과 문학』, 서울대학교출판부, 2000.

_____, 「모 상실의식으로서의 한-접동새를 중심으로」, 『김소월연구』, 새문사, 1982.

_____, 「소월김정식연구」, 『한국낭만주의시연구』, 일지사, 1980.

오장환, 「소월시의 특성-시집 '진달래꽃'의 연구」, 『조선춘추』, 1947년 12월호.

_____, 「조선 시에 있어서의 상징」, 『신천지』, 1947. 1. (김영철, 앞의 책, 47쪽, 재인용.)

오탁번, 「한국현대시사의 대위적 구조-소월시와 지용시의 시사적 의의」, 고려
　　　대 박사학위논문, 1982.

오하근, 『김소월 시어법 연구』, 집문당, 1995.

＿＿＿, 「김소월이 김억 시에 끼친 영향」, 원광대 논문집, 1995.

유종호, 「임과 집과 길-소월의 시세계」, 『세계의 문학』, 1977년, 3월호.

＿＿＿, 「옷과 밥과 자유」, 『현대문학』, 2002년, 8월호.

윤석산, 『소월시 연구』, 태학사, 1992.

＿＿＿, 「소월시연구-화자를 중심으로」, 한양대 박사학위논문, 1990, 2.

윤영천, 「소월 시의 현실 인식」, 임형택·최원식 공편, 『한국근대문학사론』, 한
　　　길사, 1982.

윤주은, 「김소월 시 '물마름' 소고」, 『연구논문집』, 제9집, 울산공전, 1981.

윤홍로, 『나도향-낭만과 현실의 변증』, 건국대학교출판부, 1997.

이규호, 「소월의 한시번역고」, 『한국현대시사연구』, 일지사, 1983.

이기문, 「소월시의 언어에 대하여」, 『심상』, 1982년 12월호.

이명재, 「'진달래꽃'의 짜임」, 『김소월연구』, 새문사, 1982.

이선영, 「시인에 있어서 현실과 자연」, 『작가와 현실』, 평민사, 1979, 102쪽.

이성교, 「김소월시에 나타난 향토색연구」, 『김소월연구』, 새문사, 1982.

이승훈, 「김소월의 대표시 20편은 무엇인가?」, 『문학사상』, 1985년 7월호.

이숭원, 「소월시에서의 자연과 인간」, 『관악어문』 9, 서울대, 1984.

이영섭, 「김소월시 연구」, 연세대 박사학위논문. 1988, 8.

이유식, 「김소월시연구-공간구조를 중심으로」, 성균관대 박사학위논문, 1991, 2.

정연길, 「안서·소월의 민요시와 7·5조」, 『시문학』, 1977년 11월호.

정한모, 「소월 시에 나타난 민요적 성격」, 『현대시론』, 민중서관, 1973.

＿＿＿, 「금잔듸론」, 『김소월연구』, 새문사, 1982.

정한숙, 「소월별견-정본 소월시집을 중심으로」, 『동아일보』,1956년 9월 28일자.

조남현, 「소월시에 나타난 사계절의 의미」, 『김소월연구』, 새문사, 1982.

조동일, 「김소월 시에서 님의 존재하는 시간」, 『김소월연구』, 새문사, 1982.

조동일·윤주은 편, 『김소월시선연구』, 학문사, 1983.

천이두, 「전통과 소월시」, 『한국언어문학』, 한국언어문학회, 1963.

최동호, 「김소월시의 현재성」, 『현대시의 정신사』, 열음사, 1985.

＿＿＿, 「김소월 시의 무덤과 부서진 혼」, 『김소월연구』, 새문사, 1982.

최하림, 「식민지시대시인의 초상」, 『한국현대시문학대계6 김소월』, 지식산업사, 1980.

황희영, 「김소월의 시세계」, 『문장개론』, 새문사, 1980.

4. 국내 단행본.

강등학, 『한국 민요학의 논리와 시각』, 민속원, 2006.

강옥선 외, 『제국주의와 저항의 담론』, L. I. E, 2007.

강용택, 『김소월과 조기천의 시어사용 양상 비교 연구』, 역락, 2003.

고정옥, 『조선민요연구』, 수선사, 1947.

구미래, 『한국인의 상징세계』, 교보문고, 1996.

권영민 편저, 『평양에 핀 진달래꽃』, 통일문학, 2002.

계희영, 『약산 진달래는 우런 붉어라』, 문학세계사, 1982.

국어국문학회, 『현대시연구』, 정음문화사, 1984.

김대행, 『한국시의 전통연구』, 개문사, 1980.

김동리, 『문학과 인간』, 청춘사, 1952.

김상선, 『한국근대시와 이해』, 을유문화사, 1982.

김열규 · 신동욱 편, 『김소월연구』, 새문사, 1982.

김영철, 『김소월』, 건국대 출판부, 1994.

김용섭, 『한국근현대농업사연구』, 지식산업사, 2000.

김용직, 『한국현대시인연구』 상 · 하, 서울대학교출판부, 2002.

_____, 『한국근대시사』 上 · 下, 학연사, 1986.

김윤식 · 김현 공저, 『한국문학사』, 민음사, 1973.

김윤식, 『한국 근대문학의 이해』, 일지사, 1974.

_____, 『한국근대시론비판』, 일지사, 1980.

김우창, 『궁핍한 시대의 시인』, 민음사, 2009.

김재용, 『협력과 저항』, 소명출판, 2008.

김종길, 『진실과 언어』, 일지사, 1974.

김준오, 『시론』, 문장, 1986.

김택호, 『한국 근대 아나키즘문학, 낯선 저항』, 월인, 2009.

김현자, 『현대시의 서정과 수사』, 민음사, 2009.

박성의, 『한국가요문학론과 사』, 예그린출판사, 1978.

박윤우, 『한국 현대시와 비판정신』, 국학자료원, 1999.

박태일, 『한국 근대문학의 실증과 방법』, 소명출판, 2004.

박호영, 『한국 근대기 낭만주의 전개 연구』, 박문사, 2010.

손광은, 『현대시의 공간적 지평』, 한림, 2003.

신동욱, 『김소월』, 문학과 지성사, 1980.

양문규, 『한국 근대소설과 현실인식의 역사』, 소명출판, 2002.

오세영, 『한국낭만주의시 연구』, 일지사, 1980.

유종호, 『다시 읽는 한국 시인』, 문학동네, 2006.

_____, 『시 읽기의 방법』, 삶과 꿈, 2010.

이두현·장주근·이광규 지음, 『한국 민속학 개설』, 일조각, 2009.

이봉일, 『문학과 정신분석』, 새미, 2009.

이상규, 『국어방언학』, 학연사, 2008.

이선영, 『문학비평의 방법과 실제』, 삼지원, 2008.

이승훈, 『한국현대대표시론』, 태학사, 2000.

이어령, 『저항의 문학』, 문학사상사, 2003.

이원섭, 『소월시 감상』, 현암사, 1975.

이은봉, 『한국 현대시의 현실인식』, 국학자료원, 1993.

이창제, 『예술작품과 정신분석』, 학지사, 2010.

정태용, 『한국현대시연구』, 어문각, 1976.

정한모, 『한국현대시사』, 일지사, 1977.

조두영, 『프로이트와 한국문학』, 일조각, 2004.

조병훈, 『한국현대시사』, 집문당, 1991.

최남선, 『조선상식문답』, 동명사, 1948.

최동호, 『그칠줄 모르고 타는 나의 가슴』, 시인사, 1983.

최정숙, 『현대시와 민속』, 한국학술정보, 2007.

하응백 편저, 『창악집성』, 휴먼 앤 북스, 2011.

한국문문연구학회 편, 『한국 근대문학과 일본문학』, 국학자료원, 2001.

현대문학사 편, 『시론』, 현대문학사, 1992.

5. 국외서

가라타니 고진, 박유하 옮김, 『일본근대문학의 기원』, 민음사, 2007.

Northrop Frye, 임철규 역, 『비평의 해부』, 한길사, 1989.

Gaston Bachelard, 김웅권 옮김, 『몽상의 시학』, 동문선, 2007.

Hawkes Terence. Metaphor. 심명호 역, 『은유』, 서울대학교출판부, 1980.

Jacobi, 이태동 역, 『칼융의 심리학』, 성문사, 1978.

Jacobson, R., 신문수 편역, 『문학 속의 언어학』, 문학과 지성사., 1989.

Jean Bellemin - Noel, 최애영·심재중 옮김, 『문학 텍스트의 정신분석』, 동문
        선, 2001.

Mueke D.C. 문상득 역, 『아이러니』, 서울대학교출판부, 1984.

참고문헌: 백석

1. 기본자료

백석, 『사슴』, 선광인쇄주식회사, 1936, (고형진 엮음, 『정본 백석 시집』, 문학
　　동네, 2007.)
이동순, 『백석시전집』, 창비, 2010.
김재용, 『백석전집』, 실천문학, 2006.
이지나, 『백석 시의 원전비평』, 깊은샘, 2006.
정효구, 『백석』, 문학세계사, 1996.

2. 사전자료

고사성사전간행회, 『고사성어사전』, 학원사, 1976.
국립국어연구원 편, 『표준국어대사전』, 두산동아, 2002.
김성배, 『한국의 금기어 길조어』, 정음사, 1975.
김이협, 『평북방언사전』, 한국정신문화연구원, 1981.
김재홍 편저, 『시어사전』, 고려대학교 출판부, 1997.
북한 사회과학원 언어학연구소, 『조선말 대사전』, 북한 사회과학출판사, 1992.
신기철·신용철 편저, 『새 우리말 큰 사전』, 서울신문사, 1974.
최학근 저, 『한국방언사전』, 명문당, 1987.

3. 국내 논문

강연호, 「백석 시에 나타난 음식과 사유의 관계 양상 연구」, 『현대문학 이론연
　　구』, 현대문학이론학회, 2008.
강외석, 「백석시의 음식 담론고」, 『배달말』, 2002.

고형진, 「방언의 시적 수용과 미학적 기능」, 『동방학지』 125, 연세대학교 국학연구원, 2004.

_____, 「1920~30년대 서사지향성과 시적 구조」, 고려대 박사학위논문, 1991.

곽봉재, 「백석 문학 연구」, 경희대학교 박사학위논문, 1999.

김기림, 「『사슴』을 안고-백석 시 독후감」, 『조선일보』, 1936. 1. 19.

김명인, 「백석시고」, 『우보 전병두박사 화갑기념논문집, 1983.

김삼주, 「소월 시 해석상의 문제점 비판-시 「물마름」을 중심으로」, 『목원 어문학』 10집, 세종문화사, 1991.

김영민, 「백석 시의 특질연구」, 『현대문학』, 1999년 3월호.

김영익, 「백석 시문학 연구」, 충남대학교 박사학위논문, 1999.

김윤식, 「허무의 늪 건너기-백석론」, 『민족과 문학』, 1990년 봄호.

김은석, 「백석 시의 "무속성"과 식민지 무속론-백석 시의 "무속적 상상력" 재고」, 『국어문학』, 국어문학회, 2010.

김응교, 「백석 모닥불의 열거법 연구(1)」, 『현대문학의 연구』 24집, 국학자료원, 2004.

_____, 「지역연구와 한국문학, 문화연구와 한국문학: 백석 시 〈가즈랑집〉에서 평안도와 샤머니즘-백석 시 연구(2)」, 『현대문학의 연구』, 한국문학연구회, 2005.

김재홍, 「민족적 삶의 원형성과 운명에의 진실미」, 『한국문학』, 한국문학사, 1999.

나명순, 「백석 시 연구」, 고려대학교 박사학위논문, 2004.

류지연, 「백석 시의 시간과 공간의식 연구」, 명지대학교 박사학위논문, 2002.

문호성, 「백석시의 언술 특성-문체를 중심으로」, 『한국언어문학』, 한국언어문학회, 1997.

박노균, 「1930년대 한국 시에 있어서의 서구 상징주의 수용 연구」, 서울대 박사학위논문, 1998.

박수연, 「백석의 사슴에 나타난 모더니티 연구」, 『어문연구』 28집, 어문연구회, 1996. 12.

박주택, 「백석 시 연구」, 경희대학교 박사학위논문, 1999.

박용철, 「백석시집 『사슴』평」, 『조광』, 1936, 4. 『박용철 전집·2』, 동광당 서점, 1940, 재수록.

박태일, 「백석 시의 공간인식」, 『국어국문학』 21집, 부산대학교 국문과, 1983.

박혜숙, 「백석시의 엮음구조와 사설시조와의 관계」, 『중원인문논총』 18, 건국
　　　대학교부설중원인문연구소, 1998. 12.

서지영, 「한국 현대시의 산문성 연구」, 서강대 박사학위논문, 1999.

신상철, 「한국의 현대시에 나타난 '님' 연구」, 『현대시와 '님' 연구』, 시문학사,
　　　1983.

양문규, 「백석 시 연구」, 명지대학교 박사학위논문, 2002.

오장환, 「백석론」, 『풍림』, 1937년 4월호.

유종호, 『비순수선언』, 민음사, 1995, 114~115쪽.

윤석우, 「한국 현대 서술시의 담화 특성 연구」, 조선대학교 박사학위논문, 1998.

윤여선, 「백석 시에 나타난 샤머니즘 고찰」, 『문예시학』, 문예시학회, 2010.

이동순, 「일제시대 저항시가의 정신사적 연구」, 경북대학교 박사학위논문, 1998.

＿＿＿, 「백석의 시와 전통 인식의 방법」, 『민족문화논총』, 영남대학교 민족문
　　　화연구소, 2006.

이숭원, 「1930년대 후반기 시의 한 고찰」, 『국어국문학』 90호, 국어국문학회,
　　　1983. 12.

＿＿＿, 「백석 시의 화자와 어조 연구」, 『한국시학연구』 1권, 한국시문학회, 1999.

이원규, 「한국시의 고향의식 연구: 1930~1940년대 시를 중심으로」, 성균관대학
　　　교 박사학위논문, 2004.

이은봉, 「1930년대 후기 시의 현실인식 연구」, 숭실대학교 박사학위논문, 1992.

이현승, 「백석 시의 화자 연구」, 『어문논집』, 민족어문학회, 2010.

이희중, 「백석의 북방 시편 연구」, 『우리말글』 32집, 우리말글학회, 2004.

장도준, 「백석 시의 화자와 표현 기법에 관한 연구」, 『어문학』 58, 한국어문학
　　　회, 1996.

전형철, 「백석시에 나타난 〈무속성〉 연구」, 『우리어문연구』, 우리어문학회, 2008

정구향, 「한국 현대시에 나타난 토속 세계」, 『새국어교육』 51, 한국국어교육학
　　　회, 1995.

최동호 외, 『백석 시 읽기의 즐거움』, 서정시학, 2006.

최두석, 「한국리얼리즘시연구: 임화 오장환 백석 이용악의 시를 중심으로」, 서
　　　울대학교 박사학위논문, 1995.

최정례, 「1930년대 시어, 인공어와 자연어의 구도-백석 시어의 근대적 특성을
　　　중심으로」, 『한국시학연구』, 한국시학회, 2005.

_____, 「백석 시의 근대성 연구」, 고려대학교 박사학위논문, 2004.

최정숙, 「한국 현대시의 민속 수용양상 연구」, 경희대학교 박사학위논문, 2002.

최학출, 「1930년대 한국 모더니즘 시의 근대성과 주체의 욕망체계에 대한 연구」, 서강대 박사학위논문, 1994.

4. 국내 단행본

고형진, 『백석시 바로 읽기』, 현대문학, 2006.

_____ 편, 『백석』, 새미, 1996.

곽효환, 『한국 근대시의 북방의식』, 서정시학, 2009.

김열규 외, 『우리 민속문학의 이해』, 개문사, 1980.

김영배, 『평양방언연구』, 태학사, 1997.

김영진, 『백석 평전』, 미다스북스, 2011.

김윤식·김재홍 외, 『한국현대시사연구』, 시학, 2007.

김용직·박철희 편, 『한국현대시 작품론』, 문장, 1996.

김자야, 『내 사랑 백석: 김자야 에세이』, 문학동네, 1995.

김종철, 『시와 역사적 상상력』, 문학과 지성사, 1978.

김태곤 외, 『한국문화의 원본사고』, 민속원, 1997.

문덕수, 『한국현대 시인연구』, 푸른사상사, 2001.

박계홍, 『한국민속학 개론』, 형설출판사, 1994.

박태일, 『한국 근대시의 공간과 장소』, 소명출판, 1999.

박호영·이숭원 공저, 『한국시문학의 비평적 탐구』, 삼지원, 1985.

박호영, 『몽상 속의 산책을 위한 시학』, 푸른사상, 2002.

_____, 『한국현대시인논고』, 민지원, 1995.

백철, 『신문예사조사』, 신구문화사, 1980.,

소래섭, 『백석의 맛』, 프로네시스, 2009.

신경림, 『시인을 찾아서』, 우리교육, 1998.

양문규, 『백석 시의 창작방법 연구』, 푸른사상, 2005.

유종호, 『시와 말과 사회사』, 서정시학, 2009.

유종호·최동호 편저, 『시를 어떻게 만날 것인가』, 작가, 2005.

_____, 『다시 읽는 한국시인』, 문학동네, 2002.

윤여탁, 『시의 논리와 서정시의 역사』, 태학사, 1995.

윤지관, 『민족현실과 문학비평』, 실천문학사, 1990,

이경수, 『한국 현대시의 반복과 미학』, 월인, 2005.

이상섭, 『문학 연구의 방법』, 탐구당, 1980.

이선영, 『문학비평의 방법과 실제』, 삼지원, 2002.

이숭원 편, 『남신의주 유동 박시봉방』, 휴먼 앤 북스, 2011.

_____, 『백석을 만나다』, 태학사, 2008.

_____, 『백석시의 심층적 탐구』, 태학사, 2006.

_____, 『20세기 한국시인론』, 국학자료원, 1997.

이지나, 『백석 시의 원전비평』, 깊은샘, 2006.

전봉관, 『황금광시대』, 살림, 2009.

정한숙, 『현대한국문학사』, 고려대학교 출판부, 1986.

정효구 편저, 『백석』, 문학세계사, 1996.

주영하, 『음식인문학』, 휴머니스트, 2011.

홍석모 지음, 최대림 역, 『동국세시기』, 홍신문화사, 1993.

최두석, 『리얼리즘의 시 정신』, 실천문학, 1998.

_____, 『시와 리얼리즘』, 창작과 비평사, 1996.

최정숙, 『현대시와 민속』, 한국학술정보, 2007.

한국대표시인 101인선집, 『백석』, 문학사상사, 2008.

한국민속학술단체연합회, 『민속학과 민족문화의 정체성』, 민속원, 2010.

5. 국외서

야스카와 주노스케, 이향철 옮김, 『후쿠자와 유키치의 아시아 침략사상을 묻는
    다』, 역사비평사, 2011.

Arnold Houser, 백낙청·염무웅 역, 『문학과 예술의 사회사』, 창작과 비평사,
    1974.

Bakhtin M. M., 전승희 외 옮김, 「서사시와 정편소설」, 『장편소설과 민중언어』,
    창작과비평사, 1988.

Bowers Fredson, 김인환 역, 「원본비평」, 『문학의 해석』, 홍성사, 1978.

Dawkins Clinton Richard, 홍영남·이상임 옮김, 『이기적 유전자』, 을유문화사, 2002.

E·H Carr, 김현모 역, 『역사란 무엇인가』, 탐구당, 1990.

Gaston Bachelard, 곽광수 옮김, 『공간의 시학』, 동문선, 2003.

Kayser Wolfgang, 김윤섭 역, 『언어예술작품론』, 대방출판사, 1982.

Klaus E Muller, 조경수 옮김, 『넥타르와 암브로시아』, 안티쿠스, 2007.

Leon Rappoport, 김용환 역, 『음식의 심리학』, 인북스, 2006.

Wellek Rene · Warren Austin, 이경수 역, 『문학의 이론』, 문예출판사, 1987.

김소월과 백석 시의 민족의식 연구

* 김소월 연보

1902년 9월 7일(음력 8월 6일), 부친 김성도(金性燾)와 모친 장경숙(張景
淑)의 장남으로 출생했다. 고향은 평안북도 정주군 곽산면 남단리
(일명 남산동) 569번지이다. (실제 출생한 곳은 외가인 평안북도 구
성군 구성면 왕인동)본명은 김정식(金廷湜), 소월(素月)은 필명이
다. 아명은 '갓놈'(큰 아이, 상속자)이다.

1909년 (8세) 남단동에 소재한 남산보통학교에 입학.

1913년 (12세) 4년제 남산보통학교 졸업

1917년 오산학교(五山學校) 입학. 당시 조만식이 교장, 은사 가운데 김억
이 있어 시 지도를 받았다.

1920년 (19세) 3월 『창조』 2호에 「낭인의 봄」을 비롯한 5편의 시를 발표하
여 작품 활동을 시작하였다. 7월에는 『학생계』에 시 「먼 후일」 「거
친 풀 흐트러진 모래동으로」 「죽으면?」을, 이어 10월에는 산문 「춘
조」를 발표하였다.

1921년 (20세) 오산학교 중학부를 졸업하였다.

1922년 (21세) 4월 배재고등보통학교 5학년에 편입학. 이 시기까지 오산학
　　　　교는 총독부에서 중등학교로 공인되지 않았다. 김억의 주선으로 『개
　　　　벽』에 「금잔디」「황촉불」「꿈」등 시작품과 함께 소설 「함박눈」을
　　　　발표.

1923년 (22세) 3월 배재고보를 제7회 졸업. 4월 일본 동경상대(東京商大)
　　　　예과에 입학. 그러나 9월에 일어난 관동대지진으로 인해 10월경 귀
　　　　국하였고, 이후 학업을 계속하지 못함. 이 무렵 나도향 등과 어울리
　　　　며 서울 생활.

1924년 (23세) 김동인, 주요한, 김억, 전영택 등과 함께 『영대』의 동인으로
　　　　참가하여, 「밭고랑 위에서」「생과 사」「나무리벌 노래」 등의 작품
　　　　발표.

1925년 (24세) 5월 유일한 시론인 「시혼」을 『개벽』에 발표하였고, 12월에
　　　　는 그가 생전에 발간한 유일한 시집인 『진달래꽃』을 매문사(賣文
　　　　社에)서 출간. 이 시집은 김억이 평양에서 낸 시 전문지『假面』)을
　　　　지원하기 위한 것임.

1926년 (25세) 8월 동아일보 구성 지국을 경영. 이 지국 경영은 이듬해 3월
　　　　까지 계속.

1928년 (27세) 작품 창작과 발표가 현저하게 줄어들기 시작.

1929년 (28세) 「저급생활」등 4편의 작품을 『文藝公論』에 발표. 이 때부터
　　　　실의에 빠져 불면증과 과도한 음주를 함.

1931년 (30세) 『新女性』에 「고독」등 2편의 시 발표.

1934년 (33세) 몇 년간 작품 발표가 없다가, 「생과 돈과 사」「제이, 엠, 에스」
　　　　등 여러 편의 작품을 『삼천리』에 발표. 그러나 12월 24일 오전 8시,
　　　　평안북도 구성군 남시 자택에서 작고. 묘소는 구성군 서산면 평지

동 터진 고개에 있다. 당시『朝鮮中央日報』에「民謠詩人 素月 金
廷湜 突然 別世」라는 제목으로 2단 기사로 보도됨. 그의 시「금잔
듸」가 첨부되었음. 또한『東亞日報』도 사진과 함께 소월의 사망
기사를 게재했다.(111934년 12월 30일자)

1935년 (사후 1년) 1월 서울 종로에 있는 白合園에서 김기림·김동인·김동
환·김억·박종화·박팔양·이광수·정지용 등 문인 백여 명이 참석.
소월을 추모하는 모임을 가졌다. 김억은『조선중앙일보』(1.22~26)
에「요절한 박행의 시인 김소월의 추억」을 쓰고,『신동아』(2월)에
추모시를 발표. 이 때 김억은 본명인 金熙權을 썼다.

1938년 (사후 5년)『三千里』에 김억과 김동환의 배려로 소월의 서간문 2편
이 수록됨.

1939년『女性』『朝光』『博文』에「박닝쿨타령」「늦은 가을비」「기억」등의
유고시들이 발굴 발표됨. 특히『女性』에는 6월부터 12월호까지 소
월의 시가 게재됨. 12월에 김억이 편한『소월시초』가 박문서관에
서 간행.

1948년 김억이 산호장에서『소월민요선』을 간행. 이후 여러 출판사에서 많
은 종류의 김소월 시집 발간.

1956년『소월시집』이 정음사에서 간행.

1966년 백순재·하동호에 의해 양서각에서『못잊을 그사람』이 간행. 200
여 편의 시를 원본과 대조하여 펴낸 이 시집은 이후 소월시 텍스트
연구와 전집 발간에 초석이 됨.

1977년『문학사상』(11월호)이 소월의 육필유고를 다량 발굴하여『미발표
소월 자필 유고시집』을 게재. 여기에는 20여 편의 창작시와 10편의
일문시, 영문시, 번역시가 포함.

1982년 김종욱에 의해 홍성사에서 『원본 소월전집(상·하)』이 간행. 이 책
　　　에는 원본 대조 작업을 거쳐 그때까지 알려진 소월의 전 작품이 수
　　　록되었고, 소월의 육필원고가 영인되어 수록.

1986년 문학사상사에서 소월을 기려 [소월문학상]을 제정하였다. 윤주은이
　　　교문사에서 소월 시전집 『밧고랑우헤서』를 간행.

1993년 전정구가 『소월 김정식 전집1·2·3』을 한국문화사에서 간행.

1995년 오하근이 『원본 김소월전집』을 집문당에서 간행.

1996년 김용직이 서울대출판부에서 『김소월전집』을 간행.

2002년 탄생 100주년을 맞이하여 각종 기념행사와 학술대회가 열렸고, 『현
　　　대문학』(8월호), 『시와 시학』(가을호) 등의 문예지에서 기획 특집
　　　을 마련하여 소월의 시세계를 재조명하였다.

2004년 『문학사상』(5월호)이 소월의 초기 시 3편 「서울의 거리」「마주석」
　　　「궁인창」을 새로이 발굴 게재.

* 김소월 시 연보

작품명	발표지	발표연도
낭인의 봄, 야의 우적, 오과의 읍, 그리워, 춘강	창조	1920.3
거친 풀 흐트러진 모래동으로, 죽으면?	학생계	1920.7
엄마야 오늘도	학생계	1920.10
서울의 거리	학생계	1920.12
이 한밤	학생계	1921.1
마주석	학생계	1921.4
사계월, 은대촉, 문견폐, 춘채사, 함구, 일야우	동아일보	1921.4.27
궁인창	학생계	1921.5
하늘	동아일보	1921.6.8
등불과 마주 앉았으려면	개벽	1922.4
공원의 밤, 맘에 속의 사람	개벽	1922.6
제비, 장별리, 고적한 날	개벽	1922.7
가을, 가는 봄 삼월	개벽	1922.8
꿈자리, 깊은 구멍	개벽	1922.11
길손, 달밤	배재	1923.3
눈물이 쉬루르 흘러납니다	개벽	1923.5
어려 듣고 자라 배워 내가 안 것은	신천지	1923.8
차와 선, 이요	동아일보	1924.11.24
항전애창 명주딸기, 불칭추평	영대	1924.12
신앙	개벽	1925.1
옛 님을 따라가다가 꿈 깨어 탄식함이라	영대	1925.1
옷	동아일보	1925.1.1

작품명	발표지	발표연도
가막덤불	동아일보	1925.1.4
벗 마을	동아일보	1925.2.2
자전거	동아일보	1925.4.13
불탄 자리, 오일 밤 산보, 빗소리	조선문단	1925.10
『진달래꽃』	매문사	1925.12
돈과 밥과 맘과 들	동아일보	1926.1.1
잠, 첫눈, 봄못, 둥근 해, 바닷가의 밤, 저녁, 흘러가는 물이라 맘이 물이면	조선문단	1926.6
칠석, 고만두풀 노래를 가져 월탄에게 드립니다, 대수풀 노래(죽지사), 생의 감격, 해 넘어 가지 전 한참은	가면	1926.7
팔베개 노래조	가면	1926.8
옷과 밥과 자유, 배, 나무리벌 노래	백치	1928.7
길차부(산문시)	문예공론	1929.5
단장(1)	문예공론	1929.6
단장(2)	문예공론	1929.7
드리는 노래, 고독	신여성	1931.2
생과 돈과 사, 돈타령, 제이 엠 에쓰	삼천리	1934.8
삼수갑산	신인문학	1934.11
건강한 잠, 기원, 상쾌한 아침, 기분전환, 기회, 고향, 고락, 의와 정의심	삼천리	1934.11
박넝쿨 타령, 늦은 가을비, 설으면 우는 것을	여성	1939.6
기억, 절제, 술, 빗	여성	1939.7
성색	여성	1939.10
술과 밥	여성	1939.11
세모감	여성	1939.12

* 김소월 유고시 연보

작품명	발표지	발표연도
봄과 봄밤과 봄비, 비오는 날, 가련한 인생, 마음의 눈물, 인종, 봄바람, 밤도 그만, 옛날에 낙양자, 무슨 탓에 이다지, 그만 두자 자네, 오늘은 종일	유고/『동아일보』 구성지국 구독자대장 용지	
벗과 벗의 옛님, 이불, 날 저물는 눈은, 찬 안개 덮어 나리는, 피어 떠오르나니	유고/ 수첩용지	
푸른 밤 창살마다	유고 / 400자 원고용지	
인간미	유고 /《문학사상》	1978.10

* 김소월 번역시 연보

작품명	발표지	발표연도
한식(백거이 원작)	동아일보	1925.2.2
춘효(맹호연 원작)	동아일보	1925.4.13
밤 까마귀(이백 원작), 진회에 배를 대고(두목 원작), 봄(두보 원작), 소소소 무덤(장길 원작)	조선문단	1926.3
나홍곡(유재춘 원작), 이주가(무명씨 원작), 이주가-또(무명씨 원작), 장간행(최호 원작), 장간행-또(최호 원작), 송원이사안서(왕유 원작)	삼천리	1934.8
해 다지고 날 저무니(유장경 원작)	조광	1939.10
죽리관(왕유 원작), 보냄(왕유 원작), 관작루에 올라서(왕지환 원작)	유고/『동아일보』 구성지국 구독자대장 용지	
기쁨이나 아픔의 · F THIS GREAT WORLD OF JOY AND PAIN	유고/ 수첩용지	

김소월과 백석 시의 민족의식 연구

* 백석 연보

1912년 (1세) 평안북도 정주군 갈산면 익성동에서 부친 백용삼(白龍三)과
모친 이봉우(李鳳宇)의 장남으로 출생. 본명은 백기행(白夔行). 白
石은 필명.

1918년 (7세) 오산소학교 입학

1924년 (13세) 오산소학교 졸업. 오산학교 입학.

1929년 (18세) 오산고등보통학교 졸업.

1930년 (19세) 조선일보 신년현상문예에 단편소설「그 母와 아들」당선. 조
선일보사가 후원하는 장학생으로 선발되어 일본의 아오야마학원에
서 영문학 전공.

1934년 (23세) 졸업 후 귀국하여 조선일보 출판부에서 근무.

1935년 (24세) 8월 30일『조선일보』에 시「정주성」을 발표 시단에 데뷔.

1936년 (25세) 1월 20일 시집『사슴』(33편 수록) 간행. 이 해에 조선일보사
를 사직하고 함흥 영생고보 영어교사로 부임.

1938년 (27세) 영생여고보의 교사직을 사임하고 서울로 돌아옴.

1939년 (28세) 3월 조선일보사에 재입사 『여성』의 편집 주간. 그해 말경 사
　　　　직하고 만주의 신경으로 감.

1940년 (29세) 만주의 신경에서 생활.

1942년 (31세) 만주의 안동 세관에서 근무.

1945년 (34세) 해방 후 신의주를 거쳐 고향 정주로 돌아옴.

1947년 (36세) 러시아 작가 시모노프의 『낮과 밤』 번역 출간.
　　　솔로호프의 『그들은 조국을 위해 싸웠다』 번역 출간.

1949년 (38세) 솔로호프의 『고요한 돈강』 번역 출간.

1953년 (42세) 파블렌코의 『행복』 번역 출간.

1955년 (44세) 조쏘 출판사에서 공동으로 『뿌슈킨 선집-시편』 번역.

1956년 (45세) 『조선문학』 5월호에 「동화문학의 발전을 위하여」, 9월호에 「
　　　　나의 항의, 나의 제의」 등의 산문 발표.

1957년 (46세) 동화시집 『집게네 네 형제』 출간. 『아동문학』 4월호에 「멧
　　　　돼지」, 평양신문 7월 19일자에 「감자」 등의 시 발표.

1958년 (47세) 문학신문 5월 22일자에 시 「제3인공위성」을 발표.

1959년 (48세) 양강도 삼수군 관평리에 있는 국영협동조합으로 내려가 농
　　　　사를 지은 것으로 알려짐. 『조선문학』 6월호에 「이른봄」 「공무려인
　　　　숙」 「갓나물」 「공동식당」 「축복」, 9월호에 「하늘 아래 첫 종축기지
　　　　에서」 「돈사의 불」 등의 시 발표.

1960년 (49세) 『조선문학』 3월호에 「눈」 「전별」 등의 시 발표.

1961년 (50세) 『조선문학』 12월호에 「탑이 서는 거리」 「손' 벽을 침은」 「돌
　　　　아온 사람」 등의 시 발표.

1995년 (84세) 사망한 것으로 언론에 추정 보도.

* 백석 시 연보(1945년 이전)

작품명	발표지	발표연도	비고 및 차이점
정주성	조선일보	1935.8.30	시집『사슴』 '국수당 넘어'에 재수록
산지	조광 1권 1호	1935.11	시집『사슴』에서는 〈삼방〉으로 개작되어 수록
주막	조광 1권 1호	1935.11	시집『사슴』 '돌덜구의 물'에 재수록
비	조광 1권 1호	1935.11	시집『사슴』 '노루'에 재수록
나와 지렝이	조광 1권 1호	1935.11	
여우난곬족	조광 1권 2호	1935.12	시집『사슴』'얼럭소새끼의 영각'에 재수록
통영	조광 1권 2호	1935.12	시집『사슴』 '국수당 넘어'에 재수록
흰밤	조광 1권 2호	1935.12	시집『사슴』 '돌덜구의 물'에 재수록
고야	조광 2권 1호	1936.1	시집『사슴』 '얼럭소새끼의 영각'에 재수록
가즈랑집	『사슴』	1936.1.20	'얼럭소새끼의 영각'
고방	〃	〃	〃
모닥불	〃	〃	〃
오리 망아지 토끼	〃	〃	〃
초동일	〃	〃	'돌덜구의 물'
하답	〃	〃	〃
적경	〃	〃	〃
미명계	〃	〃	〃
성외	〃	〃	〃
추일산조	〃	〃	〃
광원	〃	〃	〃

작품명	발표지	발표연도	비고 및 차이점
청시	〃	〃	'노루'
산비	〃	〃	〃
쓸쓸한 길	〃	〃	〃
자류	〃	〃	〃
머루밤	〃	〃	〃
여승	〃	〃	〃
수라	『사슴』	1936.1.20	'노루'
노루	〃	〃	〃
절간의 소 이야기	〃	〃	'국수당 넘어'
오금덩이라는 곤	〃	〃	〃
시기의 바다	〃	〃	〃
창의문외	〃	〃	〃
정문촌	〃	〃	〃
여우난곬	〃	〃	〃
삼방	〃	〃	〃
통영	조선일보	1936.1.23	남행시초
오리	조광 2권 2호	1936.2	
연자ㅅ간	조광 2권 3호	1936.3	
황일	조광 2권 3호	1936.3	
탕약	시와소설 1호	1936.3	
이두국주가도	시와소설 1호	1936.3	
창원도-남행시초 1	조선일보	1936.3.5	
통영-남행시초 2	조선일보	1936.3.6	
고성가도-남행시초 3	조선일보	1936.3.7	
삼천포-남행시초 4	조선일보	1936.3.8	

작품명	발표지	발표연도	비고 및 차이점
북관-함주시초 1	조광 3권 10호	1937.10	
노루-함주시초 2	〃	〃	
고사-함주시초 3	〃	〃	
선우사-함주시초 4	〃	〃	
산곡-함주시초 5	〃	〃	
바다	여성 2권 10호	1937.10	
추야일경	삼천리문학 1호	1938.1	
산숙-산중음 1	조광 4권 3호	1938.3	
향악-산중음 2	〃	〃	
야반-산중음 3	〃	〃	
백화	조광 4권 3호	1938.3	
나와 나타샤와 흰 당나귀	여성 3권 2호	1938.3	
석양	삼천리문학 2호	1938.4	
고향	〃	〃	
절망	〃	〃	
외가집	현대조선문학전집	1938.4	
개	〃	〃	
내가 생각하는 것은	여성 3권 4호	1938.4	
내가 이렇게 외면하고	여성 3권 5호	1938.5	
삼호-물닭의 소리 1	조광 4권 10호	1938.10	
물계리-물닭의 소리 2	〃	〃	
대산동-물닭의 소리 3	〃	〃	
남향-물닭의 소리 4	〃	〃	
야우소회-물닭의 소리 5	〃	〃	
꼴두기-물닭의 소리 6	〃	〃	

작품명	발표지	발표연도	비고 및 차이점
가무래기의 낙	여성 3권 10호	1938.10	
멧새소리	〃	〃	
박각시 오는 저녁	조선문학독본	1938.10	
넘언집 범같은 노큰마니	문장 3호	1939.4	
동뇨부	문장 5호	1939.6	
안동	조선일보	1939.9.13	
함남도안	문장 10호	1939.10	
구장로-서행시초 1	조선일보	1939.11.8	
북신-서행시초 2	〃	1939.11.9	
팔원-서행시초 3	〃	1939.11.10	
월림장-서행시초 4	〃	1939.11.11	
목구	문장 14호	1940.2	
수박씨, 호박씨	인문평론 9호	1940.6	
북방에서-정현웅에게	문장 18호	1940.7	
허준	문장 21호	1940.11	
《호박꽃 초롱》 서시	《호박꽃 초롱》	1941.1	
귀농	조광 7권 4호	1941.4	
국수	문장 26호	〃	
흰 바람벽이 있어	문장 26호	〃	
촌에서 온 아이	문장 26호	〃	
조당에서	인문평론 16호	〃	
두보나 이백같이	인문평론 16호	〃	

찾아보기

저자 ㅣ 김완성

강원도 원주에서 출생.
강릉원주대학교 대학원 문학박사.

시집: 《시인의 길》
　　　《마침표의 침묵》 등.

현재, 강릉원주대학교 평생교육원
　　　시 창작교실 출강.

김소월과 백석 시의 민족의식 연구

초판 인쇄 ┃ 2012년 11월 13일
초판 발행 ┃ 2012년 11월 21일

저   자   김완성

책임편집   윤예미

발 행 처   도서출판 지식과교양
등록번호   제 2010-19호
주   소   서울시 도봉구 창5동 262-3번지 3층
전   화   (02) 900-4520 (대표)/ 편집부 (02) 900-4521
팩   스   (02) 900-1541
전자우편   kncbook@hanmail.net

ISBN 978-89-6764-003-3 93810   정가 24,000원

이 도서의 국립중앙도서관 출판도서목록(CIP)은 e-CIP홈페이지(http://www.nl.go.kr/ecip)에서
이용하실 수 있습니다. (CIP제어번호: CIP2012005078)